Jörg Steinleitner
Aufgedirndlt

Zu diesem Buch

Ausgerechnet das Nobelhotel am Tegernsee hat ein schwerreicher Scheich auserkoren, um dort ein deutschlandweites Casting für seinen Harem durchzuführen. Seither hat die Polizeitruppe um Anne Loop alle Hände voll zu tun, denn das Etablissement, in dem der Scheich mit seinen fünf Frauen abgestiegen ist, muss bewacht werden. Viele junge Einheimische bewerben sich, um Prüfungen in Bauchtanz und Liebesmassage zu durchlaufen, sogar eine Gruppe von Hippiemädchen aus Sachsen ist angereist. Leider treibt eines Morgens ein leicht bekleidetes Hippiegirl im Tegernsee. Bei der Suche nach dem Mörder hat Anne Loop vor allem ein Problem: Es gibt zu viele Verdächtige.

Jörg Steinleitner, geboren 1971 im Allgäu, studierte Jura, Germanistik und Geschichte in München sowie Augsburg und absolvierte die Journalistenschule in Krems/Wien. 2002 ließ er sich nach Stationen in Peking und Paris als Rechtsanwalt in München nieder. Er veröffentlichte mehrere Bücher und schrieb unter anderem für das Süddeutsche Zeitung Magazin. Steinleitner, der bekannt ist für seine amüsanten, aufwendig inszenierten Lesungen, lebt und arbeitet in München sowie im Bayerischen Oberland.
Weiteres unter: www.steinleitner.com
sowie www.aufgedirndlt.com

Jörg Steinleitner

AUFGEDIRNDLT

Ein Fall für Anne Loop

Piper München Zürich

Mehr über unsere Autoren und Bücher:
www.piper.de

Von Jörg Steinleitner liegen bei Piper vor:
Tegernseer Seilschaften
Aufgedirndlt

MIX
Papier aus verantwortungsvollen Quellen
FSC® C083411

Originalausgabe
März 2012
© 2012 Piper Verlag GmbH, München
Umschlag: semper smile, München
Umschlagmotiv: Maria Dorner/plainpicture,
StockFood.com/FoodPhotogr. Eising
Satz: Satz für Satz. Barbara Reischmann, Leutkirch
Gesetzt aus der Quadraat
Papier: Munken Print von Arctic Paper Munkedals AB, Schweden
Druck und Bindung: CPI – Clausen & Bosse, Leck
Printed in Germany   ISBN 978-3-492-27293-3

auf|ge|dirndl|t Adj. Entlehnt v. bair.
→ Dirndl bzw. hochdt. veraltet → Dirne.
Wortneuschöpfung d. 21. Jhds.
Bedeutung: aufgetakelt, aufgeputzt,
aufgemotzt, aufgebrezelt. Anwendung
v. a. auf auffällig hergerichtetes
Mädchen od. Frau.

Aus: Neues Wörterbuch des
Bairischen, Rosenheim 2012.

Dass man auf seinem morgendlichen Seespaziergang von einer im Wasser treibenden Frauenleiche aus seinen Gedanken gerissen wird, ist ein seltener Zufall. Eine derartige Erfahrung wird nur wenigen Menschen zuteil, selbst wenn ihnen Gott ein langes Leben schenkt. Natürlich war die Wahrscheinlichkeit, dass der Seebewohner Veit Höllerer, geboren am Weltfrauentag – ja, ausgerechnet! – des Jahres 1932, eine Wasserleiche zu Gesicht bekommen würde, größer als jetzt zum Beispiel bei einem Bewohner der Sahara, aber dennoch reagierte Höllerer überrascht.

Hätte er sich eine derartige Situation früher einmal ausgemalt, dann wäre das dabei entstandene Bild vermutlich grauenerregend, zumindest aber ekelhaft gewesen. Veit Höllerer hatte sich eine derartige Situation aber noch nie vorgestellt. Und so konnte er völlig unbefangen näher ans Ufer treten und schauen.

Seegang herrschte an diesem Tag keiner, der Wind wehte nur schwach, und so schipperte die Leiche eher gemächlich vor sich hin. Ihr Abstand zum trockenen Kies betrug knapp zwei Meter. Zu weit weg, um sie von Hand aus dem Wasser zu ziehen. Höllerer blickte um sich, und Sekunden später entdeckte er einen halb verrotteten armdicken Birkenast, der ihm von der Länge her geeignet schien, die junge Frau, die mit dem Gesicht nach unten im Wasser lag, ans Ufer zu ziehen. Es ging ganz einfach. Als er sie mit seinem Werkzeug nahe genug herangeholt hatte, scheute Höllerer nicht davor zurück, die Tote mit bloßen Händen anzufassen und ans Ufer zu ziehen. Als Freizeitjäger war Höllerer den Umgang mit dem Tod gewohnt. Sah man zudem einmal davon ab, dass sich der Körper der Frau kalt anfühlte, war diese ganze Sache alles andere als unappetitlich für den pensionierten Schneider. Die junge Frau war nämlich – dies trotz ihres Totseins – ein äußerst wohlgestaltetes Exemplar. Und weil sie nichts anhatte außer einem Spitzenhemdchen, das ihr fast bis zum Hals hinaufgerutscht war, konnte Veit Höllerer in Ruhe die feuchten, sich leicht kräuselnden Schamhaare des jungen Dings betrachten. Nur kurz war Höllerer irritiert, weil aus dem betörenden Venusdreieck des Mädchens rechts und links zwei schwarze Hörner hervorwuchsen. Vermutlich Tätowierungen, dachte sich der Pensionist und betrachtete interessiert die beiden Bögen, die sich zusammen mit dem kurz rasierten Schamhaardreieck zu einer Art Teufelskopf ergänzten. Nach einem Augenblick des Zögerns und ohne jedes schlechte Gewissen glitt Höllerers erfahrener Jägerblick dann aber gleich weiter auf die großzügig, jedoch gewiss nicht zu voluminös proportionierten Brüste und bewunderte schließlich die brustlangen dunkelblonden Haare, das markante Kinn, die schönen Lippen und die klare Stirn. Dieses Mädchen, dachte Höllerer sich, ist zu schön, um tot zu sein. Die Polizei muss her.

EINS

Einige Wochen früher
Aufgrund eines gekippten Fensters hörte Anne Loop ihren bärtigen Vorgesetzten, Kurt Nonnenmacher, bereits lautstark schreien, als sie am Morgen die Dienststelle erreichte. Die junge Polizeihauptmeisterin parkte gerade ihr Mountainbike vor dem Gebäude, als der Chef der kleinen Polizeiinspektion in den Morgen brüllte: »Sacklzement, ich möcht' bloß wissen, was sich diese g'scherten Islamisten noch alles einfallen lassen!« Dann war es für einen Augenblick still. Aber schon schimpfte Nonnenmacher weiter. Seine Verzweiflung klang ehrlich wie das Röhren eines liebeskranken Hirschs: »Warum ausgerechnet bei uns? Warum geht der Ölscheich nicht nach Timbuktu oder Burkina Faso? Gehört der Araber nicht eh in die Wüste? Mir Bayern bleiben doch auch daheim und fahren nicht sonst wohin in der Weltgeschichte.«

Als Anne diese Worte tiefgründiger Verzweiflung hörte, wünschte sie sich zurück in ihren Garten und träumte davon, sich die Kleider vom Leib zu reißen und in den morgenfrischen Bergsee zu springen, beim Tauchen das Kitzeln ihrer langen Haare auf dem Rücken zu spüren, sich danach in den Strahlen der noch zaghaften Sonne zu trocknen und – was für eine Vorstellung! – den Nonnenmacher Nonnenmacher sein zu lassen. Ein schlecht gelaunter Oberbayer, das hatte Anne, die aus dem Rheinland stammte, gelernt, war unberechenbar wie eine Wildsau, die gerade Frischlinge geworfen hat. Von so einem hält man sich besser fern, denn seine Angriffslust erfreut sich nicht umsonst eines legendären Rufs.

Als Anne Nonnenmachers Dienstzimmer betrat, war sie erleichtert, dort ihren jungen Kollegen Sepp Kastner – blond, breite Nase, immer auf Frauensuche – vorzufinden. Der studierte als Nonnenmachers Untergebener bereits seit mehreren Jahren die Eigenheiten des Polizeichefs und wusste, wie und wann man sich idealerweise vor ihm in Sicherheit brachte.

Nonnenmacher saß an seinem Platz und schaufelte aus einer roten Plastikbrotzeitdose kalten Reis in sich hinein – eine von vielen Diäten, die die fürsorgliche Gattin dem sensiblen Magen des Dienststellenleiters verordnet hatte. Diese Fastenkur, an der Nonnenmacher nun schon eine ganze Weile festhielt, entstammte einer Frauenzeitschrift.

Kastner indes stand vor dem Schreibtisch der Reis verschlingenden Wildsau und las aufmerksam das Blatt Papier, das jene – also Nonnenmacher – ihm gereicht hatte.

»Ts, ts, ts«, kommentierte Kastner, was Anne kurz an die Pumuckl-CD erinnerte, die sie am Morgen mit ihrer siebenjährigen Tochter Lisa zum gefühlten zwölftausendsten Mal angehört hatte; jedes Wort kannte Anne auswendig. Der Ersatzvater des Kobolds, Meister Eder, machte auch immer »ts, ts, ts«, wenn er Zeitung las. Wie Pumuckl in dem Hörspiel fragte Anne Loop leicht genervt: »Was ›ts, ts, ts‹?«

Ehe Kastner antworten konnte, brach es aus Kurt Nonnenmacher hervor: »So ein scheiß Scheich aus Ada Bhai will den Sommer bei uns verbringen.« Er stierte Anne vorwurfsvoll an. »Ausgerechnet bei uns!«

»Na und?«, meinte Anne verständnislos, denn dass Scheichs an ihrem schönen See oder auch sonst in Bayern Urlaub machten, war vollkommen normal und insgesamt eher zu begrüßen als ein Atomkraftwerk.

»Na und, na und!«, bellte Nonnenmacher, wobei ihm ein Reiskorn auskam, welches nach einem eher flachen, bogenförmigen Flug auf Sepp Kastners Uniformhemd landete. Kastner warf seinem Chef einen genervten Blick zu und schnippte das Reiskorn auf den Boden. Währenddessen dachte er an seine alte Mutter, die das Hemd waschen und bügeln musste, denn Kastner wohnte trotz seiner achtunddreißig Jahre noch daheim.

Nonnenmacher ließ sich durch das Flugmanöver nicht aus der Wut bringen, sondern röhrte weiter: »Nix ›na und‹. Das ist nicht irgendein Ölscheich, sondern das ist der Raschid bin Dingsbums, seines Zeichens Emir von Ada Bhai, so schaut's aus, mein lieber Herr Gesangsverein!«

Anne verstand noch immer nicht, was daran schlecht sein sollte, und meinte deshalb vorsichtig: »Aber das ist doch gut für unser Tal. Der Scheich wird sicher viel Geld ausgeben, und es werden weitere Urlauber aus dem Nahen Osten kommen, wenn es ihm hier gefällt.«

»Um Gottes willen!« Nonnenmacher stöhnte theatralisch, während er seine Reisdose in der Schreibtischschublade verschwinden ließ. Vor seinem inneren Auge zeichneten sich Bilder des Schreckens ab: Gebetsteppiche auf bayerischen Berggipfeln, mit zahllosen Minaretten bestückte Moscheen an bayerischen Seen und in Vorhangstoffe gehüllte Frauen mit dämonischen Augen, so dunkel wie die Grillkohlebriketts aus dem Baumarkt.

Als Sepp Kastner Annes fragenden Blick registrierte, erklärte er: »Der Kurt meint halt, dass da sehr hohe Sicherheitsvorkehrungen notwendig sein werden, wenn der Scheich da ist. Da werden mir den halben Ort absperren müssen. Jedenfalls will es das Innenministerium so. Hier steht« – Kastner las überdeutlich und mit wichtiger Miene aus dem ministeriellen Fax vor: »Es ist mit größter Sorgfalt dafür Sorge zu tragen, dass der hohe Staatsgast Raschid bin Suhail samt Familie und Dienerschaft mit allen den örtlichen Sicherheitskräften zur Verfügung stehenden Mitteln vor Gefahren, Risiken, Anschlägen et cetera geschützt wird. Raschid bin Suhail ist der Emir von Ada Bhai. In Bayern entspricht der Rang des Emirs dem eines Königs. Er ist somit mindestens unter Personenschutz der höchsten Gefährdungsstufe zu stellen, wenn nicht mehr.«

»Das ist schlimmer, als wie wenn jetzt der König Ludwig leibhaftig vom Himmel herunterfahren tät' und mir ihn in einem Luxushotel bewachen müssten«, brummte Nonnenmacher, der sich nun wieder etwas gefangen hatte und jetzt eher beleidigt als zornig klang.

»Der Ludwig tät' niemals in ein Luxushotel ziehen«, erwiderte Kastner überzeugt, »dem wär' ein Schloss lieber, vielleicht sogar bloß eine feuchte Grotte.«

»Der Ludwig hat unser Tal sowieso immer verschmäht«, meinte jetzt Nonnenmacher empört. »Ich glaub', der war kein einziges Mal da.«

Und Kastner ergänzte: »Es waren halt immer nur die Herzöge, denen unser Tal gut genug war.«

»Immerhin haben mir heut' die Milliardäre«, merkte Nonnenmacher nicht ohne Stolz an, was widersinnig war, weil er den Geldadel, der seit Jahrzehnten alles dafür tat, die Naturschönheit des Sees durch ästhetisch waghalsige Bauten zu beeinträchtigen, insgesamt nicht riechen konnte.

Kurz darauf saßen die drei im Streifenwagen und fuhren auf der Nordstrecke zur anderen Seeseite hinüber. Das Hotel, das sich der Scheich ausgesucht hatte, lag nicht direkt am Seeufer, sondern thronte erhaben auf einem Hang oberhalb der Stadt. Eine Abschirmung des Komplexes würde hier oben leichter fallen, hatte Sepp Kastner fachmännisch festgestellt.

»Ich bin ganz froh, dass sich die Araber nicht da unten am See einquartieren, wo's so saumäßig eng ist. Außerdem sind mir da droben auch weiter weg von der Seestraße mit dem vielen Verkehr.« Dann verfiel Kastner in dozierenden Tonfall: »Verkehr mag der Attentäter nämlich. Er sucht sich bevorzugt Orte aus, die von vielen Menschen frequentiert werden – Festzelt, Fußballstadion, Flohmarkt ...«

»Schon, schon«, meinte Nonnenmacher unwirsch, »aber das Gelände ist sausteil, und direkt oberhalb vom Hotel fängt der Wald an. Wenn sich ein mutmaßlicher Attentäter von da her anschleicht, dann schauen mir fei alt aus.«

»Mir müssen das Areal halt komplett umstellen, dann ist es sicher«, versuchte Sepp Kastner seinen Chef zu beruhigen.

»Und wie sollen wir das mit unseren paar Hanseln von der Dienststelle machen?«, blaffte Nonnenmacher den Untergebenen an und schüttelte dabei den Kopf.

Sepp Kastner schwieg beleidigt, doch Anne Loop, die neben Nonnenmacher auf dem Beifahrersitz sitzen durfte, fragte naiv: »Ist das Hotel denn so groß?«

»Ja, das werden schon so vier, fünf Gebäude sein«, erwiderte Nonnenmacher gewichtig. »Sogar ein Schloss gehört dazu.«

»Jugendstil«, tönte Sepp Kastner aus dem Fond des Wagens.

»Als ob du Gscheithaferl wüsstest, was das ist«, höhnte Nonnenmacher.

»Zumindest weiß ich, dass es nix mit der Fußballnationalelf zum tun hat. Seit der Dings Trainer ist, ist da ja auch immer vom Jugendstil die Rede.« Nach einem Zögern fragte er: »Anne, weißt du zufällig, was das genau ist, Jugendstil?«

»Das war eine Zeit vor etwas mehr als hundert Jahren, als man geschwungene Verzierungen und Blumendekorationen mochte«, antwortete Anne.

»Aber warum ›Jugend‹?«, wollte Kastner wissen.

»Keine Ahnung«, erwiderte sie und verfiel in Schweigen.

Nach einer kurzen Pause, in der Kastner versonnen auf den See geblickt hatte, meinte er: »Soweit ich weiß, hat da in dem Schloss auch einmal die Kaiserin von Russland gewohnt.«

»So ein Schmarren«, bügelte Nonnenmacher ihn nieder. Als Kastner daraufhin jedoch noch beleidigter als schon vorher schwieg, fügte Nonnenmacher besänftigend hinzu: »Das war eine Großfürstin, allerhöchstens.«

»Kurt, da liegst jetzt aber, glaub' ich, falsch, weil mir haben das in der Schule gelernt: In dem Schloss von dem Hotel, da war die Maria von Sachsen, und die hat, dafür leg ich meine Hand ins Feuer, irgendwas mit dem russischen Kaiserhaus zum tun gehabt, also jedenfalls jobmäßig oder so.«

»Ja!« Nonnenmacher lachte anzüglich. »Wahrscheinlich einen Minijob beim Kaiser!«

Anne Loop verzog angewidert das Gesicht. In solchen Augenblicken bereute sie zutiefst, dass sie sich von München aufs Land hatte versetzen lassen. Zwar gab es in der Großstadt auch genügend ruppige Kollegen, aber insgesamt ging es dort in Polizeikreisen etwas weltoffener zu als in dem engen Bergtal, wo man trotz der zugereisten deutschen Monetenaristokratie und der vielen Urlauber doch schon sehr im eigenen Saft schmorte. Etliche Ureinwohner, zu denen ja auch Nonnenmacher zählte, fanden, dass der Tourismus den See zwar reich gemacht habe, dass aber erstens viel zu wenige davon profitiert hätten und zweitens die Landschaft dadurch etwas von ihrer Ursprünglichkeit verloren habe. Jeder Einheimische konnte auf Anhieb mehr als eine Handvoll furchterregender Bausünden aufzählen, die man den Auswüchsen des Tourismus zu verdanken hatte. Es waren beileibe nicht nur Naturschützer, die sich ausmalten, wie der eine oder andere einst schöne Fleck im Tal wieder aussehen könnte, wenn sich ein Terrorist fände, der eine Bombe legte und alles wieder so aussähe wie früher. Aber einen derart revolutionären Gedanken auszusprechen, getraute sich in dieser Zeit nur der Kaiser des Fußballs.

Das Polizeifahrzeug arbeitete sich durch den Verkehr aus der Stadt heraus und erklomm die steile Straße zum Hotel. Nonnenmacher parkte das Fahrzeug vor dem Haupthaus, über dessen steinernem Torbogen das Wort »Reception« prangte. Seiner Meinung nach schrieb man das mit »z«, aber das mit dem Ausländischen im Bayerischen war eine Seuche, neulich erst hatte seine Frau gegenüber Bekannten ein hundsgewöhnliches Weißwurstfrühstück als »Brunch« bezeichnet. Ein Weißwurstfrühstück!

Die drei Polizisten stiegen aus und betraten das Gebäude, wo sie ins Büro des Hoteldirektors geführt wurden.

Christian Geigelstein war ein aparter Mann mittleren Alters mit schwarzen, nach hinten gegelten Haaren, der die drei nach kurzer Begrüßung bat, Platz zu nehmen.

Anne fühlte sich in den bequemen Sesseln gleich wohl, wohingegen man Nonnenmacher und Sepp Kastner anmerken konnte, dass sie sich auf den Holzbänken des örtlichen Bräustüberls wohler gefühlt hätten.

»So, und zu Ihnen kommt jetzt so ein Ölscheich«, begann Nonnenmacher etwas ungelenk das Gespräch.

»Nun, ich würde es etwas anders formulieren; Herr Raschid bin Suhail ist der Emir von Ada Bhai, einem relativ kleinen Wüstenstaat auf der Arabischen Halbinsel, aber mit großem Ölvorkommen«, antwortete Geigelstein höflich.

»Und der traut sich, jetzt in Urlaub zu fahren? Wo es in der gesamten arabischen Welt gerade lichterloh brennt?«, fragte der Dienststellenleiter mit schadenfrohem Unterton.

»Falls Sie auf die Unruhen und revolutionsähnlichen Vorgänge Bezug nehmen sollten«, erwiderte der Hoteldirektor vorsichtig und wischte mit einer eleganten Handbewegung ein für die drei Polizisten nicht sichtbares Staubkorn von der glänzenden Tischplatte seines Schreibtischs, »bitte ich Sie, Ihre Mitarbeiter dringend zu instruieren, dass das gegenüber der Herrscherfamilie mit keinem Wort erwähnt wird. Der Emir und seine Gattinnen sollen sich bei uns erholen und sich keinesfalls mit etwaigen politischen Problemen belasten müssen.«

»Das ist schon interessant, gell«, feixte Nonnenmacher jetzt derart unverfroren, dass Anne ihm am liebsten einen Tritt gegen das Schienbein verpasst hätte, »dass nicht nur der Bayer sich nicht unterdrücken lässt, sondern sogar der Araber. Der Mensch ist halt, ganz wurscht, woher er kommt, freiheitsliebend und mag es nicht, wenn irgend so ein daherstrawanzter Herrscher über ihn bestimmt.«

»Aber Kurt«, schaltete sich Sepp Kastner ein, »du bestimmst ja auch über uns, und mir lassen uns das ja auch gefallen, meistens jedenfalls.«

»Das stimmt natürlich«, meinte Nonnenmacher, »eine gewisse Führung ist sicherlich in vielen Bereichen nicht schädlich. Dies gilt insbesondere für so sicherheitssensible, wie die umfassenden Aufgaben und Zuständigkeiten der Polizei es sind.«

Anne schämte sich in Grund und Boden für das Bild, das

ihre beiden Kollegen abgaben, und so versuchte sie, den Blick des Hoteldirektors einzufangen. Doch der ließ sich von ihren blauen Augen nicht bezirzen, sondern meinte, ohne auf Nonnenmachers und Kastners Zwiegespräch über die Freiheit einzugehen: »Das Emirat von Ada Bhai zählt zu den wohlhabendsten Staaten der Welt. Armut und Arbeitslosigkeit sind dort Fremdwörter. Meines Wissens sind die Menschen dort frei. Jedem Bürger steht der Weg offen zu einem Studium, zu bester gesundheitlicher Versorgung und zu ...«

»Meinungsfreiheit?«, unterbrach Nonnenmacher den beflissenen Vortrag des Hoteldirektors.

»Ich denke, dass es dort auch so etwas wie Meinungsfreiheit gibt«, erwiderte Geigelstein etwas irritiert. »Um es aber noch einmal klipp und klar zu sagen: Sollten Sie oder einer Ihrer Mitarbeiter gegenüber einer Person der Entourage des Emirs ein kritisches Wort verlieren, werde ich intervenieren, notfalls an höchster Stelle. Da werden Sie große Probleme bekommen. Für unser Haus geht es hier um einen wichtigen und anspruchsvollen Auftrag.«

»Und um einen Haufen Geld«, stellte Nonnenmacher trocken fest.

»Vielleicht sollten wir jetzt lieber das Sicherheitskonzept durchsprechen, anstatt weltanschauliche Diskussionen zu führen«, schaltete Anne sich in das Gespräch ein und wurde dafür endlich mit einem interessierten Blick des Hoteldirektors belohnt, der ihnen nun erklärte, dass der Emir mit seiner Familie vor allem im Schloss wohnen werde. Dort habe Raschid bin Suhail alle sieben Suiten und auch die übrigen Räume angemietet. Restaurant, Bar und was sonst noch in dem Gebäude untergebracht sei, stehe für den gesamten Sommer allein der Herrscherfamilie aus Arabien zur Verfügung.

»Werden Sie dann die komplette Saison über gar keine anderen Gäste in Ihrem Hotel beherbergen?«, fragte Anne Loop erstaunt nach.

»Doch«, erklärte der Hoteldirektor, allerdings dürfe das

Schloss tatsächlich nur von den arabischen Gästen betreten werden.

»Und was ist mit dem Spa-Bereich und den anderen Hotelgebäuden?«, erkundigte sich Anne.

»Das ist eine gute Frage«, antwortete Geigelstein, was Sepp Kastner ein stolzes Lächeln entlockte, war er doch immer noch heimlich in die alleinerziehende Anne Loop verliebt, die, wie er fand, blitzgescheit war und zudem aussah wie Angelina Jolie, wenn nicht sogar besser. »Natürlich werden der Emir und seine Familie auch unser Spa nutzen. Allerdings können wir unsere anderen Gäste nicht völlig aussperren. Da müssen wir eine Lösung finden. Womöglich werden wir mit Herrn Raschid bin Suhail Wochenpläne aufstellen, sodass die zeitliche Nutzung genau geregelt ist. Irgendein Weg wird sich da hoffentlich finden. Für Sie ist aber vor allem wichtig zu wissen, dass keine Personen in die Hotelgebäude hineindürfen, die nicht Gäste oder Mitarbeiter unseres Hauses sind.«

»Das heißt, wir postieren vor jedem Gebäude Wachen?«, wollte Anne wissen.

»Das wäre aus meiner Sicht sinnvoll«, antwortete Geigelstein.

»Das ist ja der reine Wahnsinn«, entfuhr es Nonnenmacher, der bisher nur zugehört hatte. »Da brauchen mir ja mindestens dreißig Einsatzkräfte. Wie stellst'n dir das vor?« Dass er den Hoteldirektor geduzt hatte, war zwar eine Entgleisung, allerdings war das Duzen in den ländlichen Gebieten Oberbayerns weiter verbreitet als in den Metropolen des Landes.

Anne Loop rechnete. »Wir haben vier Gebäude, vermutlich jedes mit mehreren Eingängen.«

»Mir müssen ja nicht alle Eingänge offen lassen«, warf Sepp Kastner ein, dem gefiel, dass nun endlich etwas voranging.

»Genau«, nickte Anne zustimmend. »Gehen wir mal davon aus, dass wir für jedes Gebäude zwei Kollegen einsetzen, dann macht das acht. Bei drei Schichten à acht Stunden brauchen wir pro Tag vierundzwanzig Einsatzkräfte.«

»Unmöglich!«, polterte der Dienststellenleiter. »Völlig unmöglich. Mir haben ja auch noch anderes zum tun als irgendwelche Islamisten zum schützen!«

Der Hoteldirektor Geigelstein quittierte Nonnenmachers Ausbruch mit einem entsetzten Blick. Doch der war jetzt erst richtig in Fahrt gekommen und fügte noch hinzu, dass man so einen Zirkus ja nicht einmal veranstaltet habe, wie der Franz Josef Strauß noch im Tal gewohnt habe. »Und der war immerhin Ministerpräsident von Bayern und nicht bloß von Arabien.«

Ohne auf den Inspektionschef einzugehen, ergänzte der Hoteldirektor, der seinen Blick nun wieder unter Kontrolle hatte, Annes Ausführungen: »Außerdem wäre es sinnvoll, am Anfahrtsweg zwei Polizisten zu postieren und zudem zwei Beamte permanent auf dem Gelände Streife gehen zu lassen.«

»Macht insgesamt sechsunddreißig Personenschützer«, hielt Anne lächelnd fest. »Das wird ein richtiger Großeinsatz, und das den ganzen Sommer über!« Sie freute sich riesig, dass am See endlich einmal etwas los war. Die immer gleichen Internetbetrügereien und Verkehrsunfälle, mit denen sich ihre Dienststelle vor allem herumzuschlagen hatte, hingen ihr schon lange zum Hals heraus. Ohne Rücksicht auf ihren Chef fragte Anne nun kess: »Und bekommen wir jetzt noch eine Führung von Ihnen durch das Hotel, Herr Geigelstein?«

Ohne sich anmerken zu lassen, ob er Nonnenmachers Auftreten als ungebührlich empfand, führte der Hoteldirektor die drei Beamten zunächst in das moderne Gebäude, in dem die Tagungsräume und der Spa-Bereich untergebracht waren. Als Nonnenmacher in dem eleganten Schwimmbad stand, in dem es nach die Sinne verwirrenden Substanzen roch, verstummte sogar er kurz angesichts des majestätischen Ausblicks durch das Panoramafenster über Stadt und See hinweg zum bewaldeten Hirschberg und hinüber zum Ochsenkamp.

»Die Saunas kann ich Ihnen jetzt leider nicht zeigen, weil da gerade Gäste sind«, entschuldigte sich Geigelstein.

»Das ist ja schön hier«, flüsterte Anne Loop.

»Schon«, meinte auch Sepp Kastner. »Es riecht gut – und alles ist so ...«, er suchte nach einem Wort, »... modern.«

Nonnenmacher brummte nur, wenngleich nicht ablehnend. Als das Quartett gerade die Behandlungsräume mit den Massageliegen passierte – auch von hier aus eröffneten sich eindrucksvolle Ausblicke auf das Alpenpanorama –, meinte der Polizeichef: »Herr Geigelstein, ich habe eine Frage.« Der Hoteldirektor schenkte dem Dienststellenleiter einen erwartungsvollen Blick. »Die Scheichsfrauen, die haben ja immer solche Vorhangkleider an.«

»Burka nennt man diese traditionelle Bekleidung meines Wissens nach«, erwiderte der Hotelier vorsichtig.

»Wie man's nennt, ist ja wurscht – Hauptsache, mir verstehen uns, und das tun mir ja, oder?« Geigelstein nickte zögerlich. Er war sich nicht sicher, ob er und Nonnenmacher sich tatsächlich verstanden. »Also«, fuhr der Dienststellenleiter fort, »die Kleider haben diese Scheichsfrauen ja, weil man nicht sehen darf, dass sie schön sind, falls sie schön sind, oder?«

»So könnte man das wohl formulieren, unter Umständen«, meinte der Hoteldirektor zaghaft.

»Manche von denen sind sicherlich auch schön«, mischte sich Kastner in der Absicht ein, die von Nonnenmacher verbreitete finstere Stimmung etwas aufzuhellen. Ein Versuch, der aus Annes Sicht mit dieser Aussage nur halb glückte.

Nonnenmacher war das egal: »Hin oder her, jetzt kommt meine Frage: Wie gehen die Scheichsfrauen dann eigentlich schwimmen, wenn man nix sehen darf von ihnen? Die werden ja wohl nicht mit so einem Vorhang ins Wasser steigen?«

»Ich denke, dass die Ehefrauen eines Emirs genauso schwimmen gehen wie zum Beispiel Ihre Frau, Herr Nonnenmacher«, sagte der Hotelier. Er war nun nicht mehr ganz so gelassen wie gerade eben noch. »Der Unterschied wird nur sein, dass Frau Nonnenmacher vermutlich im öffentlichen Strandband schwimmen geht, wohingegen sich die Frauen eines Emirs lediglich in völlig abgetrennten Bereichen, zu denen vor allem auch kein Mann Zugang hat, den Badefreuden hingeben.«

»Gut, dann müssen halt immer Sie mitgehen, Frau Loop, wenn die Frauen vom Ölscheich baden gehen«, meinte Nonnenmacher versöhnlich. »Mir wäre es in dem Schwimmbad auf Dauer eh zu heiß.« Er dachte kurz nach und meinte schließlich: »Ziehen'S dann halt auch so einen Vorhang an – vielleicht einen in Polizeigrün.«

»So, dann zeige ich Ihnen jetzt noch unser Schloss«, sagte Geigelstein, der nicht sicher war, ob Nonnenmacher seine letzte Aussage ernst gemeint hatte. Er führte die drei in den Barocksaal mit dem großen Bankettisch. Die drei Polizisten zeigten sich beeindruckt.

»Hier kann man heiraten!«, meinte Sepp Kastner anerkennend.

»Das stimmt«, sagte der Hotelier lächelnd, »wir sind fast jedes Wochenende ausgebucht.«

»Vorausgesetzt, man hat eine Frau, gell, Sepp«, zog Nonnenmacher seinen unfreiwillig ledigen Untergebenen auf.

Der Hoteldirektor ging auch auf diese Unverschämtheit nicht ein, sondern erklärte stattdessen: »Hier wird die königliche Familie ihre Mahlzeiten einnehmen.«

»Müssen'S denen fei schon auch einmal Weißwürscht machen, gell. Dass' wissen, was gut ist«, merkte der Dienststellenleiter todernst an.

»Das werden wir sicherlich nicht tun, Herr Nonnenmacher«, antwortete Geigelstein, sparte sich aber eine Erklärung, weshalb man den Gästen aus dem Nahen Osten diese bayerische Spezialität garantiert nicht servieren würde.

So beschwingt wie an diesem Tag war Anne Loop schon lange nicht mehr vom Dienst nach Hause gekommen. Im Garten des Hauses, das sie gemeinsam mit ihrer Tochter Lisa und ihrem Lebensgefährten Bernhard, der nicht der Vater des Kindes war, bewohnte, blühten Blumen und Büsche in voller Pracht. Im Hintergrund schimmerte unschuldig der See. Komisch war nur, dass die beiden bei dem schönen Wetter nicht im Garten waren. Anne schloss die Tür auf und rief laut: »Hallo!« Doch niemand antwortete. Noch einmal rief Anne: »Haallooo!« Keine Antwort. Die Polizistin schaute kurz ins Wohnzimmer, doch auch da war niemand. Dann betrat sie die Küche des Anwesens, das eigentlich das Ferienhaus von Bernhards nach Spanien ausgewanderten Eltern war – in dieser teuren Lage hätten sich Bernhard, der an seiner Doktorarbeit schrieb, und Anne mit ihrem Polizistinnengehalt niemals ein Haus leisten können. Doch auch hier war niemand, und an der Stelle, an der sie üblicherweise die Nachrichten füreinander deponierten, war auch nichts zu finden.

»Fuck«, entfuhr es Anne, denn ihr schwante nichts Gutes. Ihr Freund Bernhard von Rothbach litt nämlich an einer psychischen Krankheit, die viele Menschen für einen Witz hielten, Anne aber das Leben zur Hölle machte: Bernhard plagten regelmäßig hypochondrische Schübe, während derer er sich für unheilbar krank hielt und sich dann entweder in eine tiefe Depression flüchtete oder aber mit Selbstmordgedanken kämpfte. Es kam auch schon vor, dass Bernhard einfach für Tage verschwand – und sich dann plötzlich, wie aus dem Nichts, wieder bei ihr mit der Mitteilung meldete, er sei in einer Klinik, weil man vermute, er habe einen Gehirntumor. Natürlich war an all den Tumoren und sonstigen Gebrechen nie etwas dran. Aber zum einen konnte sich Anne nie ganz sicher sein, ob sich Bernhard in seiner Verzweiflung über eine eingebildete unheilbare Krankheit nicht doch einmal das Leben nahm, zum anderen bereitete es ihr jedes Mal große Probleme, wenn er ohne Vorankündigung verschwand und sie mit Lisa allein dastand. Denn wenn Bernhard nicht da war, wer holte Lisa dann von der Schule ab? Wer machte mit ihr Hausaufgaben? Und: Wo war Lisa jetzt?

Anne überprüfte den Anrufbeantworter, aber der ließ nur die Nachricht erklingen, dass sie herzlich eingeladen sei, fürs Sommerfest der Schule einen Kuchen zu backen, und zudem solle sie beim Verkauf mithelfen. Bei dem angekündigten Festtag handelte es sich um einen Mittwoch, was Anne ein erneutes »Fuck« entlockte, denn das bedeutete, dass sie sich einen Tag Urlaub nehmen musste, um in der Schule mit dabei zu sein. Einen Tag Urlaub zum Kuchenverkaufen. Wie machten das eigentlich andere Alleinerziehende?

Nachdem Anne Loop das obere Stockwerk des Hauses und auch den Garten nach Lisa und Bernhard abgesucht hatte und ausschließen konnte, dass die beiden sich einen Spaß mit ihr erlaubten, wählte sie zuerst Bernhards Mobilnummer. Es tutete eine Weile, was Anne für einige Augenblicke Hoffnung schöpfen ließ, doch dann ging die Mailbox an. Warum habe ich mir nur diesen Idioten als Freund ausgesucht?, schoss es ihr durch den Kopf, und sie verspürte ob dieses Gedankens nicht einmal ein schlechtes Gewissen. Natürlich war Bernhard irgendwie auch toll. Er war einfühlsam, gebildet, ein Familienmensch – wenn er gesund war. Aber wenn dann wieder diese verfluchte Hypochondrie die Macht übernahm ... Als Nächstes wählte Anne die Nummer der Familie von Lisas bester Freundin Emilie. Die Siebenjährige ging gleich persönlich ans Telefon.

»Emilie Eberhöfer?«

»Hallo, Emilie, hier spricht Anne. Ist Lisa bei dir?«

»Ja.«

Anne spürte die Erleichterung am ganzen Körper.

»Gibst du sie mir mal?«

»Wieso?«

»Weil ich sie was fragen will.«

»Was?«

Unglaublich, wie selbstbewusst die Kinder heutzutage sind, dachte Anne kurz und antwortete mit liebevoller Strenge: »Geht dich nichts an. Gib mir jetzt die Lisa!«

Kurz darauf war Lisa Loop am Apparat: »Hallo, Mama!«

»Hallo, Lisa, warum bist du bei Emilie?«

»Weil Bernhard weg musste.«

»Hat er dich von der Schule abgeholt?«

»Ja, aber dann hat er gesagt, ich soll mit Emilie mitgehen.«

»Wieso?«, fragte Anne verständnislos.

»Keine Ahnung. Er hat nur gesagt, dass er weg muss. Du, wir malen gerade.«

Kinder gehen mit den Verrücktheiten des Lebens wesentlich entspannter um als Erwachsene, stellte Anne fest und verzichtete darauf nachzufragen, wohin Bernhard »musste«, sie hatte ohnehin so eine Ahnung. »Gibst du mir mal Emilies Mutter?«

»Wieso?«

»Lisa, gib mir jetzt bitte Emilies Mutter, verdammt!«

Als die Mutter der Schulfreundin am anderen Ende der Leitung war, entschuldigte sich Anne, dass Bernhard ihr die Verantwortung für Lisa so kurzfristig »aufs Auge gedrückt« hatte. Aber auch wenn Emilies Mutter ihr mit keinem Ton das Gefühl gab, dass sie Bernhards Vorgehen für nicht so geschickt hielt, fühlte Anne sich schlecht. Wie ätzend es doch war: Ständig brachte Bernhard sie in unangenehme Situationen. Wie konnte jemand, der über die Philosophie der Verantwortung promovierte, derart verantwortungslos sein?

Als Anne am nächsten Tag die Dienststelle betrat, war der Groll verflogen. Zwar hatte sie am Abend vorher noch mehrmals versucht, Bernhard auf dem Handy zu erreichen, jedoch erfolglos. Doch dieses Mal hatte Anne keine verheulte Nacht verbracht. Sie hatte beschlossen, sich keine Sorgen mehr um ihn zu machen. Seine hypochondrischen Eskapaden gingen ihr schon viel zu lange auf die Nerven! Sie würde sich gefühlsmäßig von ihm abkoppeln, zumindest in diesen Phasen. Und: Bernhard würde sich wieder melden. Ganz sicher würde er sich wieder melden. Mit welch überraschender Nachricht dies sein würde, konnte sie freilich in dem Moment, in dem sie das Büro ihres Chefs Kurt Nonnenmacher zur morgendlichen Besprechung betrat, noch nicht ahnen.

Der Chef wirkte noch grantiger als am Vortag. Auf seinem

Schreibtisch lag ein Blatt Papier, und seinem Gehabe nach hatte seine miese Laune etwas damit zu tun.

Als auch Sepp Kastner mit leichter Verspätung den Raum betrat und wie üblich die Tür nur anlehnte, wies Nonnenmacher ihn wütend zurecht: »Tür zu, oder habt's ihr daheim Teppiche vor der Tür hängen?«

Kastner roch die dicke Luft, trabte deshalb zügig zur Tür und schloss sie möglichst geräuschlos.

Die Zimmerpflanze, die hinter Nonnenmachers Rücken auf dem Fensterbrett vor sich hin vegetierte, wippte zaghaft in der lauen Seeluft, welche sich gemeinsam mit einer Wespe durch das gekippte Fenster hereinschummelte.

»Frau Loop, jetzt mal unter Kollegen und ganz ehrlich: Haben Sie hinter meinem Rücken irgendwas mit dem Ministerium gemauschelt?«

Anne schaute ihren Vorgesetzten irritiert an. Dessen Magen knurrte wie ein wildes Tier, obwohl das Reisfrühstück, das er heute auf seinem Freisitz mit Blick auf das Gulbransson-Museum eingenommen hatte, kaum länger als achtunddreißig Minuten zurücklag. Auch Sepp Kastner wirkte plötzlich nervös. Und als wäre dies nicht schon genug, trainierte direkt vor dem Fenster eine Möwe Sturzflug.

Ehe Anne etwas antworten konnte, drohte Nonnenmacher: »Ich sage Ihnen eins: Wenn Sie mich hier als Dienststellenleiter absägen wollen, dann gnade Ihnen Gott! Ich schau' vielleicht aus wie der Alm-Öhi, aber innen drin bin ich ein ...« Nonnenmacher suchte nach einem passenden Vergleich und sagte dann »Schlangenkopffisch«, was Sepp Kastner unheimlich lustig fand. Vermutlich hatte der Chef gestern auch die spätabendliche Wiederholung der Zoosendung über die Raubfische gesehen, die bis zu einen Meter dreiundachtzig lang werden konnten. Anne dagegen konnte daran gar nichts Komisches finden. Ministerium! War Nonnenmacher verrückt geworden?

»Warum sagen'S jetzt nix?«, fuhr Nonnenmacher sie an, wobei er aber leicht verunsichert klang.

»Weil ... weil«, stotterte Anne, »weil ich gar nicht weiß, worauf sie hinauswollen! Ist denn was passiert?«

»Ja«, antwortete Nonnenmacher kurz und knapp. »So etwas Intrigantes ist mir in den ganzen sechzehn Jahren, in denen ich diesen Job hier mache, nicht untergekommen.«

»Ja was denn, Kurt?«, wollte jetzt auch Kastner wissen. »Was ist denn passiert?«

»Ich bin entmachtet«, sagte Nonnenmacher, und er klang dabei wie ein bayerischer König, dem sein Kabinett handstreichartig die Regentschaft entzogen hat. Erneut probte vor dem Fenster die Möwe den Sturzflug, dieses Mal mit gellendem Schrei. Es klang beeindruckend.

»Wirst du versetzt oder was?«, fragte Kastner ratlos.

»Das wär' ja noch schöner!«, rief der sechsundfünfzigjährige Dienststellenleiter, Bartträger, Fliegenphobiker, Hobbyliebeslyriker und Familienvater jetzt so laut, dass ein Kollege von der Bereitschaft besorgt seine Nase ins Dienstzimmer steckte und fragte, ob man Hilfe brauche.

»Du, hau bloß ab!«, brüllte Nonnenmacher ihn an und suchte Annes Blick: »Frau Loop, eines sage ich Ihnen: Ich lasse mir nicht von einer dahergelaufenen Schlampe wie Ihnen die Arbeit wegnehmen!«

»Kurt, jetzt geh!«, versuchte Kastner den wütenden Chef zu bremsen. »So was sagt man aber nicht zu einer Kollegin, die wo bis jetzt eine super Arbeit geleistet hat bei uns.«

»Und das alles wegen den Islamisten!«, schrie Nonnenmacher nun so schrill, dass sich seine Stimme überschlug. Kurz nachdem seine flache Hand ein weiteres Mal auf den Tisch niedergesaust war, klopfte es an der Wand zum Nachbarbüro, und eine weibliche Stimme rief: »Kurt, geht's eigentlich noch?«

Nonnenmacher verdrehte die Augen und murmelte etwas Unverständliches, das sich für Anne anhörte wie: »Grutzedürckenherrgodsakramenterweibasleit.«

Kastner ließ sich durch das wütende und mit Sicherheit frauenfeindliche Gemurmel nicht davon abbringen, den Grund für Nonnenmachers Ärger herauszufinden, und fragte mit unschuldigem, beinahe erleichtert klingendem Interesse: »Ach, hat's was mit dem Scheich zum tun?«

»Ja, so kann man das sagen!«, antwortete der leicht füllige Inspektionsleiter, nun in gedämpfterem, wenngleich noch lautem Ton. »So kann man das sagen. Diese Ölscheichs kaufen uns nicht bloß die bayerischen Fußballvereine vor der Nase weg, die zerstören auch noch unsere Existenzen. Sepp, ich sage dir: Es wird kommen der Tag, da kommt so ein Öl-Taliban daher und kauft uns den See unterm Arsch weg. Haut ein paar Millionen auf den Tisch, und weg ist das Wasser, inklusive Fische, Seerosen und Wasserläufer. Einfach so! So schnell kannst' gar nicht schauen, mein Lieber, das sag' ich dir!«

»Ja, aber was hat jetzt die Anne damit zum tun?«, traute sich Kastner nun doch noch einmal nachzufragen.

»Das Ministerium hat sie zur Leiterin der gesamten Scheiß-, ach, was sag' ich – Scheichs-Aktion ernannt.« Nonnenmacher sah Kastner ernst an. »Das heißt, ich bin da heraußen. Das muss man sich einmal vorstellen!« Das bärtige bayerische Mannsbild wischte sich den Schweiß der Verzweiflung und des Zorns von der Hand und schleuderte ihn gegen den Dienstplan an der Korkpinnwand. »Was die Leute jetzt von mir denken.« Nun flüsterte der wütende Gendarm beinahe, während sein Magen furchterregend knurrte. »Ich sag' euch, was die Leute sagen werden: Der Nonnenmacher hat nix mehr zum melden. Das Ministerium traut dem Nonnenmacher nicht einmal mehr zu, dass er einen Ölscheich bewacht. Der Nonnenmacher lässt sich jetzt von einer Polizistin, die ausschaut wie die Brigitte Bardot« – Kastner unterbrach ihn mit einem korrigierenden »Angelina Jolie, die Bardot war blond«, was Nonnenmacher aber egal war –, »... auf der Nase herumtanzen. Das werden die Leut' reden!«

Anne war sich nicht sicher, aber bei den letzten Worten glaubte sie Tränen in den Augen des Dienststellenleiters erspäht zu haben. Dabei hatte ihr Sepp Kastner erst kürzlich erklärt, dass ein bayerischer Mann nur in einer Lebenssituation weine: wenn seine Mutter sterbe. Nonnenmacher tat ihr aufrichtig leid.

Die Möwe hatte ihr Training beendet, dafür röhrte nun ein Traktor so laut an der Inspektion vorbei, dass Nonnenmacher seine Augenbrauen tief in die Stirn zog und für einen Augenblick sein Jagdinstinkt geweckt war: Denn hier verletzte ein Landwirt gerade eindeutig den Lärmgrenzwert, was natürlich bußgeldfällig war und somit eine Obliegenheit der Polizei.

Doch ehe Nonnenmacher sich um die Verfolgung des Ruhestörers kümmern konnte, sagte Anne ruhig: »Aber Herr Nonnenmacher, wir ziehen hier doch an einem Strang! Ohne Ihre Erfahrung sind wir doch völlig aufgeschmissen. Gerade wenn es darum geht, so hohen Besuch zu schützen. Allein schon Ihre präzise Ortskenntnis ist doch unerlässlich für uns, Ihre Erfahrung, Ihr diplomatisches Geschick.« Sogar dieser letzte Zusatz kam ihr völlig ironiefrei über die Lippen. »Dieser Sommer, dieser Scheichbesuch bringen Herausforderungen für uns, die ohne Ihre Kompetenz und Ihr polizeiliches Wissen nicht zu bewältigen sind. Da ist es doch ganz gleich, was das Ministerium uns schreibt, oder was meinen Sie?«

Nonnenmacher brummte etwas Unverständliches in seinen Bart hinein, insgesamt klang es aber nach besänftigter Zustimmung. Deshalb fuhr Anne fort: »Außerdem ist es doch auch eine Auszeichnung für unsere Dienststelle, dass *wir* mit der Bewachung eines echten arabischen Königs beauftragt werden und nicht die Kollegen aus der Kreisstadt oder aus München.«

»Das ist natürlich richtig«, stimmte der Inspektionschef zu und sah Anne mit offenem Blick an. »Dass mir die ganze Aktion dann aber gemeinsam durchziehen! Von wegen Gesichtswahrung und so.«

Anne nickte. Nonnenmacher, jetzt selbstsicherer, fuhr fort: »Dass ich quasi weiter der Chef bin und Sie sozusagen einen Sonderauftrag bekommen, also von mir.«

»Genau«, sagte Anne und fand Nonnenmacher, diesen Bären von einem Mann, für einen Moment beinahe süß. Auch

Sepp Kastner war furchtbar erleichtert, dass die für eine gute Zusammenarbeit so wichtige Harmonie wiederhergestellt war, und erkundigte sich nun leise, was denn eigentlich genau auf diesem Zettel stehe.

Nonnenmacher informierte sie, dass das Ministerium die ganze Verantwortung für die Sicherheit des Besuchs des arabischen Königshauses in die Hände der hiesigen Polizeiinspektion lege und höflich dazu auffordere, möglichst schnell einen Einsatzplan mit einer konkreten Kräfteanforderung vorzulegen. Denn dem Ministerium sei auch klar, dass mit den in der hiesigen Polizeiinspektion zur Verfügung stehenden Beamten der Emir und seine Familie unmöglich hinreichend bewacht werden könnten. »Mir kriegen also Verstärkung«, sagte Nonnenmacher.

»Hoffentlich nicht aus Franken«, meinte Kastner.

»Noch schlimmer wären Schwaben«, ergänzte der Dienststellenleiter. Was er unterschlug, war die Tatsache, dass er vom Ministerium vor allem aus zwei Gründen nicht mit der Leitung der Bewachung der Scheichsfamilie beauftragt worden war: Zum einen, weil er kein Englisch sprach, zum anderen aber, weil der Direktor des Luxushotels, in dem der Emir absteigen würde, angeregt hatte, anstatt des bärbeißigen Inspektionsleiters »diese hellwache junge Polizistin« mit der Aufgabe zu betrauen. Dies fanden Sepp Kastner und Anne Loop aber erst heraus, als sie mit einer Kopie des ministeriellen Schreibens in ihrem eigenen Dienstzimmer saßen.

»So ein Scheich«, meinte Nonnenmacher während der Mittagspause zu Sepp Kastner, als Anne gerade gegangen war, um sich einen Kaffee zu holen, »so ein Scheich ist schon ein rechter Sauhund.«

Die beiden Polizisten saßen im Freisitz hinter der Inspektion und genossen bei bayerisch-blauem Himmel die Frühlingssonne. Sepp Kastner, den Mund noch voll von der Leberkässemmel, in die er soeben gebissen hatte, nuschelte: »Warum?«

»Wegen der Vielweiberei«, erläuterte der Dienststellenleiter. »So ein Scheich hat nicht nur *eine* Frau, sondern gleich fünf oder zehn.« Nonnenmacher lehnte sich nach vorn, sodass die Bank, auf der er saß, verdächtig knarzte. »Das tät' uns doch auch gefallen, oder?«

»Schon, schon«, stimmte Kastner zu, dachte sich aber insgeheim, dass ihm eine einzige Frau eigentlich schon reichen würde. Die Anne Loop zum Beispiel. Aber irgendwie war er, was dieses Thema anging, in den vergangenen Monaten nicht so recht vorangekommen. Unverdrossen hielt sie an diesem ja offensichtlich geisteskranken Freund fest. Ob es daran lag, dass dieser komische Bernhard ein Adliger war? Eine Doktorarbeit schrieb er auch. Aber das war ja seit dem Skandal mit dem Bundesminister, der seine Doktorarbeit getunt hatte, wohl nichts mehr, womit man eine Frau beeindrucken konnte. Womit konnte man heute eigentlich Frauen beeindrucken? Ein cooles Auto mit breiten »Schlappen« genügte offensichtlich nicht mehr. War es ein enthaarter Körper oder ein Handy, das sprechen, vielleicht sogar jodeln konnte? Ein Haus mit Garten oder eine Wohnung ohne Wände in Berlin? Wie überhaupt musste der Mann von heute sein – hart oder weich? Dominant oder zärtlich oder alles auf einmal?

Nonnenmacher riss ihn aus seinen Gedanken. »Wenn ich mir das ausmale: Ich komme nach Hause. Meine Helga steht in der Küche und macht mir einen Wurschtsalat. Derweil gehe ich ins Wohnzimmer, da sitzt so eine fesche Erscheinung wie die Gitti vom Kiosk – jetzt bloß als Beispiel – und hilft mir aus der Uniform.«

»Die Gitti vom Kiosk?«, fragte Kastner und schaute seinen Chef mit gerunzelter Stirn an.

»Jetzt bloß als Beispiel!«, antwortete Nonnenmacher und träumte weiter: »Und die hätte dann praktisch nix an, außer einem Tanga.«

»Außer einem Tanga«, wiederholte Kastner ungläubig.

»Und die tät' mich dann aufs Sofa legen und sich in ihrem

Tanga auf mich draufsetzen und mir eine arabische Massage machen.«

»Tanga, arabische Massage und ein Wurstsalat«, sagte Kastner und versuchte aus reiner Kollegialität den Traum seines Chefs nachzuvollziehen, was ihm nicht hundertprozentig gelingen wollte, weil erstens die Vorstellung von der verhältnismäßig voluminösen Gitti vom Kiosk in einem Tanga seine Phantasie nur bedingt anregte und er zudem Nonnenmachers Regalwand aus dunklem Furnierholz, in der neben Polizeiwappen und alten Polizeikopfbedeckungen auch die Schlumpfsammlung von Nonnenmachers Frau Helga stand, nicht aus dem Bild bekam.

»Und während die Gitti mich massiert, also arabisch, bringt die Helga den Wurschtsalat herein und eine andere schöne Frau – sagen mir einmal die Dings von der Metzgerei ...«

»Welche Dings?«, unterbrach ihn Kastner, der diese ganze Phantasie allmählich etwas blöd fand.

»Ach die Dings halt, die Blonde, die wo als Aushilfe in der Metzgerei jobbt, weißt' schon.«

»Ach die Dings, die wo so dunkelhellblond ist!«, erwiderte Kastner diplomatisch, obwohl er keine Ahnung hatte, wen der Dienststellenleiter meinte.

»Ja genau die!«, freute sich dieser. »Die, ich glaub', Antje heißt die, die käm' aus dem Keller mit einem eisgekühlten Hellen.«

»Auch im Tanga?«, fragte Kastner, jetzt allerdings eher scherzeshalber.

Doch Nonnenmacher bemerkte die Ironie in der Stimme seines Untergebenen nicht, sondern erwiderte ernst: »Nein, in einer roten Korsage mit Strapsen.«

»So ein Schmarren«, kommentierte Kastner nach einer kurzen Pause.

»Überhaupts nicht!«, brauste der Inspektionschef auf. »Die Antje tät' in einer Korsage eine gute Figur machen, wenn sie mit einem Hellen aus meinem Keller käm'.«

»Das mein' ich ja gar nicht«, erwiderte der Untergebene.

»... das mit der Antje, ich mein das mit der Korsage: Die sind doch alle verhüllt, die Ehefrauen von den Scheichs. Da geht nix mit Strapsen und so was. Die tragen weite Kleider, die ausschauen wie Zelte, und's Gesicht haben's auch vermummt. Das wirkt sich von der Optik her praktisch aus wie ein Kopfverband.«

»Ja aber doch bloß, wenn's rausgehen. Kein Mensch verbietet dem Scheich seiner Frau, zu Hause im Palast – oder halt in meinem Fall bei mir daheim – in luftiger Kleidung umeinander zum laufen. Wenn der Scheich will, dass die ihm mit Strapsen ein Bier aus dem Keller bringt, dann macht die das.«

Kastner schüttelte erneut den Kopf. »Kein Bier. Ein Bier bringt die dir ganz sicher nicht. Weil der Araber keinen Alkohol mag. Höchstens eine Wasserpfeife mit Opium drin.«

»Stimmt«, meinte Nonnenmacher.

»Und einen Wurstsalat macht dir die Helga auch nicht, wenn'st du ein Scheich bist, weil in der Lyoner Schweinefleisch drin ist. Und der Moslem isst kein Schweinefleisch. Das verbietet ihm der Koran.« Kastner beugte sich vor: »Ich glaub' ganz ehrlich, Kurt: Das wär' für dich kein Spaß, wenn'st jetzt du ein Scheich wärst.« Nonnenmacher zuckte unwillig mit den Schultern und steckte das letzte riesige Stück seiner dritten Leberkässemmel in den Mund. Währenddessen zählte Kastner auf: »Fünfmal am Tag beten, das erste Mal schon in aller Herrgottsfrühe, kein Bier, die Frauen alle eingepackt wie ein dachloser Rohbau, wenn's schneit – und dann die Anzahl der Weibersleut, Kurt, die ist ja letztlich auch ein Problem.«

»Wieso jetzt das?«, wollte der Inspektionsleiter noch wissen, doch da Anne Loop mit ihrem Kaffee zurück war, wechselten die beiden Männer stillschweigend das Thema.

—

Etwa zur selben Zeit stand ein junger Mann, Anfang zwanzig, ausgelatschte Turnschuhe, zerrissene Hose, auf dem Rücken ein alter grüner Wanderrucksack, vor einem im Fachwerkstil erbauten Gutshof in Sachsen. Der Besucher schien Zeit zu haben, denn er blinzelte in die Sonne und beobachtete die vier mädchenhaften Frauen, die sich in Gummistiefeln und kurzen Hosen mit Schaufeln, Harken und Eimern in dem großen Gemüsebeet zu schaffen machten, das sich zwischen dem Haupthaus und den beiden Nebengebäuden, vermutlich Scheunen, erstreckte. Die jungen Frauen schenkten dem Gast keinerlei Beachtung, wobei nicht ganz klar war, ob dies aus Desinteresse geschah oder weil sie ihn über ihrer Arbeit noch gar nicht wahrgenommen hatten. Hinter dem Haus war Traktorengeräusch zu hören, und während der junge Mann so dastand, kamen einige Gänse zu ihm hergewackelt, zupften an seinen Schnürsenkeln und zwickten ihn in die Schuhspitzen. »He ihr!«, rief der Fremde aus und versuchte die Gänse mit zaghaften Fußtritten zu verscheuchen. Diese ließen aber nur kurz von ihm ab, um sich dann gleich wieder heftig schnatternd auf seine Sneakers zu stürzen. Eines der Mädchen war jetzt auf den Besucher aufmerksam geworden und richtete sich aus seiner gebückten Haltung auf. Ohne zu grüßen, sagte sie: »Sind Wachgänse. Was willst'n?«

»Ich wollte nur was fragen«, antwortete der junge Kerl, konnte sich seiner Gesprächspartnerin aber nicht vollständig zuwenden, weil die Gänse mittlerweile auch an seinen Hosenbeinen herumzupften.

»Und das wäre?«, fragte die Dunkelblonde, nicht unfreundlich, aber auch nicht gerade begeistert.

»Kannst du erst mal deine Wachgänse zurückpfeifen?«, bat der Besucher, angesichts der Kombination aus animalischem Interesse und menschlichem Desinteresse offensichtlich leicht eingeschüchtert.

Mit genervtem Gesichtsausdruck verließ das Mädchen mit dem frechen Kinn seinen Arbeitsplatz im Beet und bewegte sich auf den jungen Mann zu. Der registrierte auf den ersten Blick ihren schönen Körper. Das Haar fiel ihr in leichten Wellen bis hinunter über die vollen Brüste, die sich trotz des festen Garns deutlich unter dem Hemd abzeichneten. Die Gänse waren mittlerweile dabei, an dem Stoffteil seiner Jeans zu zupfen, der das Gesäß bedeckte. Die junge Frau machte »Gsch, Elfriede, fort mit euch«, woraufhin die Gänse ein paar Meter Abstand nahmen, den Eindringling aber kritisch im Auge behielten. Jetzt stand das Mädchen vor dem jungen Mann und sah ihn erwartungsvoll an: »Und?«

»Ist das hier der Zonenhof?«

Sie nickte.

Er konnte sie jetzt in ihrer ganzen Gestalt betrachten, und was er sah, war äußerst appetitanregend.

»Und was nun?«, fragte die junge Frau in einem Ton, der jetzt, da sie ihn aus der Nähe betrachten konnte, schon etwas interessierter klang.

Der junge Mann zögerte. »Schön hier«, sagte er nur und ließ seinen Blick über die etwas heruntergekommenen Gebäude des Gutshofs, den großen Baum und das Gemüsebeet sowie die dahinter liegenden Felder schweifen. »Ich bin sozusagen auf der Suche«, sagte er.

»Sind wir das nicht alle?« Ein Lächeln huschte über ihr braun gebranntes Gesicht. Merkwürdigerweise empfand sie seinen Satz als gar nicht platt.

»Ich suche nach einer neuen Lebensform«, ergänzte er.

Das Mädchen schaute ihn mit klaren blauen Augen an: »Und ...?«, fragte sie, und ihr Blick und ihre Handbewegung machten deutlich, dass er nun doch allmählich zur Sache kommen sollte.

Er begriff sofort und meinte daher mit plötzlicher Direktheit: »Ich bin Felix. Kann ich bei euch bleiben? Ich würde natürlich auch mithelfen, auf dem Hof und so.«

»Du weißt, was das hier ist, oder?«, fragte das Mädchen jetzt zurück.

»Ja, ich habe von eurem Projekt im Netz gelesen. Ihr seid so 'ne Art Kommune. Ihr versucht, euch selbst zu versorgen. Salat, Gemüse und so ...«, er deutete zu dem Beet hinüber. »Ihr lebt aber auch von Mediendienstleistungen. Stimmt doch, oder?«

Das Mädchen nickte: »Webdesign, Grafik, Kommunikationsdesign, so Werbekram eben.« Es klang ein bisschen abwertend.

»Ich bin ziemlich fit im Programmieren«, sagte der junge Mann, jetzt mutiger. »Aber ich würde auch total gerne in der Natur arbeiten. Biologisch und so.«

»Biologisch und so«, wiederholte sie seine Worte, mit einem nur ganz klein wenig spöttischen Unterton. Die Gänse hatten sich wieder genähert, zerrten nun aber an dem karierten Hemd, das ihr aus der Hose hing. Mit einer sanften Handbewegung stupste sie die Tiere weg. Dazu brauchte sie gar nicht hinzusehen.

»Was geht ab, Madleen? Was soll das Gequatsche? Wir müssen heute noch die ganzen Pflanzen schaffen!«, rief jetzt eine der anderen jungen Arbeiterinnen aus dem Gemüsebeet.

»Ich komme gleich«, antwortete das Mädchen. Sie klopfte sich kurz die Erde von den Händen und hielt ihm die Hand hin: »Madleen.«

»Felix«, antwortete er und schlug ein.

»Hast du, glaube ich, schon gesagt«, sagte sie mit einem charmanten Lächeln.

»Soll ich mithelfen?«, fragte er.

Sie nickte nur, und er stellte seinen Rucksack neben das Beet, woraufhin sich die Gänse sofort darauf stürzten und ihn einer akribischen Untersuchung unterzogen. Doch das sah Felix schon nicht mehr, er stand bereits mit Madleen im Gemüsebeet.

Felix hatte den jungen Frauen vom Zonenhof in Sachsen den ganzen Nachmittag beim Einpflanzen junger Salatsetzlinge geholfen. Genau so hatte er sich sein neues Leben vorgestellt.

Wenn es sich irgendwie einrichten ließ, hatte Felix in Madleens Nähe gearbeitet, ihr Körpergeruch faszinierte ihn. Madleen duftete wie eine Frühlingsblume. Aber auch sie suchte immer wieder seinen Blick. Felix fühlte sich wie durch ein unsichtbares Band mit der jungen Frau verbunden. Im Laufe des

Nachmittags kamen und gingen weitere Frauen, die offensichtlich alle auf den umliegenden Feldern arbeiteten. Als der helle Farbton der Sonne sich in ein warmes Rot verwandelte und es allmählich kühler wurde, setzten Felix, Madleen und die anderen die letzten Salatpflanzen ein. Dann half Felix noch dabei, die Gerätschaften in die Scheune zu räumen, bevor die Salatsetzer zum Haupthaus des Gutshofs gingen. Die Mädchen zogen ihre Gummistiefel aus, Felix stellte seine nun ziemlich verdreckten Turnschuhe daneben, und in Socken begab man sich in die Küche, in der es bereits nach Tomatensoße und frischen Kräutern roch. Drei junge Frauen kochten in einem riesigen Topf Spaghetti. Erst jetzt fiel Felix auf, dass er den ganzen Tag über keinen einzigen Mann gesehen hatte.

Während er Madleen half, die lange Tafel in dem großen Saal zu decken, der den Mädchen vom Zonenhof als Esszimmer diente, dachte er darüber nach, was es mit dem Männervakuum auf sich haben konnte. War das hier eine Lesbenkommune? Auf dem Weg von der Küche zum Speisesaal kam er an der offenen Tür zu einem Büro vorbei, in dem drei Frauen an Computern saßen und arbeiteten. Im Gegensatz zu den anderen Räumen, in denen bunt bemalte Bauernmöbel standen, war dieses Zimmer mit modernem Mobiliar eingerichtet. Alle, denen Felix begegnete, grüßten ihn freundlich, aber distanziert.

Gegen neun Uhr trafen sich die Bewohnerinnen des Zonenhofs zum Abendessen im großen Speisesaal. Felix zählte siebenundzwanzig junge Frauen. Im offenen Kamin knisterte ein Feuer, das Madleen und er mit dem Holz entfacht hatten, das eines der Mädchen in einem geflochtenen Korb hereingebracht hatte. Zu den Spaghetti tranken sie billigen Rotwein und Bier aus der Flasche. Die Gespräche kreisten um die Tagesarbeit und darum, was in den kommenden Tagen zu tun sein würde. Der Anwesenheit von Felix wurde keine größere Beachtung geschenkt, nur Madleen zwinkerte ihm manchmal zu.

Nach dem Essen halfen beide beim Abspülen und tranken noch mehr Bier. Nicht nur davon fühlte sich Felix berauscht. Es war auch der Blumenduft, der Madleen umgab und ihn immer mehr in ihren Bann zog. Als sie fertig abgespült hatten, nahm Madleen ihn bei der Hand und führte ihn über eine knarzende Holztreppe ein Stockwerk höher. Soweit Felix es im Halbdunkel des langen Hausflurs erkennen konnte, zweigten vom Gang sechs oder sieben Zimmer ab, eine Treppe führte noch ein Stockwerk höher. Doch Madleen stieg nicht weiter hinauf, sondern zog ihn mit sich, um ihn in ein Zimmer zu führen, das ihres sein musste, denn es war ganz und gar von ihrem wundersamen Körpergeruch erfüllt.

Im Raum befanden sich nur wenige Möbelstücke: ein kleines rot bemaltes Tischchen mit Papier und Zeichenstiften darauf, ein Spiegel an der Wand, der, so alt und edel, wie er aussah, aus einem Schloss hätte stammen können, und eine bäuerliche Kommode, auch sie mit rotem Lack bemalt. Unterhalb des Fensters stand ein großes Bett. Das Mückennetz, das darüber hing, gab der Schlafstätte die Anmutung eines Prinzessinnengemachs.

»Zieh dich aus«, sagte Madleen zu Felix, und obwohl die Anweisung weder wie ein Befehl noch eine Bitte klang, kam Felix nicht auf die Idee, sich zu wundern, so selbstverständlich hatte Madleen sie ausgesprochen. Ohne Zögern entledigte er sich seiner Kleider. Auch Madleen schlüpfte aus ihrem Gewand, bis sie nur noch einen weißen gerüschten Slip und wollene Strümpfe trug. Felix hätte Madleen gerne noch länger in ihrer Nacktheit betrachtet, ihre wohlgeformten Brüste, ihre weiblichen Hüften in dem knappen Höschen, ihren schlanken, weichen Bauch mit dem vorwitzigen Bauchnabel, doch Madleen ließ ihm keine Zeit dazu. Sie zog ihn mit sich aufs Bett und bedeckte seine Lippen mit den ihren. In dieser Nacht kam er kaum zum Schlafen.

Am nächsten Morgen erwachte Felix vom Geschnatter der Gänse. Madleen lag in seinem Arm, das Gesicht ihm zugewandt. Vorsichtig neigte er seinen Kopf nach vorn und küsste sie auf den Mund. Er tat dies mehrmals, bis sie die Augen öffnete. Dann sagte er: »Ich liebe dich.«

»Käse«, sagte Madleen.

Felix glaubte seinen Ohren nicht zu trauen.

»Wie bitte?«, fragte er.

»Käse, sag' ich«, meinte Madleen und gähnte. »Wie willst du mich denn lieben ... kennst mich ja gar nicht.«

»Aber ich habe mich in dich verliebt, ich möchte mit dir zusammen sein, ich kann dich ja noch kennenlernen!«

»Vergiss es«, erwiderte Madleen mit sanfter Gleichgültigkeit.

»Aber, du ...«

»Aber ich?« Sie sah ihn ernst an, er fühlte sich ihr gegenüber plötzlich unterlegen, als wäre er ein Kind und sie bereits erwachsen. »Pass mal auf, Felix«, sagte sie nun und strich sich sacht eine Strähne ihrer langen Haare aus dem Gesicht. »Selbst wenn wir uns lieben würden, was definitiv nicht der Fall ist, könnten wir nicht zusammenbleiben.«

»Warum nicht?«

»Weil wir hier auf dem Zonenhof sind.«

»Ja und?« Felix verstand überhaupt nichts mehr.

»Ist dir vielleicht aufgefallen, dass hier außer dir kein Typ rumhängt?«, fragte Madleen, nun leicht genervt.

»Ja«, antwortete Felix kleinlaut. »Aber ...«

»Du kannst hier nicht bleiben«, unterbrach sie ihn. Er starrte sie so entgeistert an, dass sich Mitleid in ihre Stimme mischte: »Weißt du, warum der Zonenhof Zonenhof heißt?«

»Weil er in der ehemaligen Ostzone steht?«, mutmaßte Felix vorsichtig.

Jetzt musste Madleen lachen: »Nein, ›Zonen‹, das kommt von ›Amazonen‹. Wir sind die Amazonen. Männer sind bei uns nicht vorgesehen.«

»Und warum durfte ich dann ...?«, fragte der junge Mann ratlos.

»Weil es bei uns die Regel gibt, dass wir nichts gegen Männer haben. Nur sollen die nicht bei uns wohnen. Das gibt nur Ärger. Wenn sich aber eine von uns für eine Nacht einen Mann holt, dann ist das okay. Wir sind ja nicht frigide oder so was. Sex ist gut. Aber bleiben kann hier keiner. Und deshalb ist es auch Käse, dass du mich liebst, weil ohne Zukunft.«

Nach dieser Aussage hatte Madleen Felix im Bett liegen gelassen und war duschen gegangen. Felix hatte ihrem hübschen Po hinterhergesehen und dann einen stechenden Schmerz im Bauch gespürt. War es die Erkenntnis, dass er sich in seiner Suche nach einem neuen Lebensentwurf keineswegs am Ziel, sondern erst am Anfang befand? Oder tat es weh, dass Madleen ihn derart vor den Kopf gestoßen hatte? Hatte sie vielleicht recht, und es ging gar nicht, dass man sich so schnell in jemanden verliebte? Was war die Liebe überhaupt, und was durfte man sich von ihr erwarten? Nachdenklich lag er in Madleens Bett und befühlte mit seinen Händen den festen Stoff ihrer Decke. Durch das Fenster, das Madleen geöffnet hatte, bevor sie aus dem Zimmer entschwunden war, hörte er das Tuckern des alten Traktors und einige Mädchen, die gegen den Lärm anredeten. Was war das für ein merkwürdiges Lebenskonzept, sich als Frauengruppe zusammenzuschließen und keine Männer zuzulassen, außer für Sex? Auf den ersten Blick waren diese Mädels moderne Hippies. Aber das mit der freien Liebe schien es hier nur in einer Richtung zu geben. Und was hatte es mit diesem Amazonenkonzept auf sich? Dass es sich bei den Amazonen um eine in irgendeiner Weise kämpferische Frauengruppe handelte und dass ihre Geschichte aus der griechischen Mythologie stammte, das wusste Felix noch aus der Schule. Aber steckte bei dieser sonderbaren Mädchenkommune noch mehr dahinter? Felix griff nach seinem Mobiltelefon, loggte sich ins Internet ein und tippte in das Fenster der Suchmaschine das Wort »Amazonen« ein. Dann las er: In Homers *Ilias* wurden die Amazonen als Kriegerinnen dargestellt. Andere griechische Sagen berichteten von Frauen, die ohne Männer auf Inseln lebten und sich nur manchmal mit

Männern von Nachbarinseln trafen, um sich befruchten zu lassen. Diese Frauen, so wollte es der Eintrag im Internetlexikon, opferten mitunter Männer, die an ihren Küsten strandeten. Felix lief es eiskalt den Rücken hinunter. Als Madleen aus der Dusche zurückkam und mit ihren nassen Haaren noch verführerischer aussah als vorher, fragte er sie: »Sag mal, verhütest du eigentlich?«

Madleen rubbelte sich die Haare trocken. Ihre Brüste erinnerten Felix an die drallen süßen Pflaumen, die im Garten seiner Großmutter gewachsen waren. Unwillkürlich bekam er bei ihrem Anblick Appetit. Auch wenn es vielleicht nicht Liebe war: Madleen übte eine unwiderstehliche Anziehung auf ihn aus. Er fühlte sich ihr ausgeliefert. Seine Frage, ob sie eigentlich verhüte, überging Madleen. Einfach so.

»Gehen wir frühstücken?«, fragte sie nun, nachdem sie sich ein orangefarbenes, eng anliegendes T-Shirt und graue Shorts angezogen hatte, die ihre Oberschenkel nur zur Hälfte bedeckten.

»Ich hatte dich was gefragt«, wagte Felix einen neuen Vorstoß.

»Ich dich auch: Gehen wir frühstücken?«, entgegnete Madleen.

Sie vermied es, ihm zu antworten! Doch bereits vor einer Woche hatte Felix beschlossen, sich in seinem neuen Leben fortan auch Klarheit über die Dinge zu verschaffen. Deshalb sagte er: »Ich habe mir das mit den Amazonen durch den Kopf gehen lassen.« Er stockte kurz. »Und ich habe im Internet nachgeschaut: Ich weiß, dass es auch Amazonen gab, die sich die Männer nur geholt haben, um sich schwängern zu lassen. Ist euer Klub auch so drauf?«

Das Lachen, das daraufhin ertönte, war von mädchenhafter Süße, und Felix war sich ziemlich sicher: Es war ein ehrliches Lachen. Trotz ihres gesunden Teints wurde Madleen auch ein wenig rot. Umgehend schoss das Blut auch in Felix' Wangen: »Was nun?«, fragte er ungeduldig und mit dem Gefühl, sich gerade lächerlich zu machen: »Haben wir heute Nacht zehnmal oder was miteinander geschlafen? Und hast du nun verhütet oder nicht?«

»Nicht«, antwortete Madleen und sah ihm direkt in die Augen. Dann schob sie sofort hinterher: »Aber ich bin mir ziemlich sicher, dass ich zurzeit nicht fruchtbar bin.« Diese Aussage beruhigte Felix kein bisschen. Nach einer Pause des Schweigens sagte er nur »krass« und musterte die schöne junge Frau, die da vor ihm stand. »Und was, wenn du vielleicht zurzeit doch fruchtbar bist?«

Madleen zuckte mit den Schultern.

»Verantwortungslos«, sagte er. »Miese Nummer.« Er wusste nicht, ob er beleidigt oder wütend war. »Und jetzt willst du mich also rausschmeißen.«

»Ich will gar nichts«, verteidigte sich Madleen. »Ich muss. Unsere Statuten. Wir sind zwar Neo-Hippies, aber auch bei uns gibt es Regeln, an die wir uns halten müssen.«

»Neo-Hippies«, murmelte Felix, und dann schwiegen beide eine endlose Minute lang. Madleen ging in dieser Zeit zum Schrank, holte sich Socken heraus und zog sie sich über. Felix verfolgte aufmerksam jede ihrer Bewegungen. Währenddessen tobte in seinem Kopf ein Gedanken-Tsunami. Doch plötzlich fand das Chaos zur Ruhe, und Felix fiel ein, was er außerdem im Internet gelesen hatte, deshalb fragte er ziemlich wütend: »Die Amazonen haben sich von Männern schwängern lassen. Es gab aber auch welche, die haben die Männer danach gekillt. Wo sind eigentlich die ganzen Männer, die hier schon mal waren, auf eurem komischen Zonenhof?«

»Also ich geh' jetzt frühstücken«, meinte Madleen nur und war schon zur Tür hinaus. Ihr überlegenes Lächeln konnte Felix, der im Zimmer zurückblieb, nicht sehen.

Nachdem Madleen das Zimmer verlassen hatte, riss Felix ein Stück aus der Zeitung heraus, die neben ihrem Bett lag. In den weißen Bereich über dem Artikel, der von der polizeilichen

Fahndung nach zwei Oktoberfest-Vergewaltigern handelte, die ein von K.-o.-Tropfen betäubtes Mädchen missbraucht hatten, schrieb er nur einen Satz: »Für den Fall, dass du doch von mir schwanger bist / oder auch sonst. Gruß F.« sowie seine Handynummer. Dann zog er die Schuhe an, schulterte seinen Rucksack, zurrte die Gurte fest und verließ das Zimmer, das Gutshaus, den Zonenhof. Er verabschiedete sich nicht, und er hinterließ keine weitere Nachricht. So erfuhr er auch nichts von der Hiobsbotschaft, die die sächsischen Amazonen etwas später an diesem Tag erreichte. Womöglich hätte er sich gefreut.

Während die Bewohnerinnen der Bio-Kommune beim Frühstück saßen, klopfte der Briefträger an die Tür des Speisesaals und überbrachte ein Einschreiben, das Pauline, die sich auf dem Hof mehr mit Verwaltungstätigkeiten beschäftigte als mit der Landwirtschaft, umgehend öffnete. Der Brief enthielt eine niederschmetternde Nachricht: Der Eigentümer des Zonenhofs kündigte den Bio-Bäuerinnen fristlos. Sie müssten aber, dies aus reiner Kulanz des Vermieters und zur Vermeidung etwaiger Streitigkeiten, das Anwesen erst innerhalb der nächsten sechs Monate räumen. Das gesamte Areal sei an einen Großinvestor verkauft worden, der hier eine Hotelanlage mit Golfplatz plane. Die fristlose Kündigung rechtfertige sich aus vielfältigen Verstößen gegen den Pachtvertrag, die im Einzelnen aufgezählt wurden. Darunter nicht genehmigte Nutzungen des Geländes, der Anbau von Drogen, insbesondere Marihuana, und Verstöße gegen diverse sicherheitsrechtliche Regelungen. Des Weiteren, so stand im letzten Absatz, laufe eine Strafanzeige wegen Verstoßes gegen verschiedene Tatbestände im Zusammenhang mit gewerblicher Prostitution. Nachdem Pauline den letzten Satz vorgelesen hatte, brach unter den Bewohnerinnen des Zonenhofs wütendes Geschrei aus. »Wer ist die Anwaltssau, die das geschrieben hat?«, wollte eines der Hippiemädchen wissen. Ein anderes schlug vor, den Eigentümer umzulegen. Pauline, die während des Tumults das Blatt noch einmal durchgelesen hatte, sagte, nachdem wieder etwas Ruhe eingekehrt war: »So einfach kriegen die uns hier nicht raus!« Die Amazonen waren bereit zu kämpfen.

—

Nachdem Anne Loops Lebensgefährte Bernhard von Rothbach auch drei Tage später noch nicht wieder aufgetaucht war, setzte sich Anne ins Auto und fuhr nach München, um nachzusehen, ob er sich in sein Studentenzimmer verkrochen hatte. Denn das hatte er bei früheren Hypchondrie-Attacken schon häufiger getan. Doch vor Ort gab ihr eine seiner WG-Mitbewohnerinnen eine schockierende Auskunft: Bernhard sei ausgezogen. Ohne zu sagen wohin. Anne bat, einen Blick in Bernhards Zimmer werfen zu dürfen, vielleicht log sie die Mitbewohnerin ja einfach nur an? Beim Öffnen der Tür klopfte ihr das Herz bis zum Hals, doch dann sah sie, dass hier tatsächlich bereits jemand anders wohnte. Bernhards Bücher und Aktenordner waren weg, stattdessen schien hier in der Zwischenzeit jemand zu leben, der viel Musik hörte. Das Zimmer war vollgestopft mit Vinyl-Schallplatten und CDs. Auch ein Keyboard mit Verstärker fand sich an einer Wand.

»Und Bernhard hat wirklich nicht gesagt, wohin er gezogen ist?«, fragte Anne erschüttert.

Die Studentin schüttelte den Kopf: »Nö.«

»Wie hat er auf dich gewirkt, war er depressiv?«

»Nö, gar nicht. Eher gut drauf.«

»Gut drauf?«, wiederholte Anne fassungslos. »Was hat er gesagt, wohin ihr seine Post schicken sollt?«

»Hat er nichts zu gesagt.«

Anne konnte es nicht glauben: »Und eine Telefonnummer? Hat er irgendeine Telefonnummer hinterlassen?«

»Nö«, meinte Bernhards Ex-Mitbewohnerin, die allmählich ungeduldig wurde. »Aber der hat doch 'n Handy. Versuch's halt da mal.«

»Was meinst du denn, was ich seit Tagen mache?«, fragte Anne, jetzt richtig wütend.

»Du, es tut mir wirklich leid«, meinte die Studentin und wirkte überhaupt nicht so, als würde sie irgendetwas bedauern. »Aber ich muss jetzt in die Uni.«

Anne schaute nachdenklich aus dem Fenster, hinunter zu dem Spielplatz, auf dem sie mit Bernhard und ihrer Tochter Lisa viele Nachmittage verbracht hatte. Die Mitbewohnerin schien wirklich keine Zeit zu haben, denn jetzt sagte sie: »Also, falls er sich meldet, rufe ich dich gleich an, okay? – Und ich sag's auch den anderen hier in der WG.«

So ohnmächtig, wie Anne sich fühlte, während sie die blank polierten Holztreppen des Altbaus hinunterstieg, hatte sie sich schon lange nicht mehr gefühlt.

Im Auto, auf dem Rückweg an den See, brach Anne innerlich zusammen. Tränen kullerten ihr über die Wangen. Sie konnte es nicht fassen. Was tun Menschen, die einander lieben, sich nur alles an? Oder liebte Bernhard sie vielleicht gar nicht mehr? Natürlich hing sein Verschwinden mit seiner Krankheit zusammen. Oder war ihm etwas zugestoßen? Musste Anne die Polizei verständigen? Ein absurder Gedanke. Außerdem wusste sie, was ihre Kollegen sagen würden: Dass alles nach einem geordneten Umzug aussehe. Dass nichts auf ein Verbrechen hindeute. Dass jeder Mensch das Recht habe, aus seinem Leben zu verschwinden, wenn ihm danach sei. Und dass kein Anhaltspunkt dafür bestehe, dass Bernhard in Gefahr sei. Eine Anzeige bei der Polizei konnte sie also vergessen.

Zurück am See, holte sie Lisa ab, die sie für den Nachmittag bei einer ihrer Schulfreundinnen untergebracht hatte, und fuhr mit ihr nach Hause.

Lisa sah sofort, dass mit ihrer Mutter etwas nicht stimmte: »Hast du geweint, Mama?«

»Wieso?«, fragte Anne.

»Deine Augen sind so rot«, entgegnete Lisa leise.

»Ja, hab' ich.« Die Antwort kostete Anne Mut. Es war gar nicht so leicht, vor seinem Kind Schwäche zu zeigen.

»Wegen Bernhard?«, fragte ihre Tochter nach einer kurzen Pause.

»Ja«, sagte Anne knapp, und Lisa spürte, dass sie jetzt nicht weiterbohren durfte.

Zu Hause, nachdem sie gemeinsam den Tisch gedeckt hatten und sich gerade den noch dampfenden Wiener Würstchen mit Ketchup widmeten, fragte Anne: »Lisa, würde es dir etwas ausmachen, wenn du ab jetzt nach der Schule in einen Hort gehen würdest, wo du etwas zum Mittagessen bekommst und danach deine Hausaufgaben machst? Weil Bernhard dich, also jedenfalls zurzeit, nicht abholen kann.«

»Muss das wirklich sein?«, fragte die Siebenjährige in einem Ton, der für Anne eindeutig nach Pubertät klang.

Anne dachte laut nach: »Du könntest am Nachmittag auch von Frau Kastner, der Mutter von meinem Kollegen Sepp, betreut werden. Aber sie ist eine alte Frau und ...« Anne zögerte. »Und außerdem ist Sepp ...«

Lisa sah sie an und lachte keck, als sie ergänzte: »... in dich verknallt?«

Auch Anne musste lachen. »Ist er das?«

»Das merkt doch jeder«, antwortete Lisa aufgeregt. »Das merkt man doch, wenn jemand in einen verknallt ist! Aber du bist nicht in ihn verknallt, oder?«, erkundigte sich Lisa nun, offensichtlich begeistert von diesem Gesprächsthema.

»Überhaupt nicht«, sagte Anne trocken.

»Ich will am Nachmittag nicht zu dem seiner Mutter«, meinte Lisa energisch. »Lieber in den Hort.«

»Kommen'S einmal rein«, bat Nonnenmacher seine Mitarbeiterin einige Tage nach Annes Gespräch mit der Tochter und hielt ihr die Tür zu seinem Büro auf. »Mir müssen was bereden.«

Der Ton verhieß nichts Gutes. Wollte er ihr die Leitung der

Scheichsbewachung nun doch wieder entziehen? War ihr ein Fehler unterlaufen?

Der Dienststellenleiter bot ihr einen Kaffee an und bat sie, Platz zu nehmen. So offiziell benahm er sich sonst nie. Auf dem Weg zum Schreibtisch wurde er allerdings von einer Fliege attackiert. Was zur Folge hatte, dass er zunächst wie wild um sich fuchtelte, um dann zu rufen: »Die Waffe! Dort!« Er zeigte zum Aktenschrank, an dessen Seite eine Fliegenklatsche hing, die aussah wie eine Polizeikelle. Anne fand seine Panik lustig, sprang aber schnell auf, riss die Klatsche vom Haken und befahl im Tonfall einer Fernsehkommissarin bei der Festnahme: »Hören Sie auf herumzuwedeln, Herr Nonnenmacher, wenn Sie ganz ruhig bleiben, dann haben wir das Untier gleich.« Anne registrierte, welch hohe Konzentration und Überwindung es ihren Chef kostete, seinen Veitstanz zu beenden. Als die Fliege sich kurz darauf auf seiner linken Brust niederließ, war die junge Polizistin mit drei vorsichtigen Schritten bei ihm, holte aus und schlug beherzt zu. Nonnenmacher entfuhr ein »Ah«, als hätte ihn eine Kugel aus Annes Dienstwaffe getroffen, aber es war die Fliege, die ihr Leben aushauchte. Immerhin hinterließ ihre Leiche einen schwarz-roten schmierigen Fleck auf dem beigefarbenen Uniformhemd des Polizeichefs.

»Tot«, stellte er erleichtert fest. »Könnten'S mir jetzt noch einen Gefallen tun?«, fragte er, jetzt wieder ganz ruhig.

»Wegmachen?«, fragte Anne, die nun ganz nah bei ihm stand.

»Ja«, sagte er, peinlich berührt davon, dass er ihren Körpergeruch aufregend fand, obwohl die Loop sonst ja überhaupt gar nicht sein Typ war. Sie war so ganz anders als seine Helga, oder eben die Gitti vom Kiosk.

»Haben Sie ein Lineal oder so was?«

»Da!« Er zeigte auf den Stiftbecher auf dem Schreibtisch.

Gerade als Anne sich mit dem Lineal an Nonnenmachers Brust zu schaffen machte, betrat Sepp Kastner ohne Voranmeldung den Raum.

»Ja, was macht's ihr denn da?«, fragte er mit einem Gesichtsausdruck, der Nonnenmacher an den eines Mannes erinnerte, der seine Ehefrau in flagranti mit dem Nachbarn ertappt. Deshalb reagierte der Dienststellenleiter sofort und sagte: »Ach nix, die Frau Loop macht mir bloß die Uniform sauber.«

»Mit einem Lineal!«, entfuhr es Kastner empört. In seinem verliebten Kopf tobten die wildesten erotischen Phantasien.

»Ja, hätt' sie vielleicht einen Schlagstock nehmen sollen?«, meinte Nonnenmacher humorvoll und jetzt wieder völlig Herr der Situation.

Kastner aber, der die phallische Form des Schlagstocks als noch bedrohlicher empfand, schrie entgeistert: »Nein, um Gottes willen!«

»Jetzt krieg dich mal wieder ein, Seppi!«, meinte Anne beruhigend, während sie das erlegte Insekt in Nonnenmachers Papierkorb schnippte. »Es war doch nur eine Fliege.«

Zum Beweis deutete Nonnenmacher mit seinem fleischigen Zeigefinger auf den roten Fleck auf seinem Hemd und sagte: »Eine Saufliege. Aber die Frau Loop hat ihr den Garaus gemacht.« Doch was er als Nächstes sagte, beunruhigte Sepp Kastner schon wieder: »Jetzt müsstest du aber trotzdem noch einmal hinausgehen, Sepp, weil ich habe mit der Frau Loop etwas zum bereden.« Als Kastner keine Anstalten machte, das Büro zu verlassen, fügte er hinzu: »Etwas Privates.«

»Etwas Privates?« Kastner war entsetzt.

»Ja, durch und durch privat«, wiederholte Nonnenmacher. »Also, geh jetzt bitte raus.«

»Ja, was musst jetzt du mit der Anne Loop privat bereden, Kurt?«, fragte Kastner.

»Sepp, jetzt horch einmal her: Privat ist privat und nicht dienstlich, und von daher kann dir das wurscht sein, was ich mit der Frau Kollegin zum bereden hab'. Weshalb du jetzt ganz schnell einmal die Fliege machst, Sakrament, bevor mir beide, also du und ich, an diesem schönen Tag noch zusammenrumpeln.«

Gleich einem geprügelten Hund verließ Sepp Kastner den

Raum, wobei er die Tür so vorsichtig hinter sich schloss, als wäre sie aus päpstlichem Hostienteig gebacken. Er wusste nicht, was er denken sollte: Hatte sein Vorgesetzter sich jetzt doch an die Loop herangemacht? Dabei hatte der Nonnenmacher immer behauptet, er sei glücklich verheiratet! Hatten ihn der anstehende Scheichsbesuch und das Nachdenken über die Vielweiberei liebestoll gemacht? Und die Loop: War sie doch nur eine von denen, die wichtiger fanden, welche Position ein Mann bekleidet, und nicht, welche inneren Werte er mitbringt? Während er diese finsteren Gedanken wälzte, hatte er sich zunächst Schritt für Schritt vom Dienstzimmer entfernt, um dann kehrtzumachen und wieder zur verschlossenen Bürotür zurückzuschleichen. Und ungeachtet der Tatsache, dass am anderen Ende des Gangs die Putzfrau den Boden wischte, hing er kurz darauf mit seinem Ohr an der Tür zum Dienstzimmer des Polizeichefs. Kastner hielt die Luft an und lauschte.

»Frau Loop, mich geht es ja nix an, aber ich hab' gehört, dass Sie für Ihre Tochter einen Hortplatz beantragt haben, respektive Nachmittagsbetreuung.«

Als Anne daraufhin Nonnenmacher fragte, woher er das wisse, klang sie empört. Sepp Kastner entspannte sich ein wenig. Darum ging es also. Aber wieso mischte sich der Chef in Annes Angelegenheiten ein? Hatte nicht er, Sepp, Anne bereits angeboten, dass seine Mutter auf ihr Kind aufpassen könne? Wollte Nonnenmacher sich jetzt auf diesem Weg Annes Zuneigung erschleichen? Da schau einer an, dachte Sepp Kastner bei sich. Was die Liebe anging, konnte man sich nicht einmal auf die engsten Arbeitskollegen verlassen!

Jetzt sagte Nonnenmacher: »Mei, wissen'S, das Tal ist ja so klein, da spricht sich so was halt herum, gell. Von meiner Frau weiß ich's halt. Die hat g'sagt, dass man das halt so redet am See. – Und jetzt aber gleich zur Sache: Ich meine, dass Sie sich das vielleicht noch einmal überlegen sollten mit dem Hort.«

»Warum?«, hörte Kastner Anne fragen.

»Weil ein Kind doch besser bei der Mutter ist.«

»Aha!«, sagte Anne und hörte sich dabei ziemlich angriffslustig an.

Doch dann wurde Kastners Lauschangriff gestört. Die Inspektionsputzfrau war neben ihn getreten und fragte, ganz ohne jeden vorwurfsvollen Unterton, sondern vielmehr neugierig: »Was gibt's? Interessant?«

Sepp Kastner war so verdattert, ertappt worden zu sein, dass ihm keine Antwort einfiel.

Doch da fragte die Putzfrau schon: »Darf ich auch mal?«

Kastner streckte sich und beschloss, nun schleunigst das Weite zu suchen. Insgesamt eine Scheißaktion, dachte er sich. Doch ehe er durch die Glastür zum Treppenhaus entschwand, drehte er sich noch einmal um – und sah, dass die Putzfrau ihren Horchposten aufgegeben hatte und wohl in einem der anderen Räume verschwunden war. Schnell begab sich Kastner erneut an die Tür und hörte gerade noch, wie Anne sagte: »Das finde ich jetzt aber den Oberhammer, Herr Nonnenmacher! Was bilden Sie sich eigentlich ein, sich in mein Privatleben einzumischen?« Sofort schoss Kastner das Blut in den Kopf. »Das hat doch null Einfluss auf meinen Job, wo meine Tochter nachmittags untergebracht ist, Hauptsache, sie ist gut versorgt! Sie wollen doch nur, dass mir die Verantwortung für die Bewachung des Emirs entzogen wird! Weil Sie nicht damit klarkommen, dass man mir diese Aufgabe übertragen hat. Darum geht es Ihnen und um sonst gar nichts!«

Dann war es kurz still, und während Kastner sich schon zu fragen begann, was drinnen wohl vor sich ging, hörte er Anne schreien: »Das können Sie aber komplett vergessen. Meine Tochter geht in den Hort, und ich werde den Emir so gut bewachen, dass Sie staunen werden. Da wird gar nichts anbrennen, also sicherheitsmäßig. Verdammt! So eine Scheiße!«

Die Tür ging auf, und Anne, die gar nicht schnell genug Nonnenmachers Dienstzimmer verlassen konnte, stolperte über den am Boden kauernden Kastner.

Als Anne Loop einige Tage später nach Hause kam, blinkte der Anrufbeantworter. Das Telefon zeigte eine ihr unbekannte Rufnummer an. Während Lisa nach oben in ihr Kinderzimmer ging, drückte Anne auf »Abhören«. Sie konnte es nicht glauben: Es war Bernhards Stimme! Unwillkürlich fühlte sie einen Stich in der Brustgegend. Bernhard sagte, er bitte sie um Rückruf. Er habe eine neue Handynummer, die wie folgt laute. Dann kam die Nummer. Anne notierte sie auf dem kleinen Block, der neben dem Telefon lag. Anschließend hörte sie sich die Nachricht noch einmal an. Bernhard klang normal. Nicht depressiv, nicht abwesend, wie so häufig, sondern so klar wie in der ersten Zeit ihres gemeinsamen Lebens, als alles noch in Ordnung gewesen war.

Eigentlich hatte sie sich im Laufe der vergangenen Tage vorgenommen, ihn zur Rede zu stellen, sogar die Trennung wollte sie ihm androhen, denn so wie dieses Mal hatte er sie noch nie hängen gelassen! Doch während sie seine neue Handynummer eintippte, spürte sie, dass ihr ganzer Körper von einem freudigen Gefühl durchströmt wurde. Er hatte sich gemeldet! Gleich würde sie mit ihm sprechen können. Es war lästig, sogar irrational, aber es war so: Sie liebte Bernhard, und zwar mit Haut und Haaren.

»Hallo, Anne«, meldete er sich nach zweimal Läuten.

»Hallo«, erwiderte Anne. Sie war aufgeregt, und sie war erleichtert. »Wo bist du?«

»Das ist eine lange Geschichte.«

»Geht es dir gut?«

»Ja, und dir und Lisa?«, erkundigte er sich.

»Super«, log sie.

Aber Bernhard schien ihr zu glauben, denn er sagte nur: »Du, ich muss dir was sagen.«

Warum hörte er sich mit einem Mal so seltsam an? Was war los? Die Angst durchbohrte Anne wie ein Pfeil.

»Was?«, fragte sie scharf.

»Ich, ich ...«, Bernhard suchte nach Worten. »Ich habe die Wohnung in München gekündigt.«

»Das habe ich gemerkt«, meinte Anne schnippisch.

»Und ich habe jetzt eine neue Bleibe.«

»Bleibe«, wiederholte Anne, weil sie das Wort merkwürdig fand.

»Ja«, druckste Bernhard herum. »Es ist ... keine Wohnung.«

»Keine Wohnung.«

»Ja.«

»Sondern? Ein Nomadenzelt?«

»Nein, ich wohne jetzt auf dem Campingplatz.«

»Du wohnst auf dem Campingplatz?«, fragte Anne ungläubig.

»Ja, es war Zeit für einen Neustart.«

»Auf dem Campingplatz.«

»Das ist nur ein Element meines neuen Lebenskonzepts«, erläuterte Bernhard.

»Neues Lebenskonzept, das hört sich ja spannend an«, sagte Anne. Der Sarkasmus ihrer Worte war nicht zu überhören.

Bernhard zögerte kurz, ehe er weitersprach: »Du weißt doch, dass ich diese neue Therapie angefangen habe.« Anne schwieg. »Ich musste ja etwas tun gegen die Depressionen und gegen die ganzen Krankheiten, die ich mir eingebildet habe.« Anne sagte immer noch nichts. »Bist du noch da?«, fragte Bernhard deshalb.

»Ja«, meinte sie knapp.

»Also«, fuhr er fort, »ich wohne jetzt auf dem Campingplatz, und außerdem habe ich zur Zeit eine ...« Er zögerte. Anne biss sich voll Anspannung auf die Unterlippe. »... eine ... wie soll ich sagen ... eine ... Affäre.«

Kurz war Anne gelähmt, dann platzte es aus ihr heraus: »Das ist nicht wahr! Mit wem?«

»Es ist ..., ja, es tut mir leid, es ist ...« Anne wartete. Was würde jetzt kommen: meine Exfreundin, eine Klassenkameradin, eine aus der WG, eine andere Doktorandin? Aber Bernhard sagte einfach nur: »Meine Therapeutin.«

Im selben Augenblick ließ eine Möwe direkt über dem See

einen gellenden Schrei erklingen, stieß ins Wasser und stieg mit einem im Licht der Abendsonne rötlich-silbern zappelnden Fisch auf.

Nachdem Anne Loops Freund seine Affäre mit der Therapeutin gestanden hatte, hatte die Polizistin ihren nun Ex-Lebensgefährten mit der roten Hörertaste ihres Funktelefons weggedrückt. Entschlossen hatte sie die Tränen, die unwillkürlich hervorströmen wollten, zurückgedrängt und nach ihrer Tochter Lisa gerufen. Doch weil oben im Kinderzimmer lautstark der Song ertönte, den zurzeit alle hörten, musste Anne erst die Treppe hinaufsteigen und die Stoptaste des CD-Players drücken, bevor sie sich in der dadurch entstandenen Stille hörbar machen konnte: »Komm, wir gehen Pizza essen.«

Zehn Minuten später saßen sie in ihrer Lieblingspizzeria direkt am See. Eine halbe Stunde später dampften vor Lisa eine Pizza Prosciutto und vor Anne eine Pizza Quattro Stagioni. Siebenunddreißig Minuten später traf Anne fast der Schlag. Verantwortlich hierfür war ihr Kollege Sepp Kastner, der soeben den Gastraum betrat und sie dank seines Ermittlerblicks sofort ortete.

»Ja, das ist ja eine Überraschung!«, sagte der Polizist, offensichtlich höchst erfreut. »Da setz' ich mich doch gleich zu euch Schönheiten. Zwei Frauen allein in der Pizzeria am See – das ist ja quasi Freiwild hoch drei!« Dann scannte er kurz und mit einem Blick, der nach George Clooney aussehen sollte, aber eher an Mister Bean erinnerte, das Lokal.

Kastner bestellte sich nur eine Pizza Margherita, sparte er doch auf eine Familiengründung hin, und die einzige Kandidatin, die er seit zwei Jahren dafür im Visier hatte, war Anne, was diese zwar voll Sorge ahnte, aber nicht definitiv wusste. Dann ergriff er unbeholfen das Wort: »So, so, dann seid's heut' also einmal aushäusig. Ist ja auch ein wunderbarer Abend, nicht?«

Anne nickte hilflos. Lisa konzentrierte sich auf ihre Pizza. Sie konnte Kastner nicht leiden, ihre kindliche Intuition hatte ihr geflüstert, dass Kastner erstens hinter ihrer Mama her war und dass es sich bei ihm zweitens um einen ausgemachten Depp handelte.

Annes Gefühle gegenüber Kastner waren zwiespältig: Sie schätzte seine ehrliche Geradlinigkeit und auch sein Engagement als Polizist sowie die Tatsache, dass er mit seiner unverstellten Art bei den meisten Menschen, mit denen sie zu tun hatten, gut ankam. Auch unterstützte er sie in ihrer Arbeit, wo es nur ging. Zum Beispiel schlug sich Kastner bei Auseinandersetzungen mit dem Dienststellenleiter immer auf ihre Seite. Hätte er sich nur nicht in den Kopf gesetzt, sie auch als Mann beeindrucken zu wollen! Damit ging er ihr regelmäßig auf die Nerven.

»Ich freue mich riesig auf den Scheich«, sagte Kastner, nachdem er einen Schluck von seinem Spezi getrunken hatte. »Das wird eine spannende Zeit. Und mit dir als Oberkommandierender des Verteidigungsrats«, er lächelte über seinen nicht eben gelungenen Scherz, »wird das sicher auch alles ohne Zwischenfälle ablaufen.«

Da Anne kaute und ihre Tochter keine Reaktion zeigte, fuhr er nach einer kurzen Pause fort: »Und dass du die Lisa ab jetzt in den Hort schickst, find' ich auch ziemlich gut. Falls dir das übrigens nicht gefällt, wollt' ich bloß sagen, Lisa, dann sagst halt Bescheid, und dann kannst du nachmittags zu meiner Mutter.« Weil das Mädchen immer noch nicht reagierte, meinte er noch: »Die backt einen Käsekuchen, sag' ich dir, Weltklasse!« Dann zog er seine Fleecejacke aus und hängte sie über die Stuhllehne. Die Farben des Kleidungsstücks – ein katholisches Lila und ein giftiges Grün – leuchteten im Schein der Abendsonne, die den Raum durchflutete. An Kastner war Lagerfeld wahrlich kein Kunde verloren gegangen. »Was ich noch fragen wollte: Wieso nimmt eigentlich dein ... ähm«, er räusperte sich, »... Freund die Lisa nicht mehr am Nachmittag?«

»Das ist aus«, sagte Anne mit einer Schnelligkeit, die sie selbst überraschte. In einem anderen Teil des Lokals schepperte es, als ein mit Gläsern beladenes Tablett auf den Boden fiel.

Durch diese Worte erwachte Lisa aus ihrer Lethargie. »Wie, was ist aus?«

»Bernhard und ich sind nicht mehr zusammen«, sagte Anne ruhig und spürte, dass ihr schon wieder Tränen in die Augen treten wollten.

»Ach geh!«, meinte Kastner erstaunt. Es gelang ihm dabei überraschend gut, neutral und nicht etwa erfreut zu klingen. Manchmal besiegt Mitleid den Jagdinstinkt.

»Warum seid ihr, du und Bernhard, nicht mehr zusammen, Mama?«, fragte Lisa.

»Ich weiß es nicht«, wich Anne aus.

Sepp Kastner schob seine Hand über den Tisch und legte sie vorsichtig auf Annes Hand. Die Polizistin war selbst überrascht, dass sie das in diesem Augenblick nicht störte, sondern einfach nur beruhigte.

Während Veit Höllerer auf die Polizei wartete, rätselte er, warum ihn der Anblick der toten Schönheit nicht verstörte, sondern – er wagte es kaum, diesen Gedanken zuzulassen – erregte. Seltsam, dieses Begehren des Mannes für die Frau. Sogar dann noch, wenn der Mann alt und die Frau tot war. Und das, obwohl die Menschheit bereits Zehntausende von Jahren Schöpfungsgeschichte hinter sich gebracht hatte und man mittlerweile sogar mit Computern sprechen konnte, als wären sie Menschen – jedenfalls beinahe. Höllerer brachte das Unbegreifliche auf den Punkt, nur für sich, ein für allemal: Für eine schöne Frau ließ jeder Mann das tollste Auto der Welt stehen, einen Ferrari zum Beispiel. Waren Frauen eigentlich auch so blöd? Wegen einer Frau ruinierte ein Mann sein Leben, gab seine Arbeit auf, hängte sich an einem Dachbalken in der Tenne auf, hörte auf zu essen, zu schlafen, ja sogar Bier zu trinken.

Kopfschüttelnd erinnerte sich Höllerer an seinen alten Schulfreund Hansi Rappenglück, der vor zwanzig Jahren doch tatsächlich wegen einer nicht einmal schönen Vegetarierin aus Amerika aufgehört hatte, Fleisch zu essen. Ja, ausgerechnet der Rappenglück, der einmal für eine Wette, bei der es zwei Leberkässemmeln zu gewinnen gab, einen lebenden Regenwurm verzehrt hatte. Ohne Senf. Gut, die Vegetarierin war dem Rappenglück nicht bekommen – er war bereits früh gestorben. Höllerer lebte immerhin. Aber trotzdem: Wie ließ sich dieses Mysterium erklären? Wohl nicht damit, dass das junge Ding zwei X-Chromosomen hatte und er als Mann und Bayer nur eins.

Und was, Sakrament!, war überhaupt das Wesen der Schönheit? Warum liebte der Mann den Anblick weiblicher Brüste? Das waren doch im Grunde nur mit Fett, Drüsen und Muskeln gefüllte Hauttaschen. Hörte sich das nicht ekelhaft an? Aber welcher Mann vergegenwärtigte sich das schon, wenn er ein so wohlgestaltetes Exemplar vor sich liegen hatte wie der Höllerer jetzt! Und noch verrückter wurde es, wenn man sich vorstellte, was sich da so zwischen den Beinen der Frau abspielte. Was bitte war an dem magischen Dreieck so verlockend, dass es einem gestandenen Mann derart den Verstand rauben konnte? Betrachtete man das Ganze rein vernunftmäßig, konnte man eigentlich nur beim weiblichen Venushügel von so etwas wie Schönheit sprechen. Immerhin erinnerte diese Erhebung von ihrer geologischen Formation her an die sanften Hügel der bayerischen Voralpen, die den Gefilden zwischen Bodensee und Berchtesgaden ihren einzigartigen Charakter verliehen. Aber welcher Mann hielt sich schon länger beim Venushügel auf? Das brauchte dem Höllerer keiner zu erzählen: Das Mannsbild zog es, gleich welcher Nationalität, Sprache und Religion, nicht in erster Linie auf den Höhenkamm der weiblichen Scham. Vielmehr stürzte sich, wer den Gipfel der Lust suchte, in die feuchten Tiefen der nach Erde, Wald und Vanille riechenden Höhle zwischen den weiblichen Schenkeln. Insgesamt fand Höllerer das in Bezug auf sich selbst auch insofern seltsam, weil es ihn im richtigen Leben zu keiner Gelegenheit in irgendwelche Höhlen zog. Höhlen konnten ihm, dem Jäger, der hinauf auf die Gipfel strebte, gestohlen bleiben.

Irgendwie ergab das alles keinen Sinn!

Und dann noch diese tätowierten Hörner, die da aus dem Venusdreieck der Toten herauswuchsen. Hatte das Mädchen gar etwas mit dem Teufel am Laufen gehabt? Musste es am Ende deshalb sterben? War es einem wüsten Mordritual zum Opfer gefallen? Einer satanischen Messe? Wie überhaupt war dieses junge Ding zu Tode gekommen?

Sahen irgendwie frech aus, diese Hörner. Höllerer ertappte sich bei einem Lächeln, und seine Gedanken, die fand er überhaupt nicht unzüchtig. Aber seiner Frau, die gerade neue Wadlstrümpfe für ihn strickte – natürlich nach dem traditionellen Muster –, hätte er die Details seines Philosophierens niemals preisgegeben. Und der Polizei schon gar nicht. Zu gerne hätte er das Mädchen gefragt, ob die Hörner eine Art Gaudi darstellten, eine witzige Maskerade; das Wort »Intimfasching« kam ihm in den Sinn. Gab es dieses Wort, oder hatte er sich das jetzt ausgedacht?

Die Schamhaare, von denen die Hörner ausgingen, erinnerten Höllerer jedenfalls an den Kopf der Gams, die er kürzlich nahe der Rauheckalm erlegt hatte. Die Hörner derselben hatte er noch nicht präpariert. Aber falls diese junge menschliche Gams nicht eines natürlichen Todes gestorben, sondern von einem erlegt worden war, dann durfte sich dieser Jemand auf etwas gefasst machen. Der alte Jäger, geboren und aufgewachsen an dem See inmitten von Bergen, war sich sicher: Das, was er hier gefunden hatte, hatte das Zeug zum Skandal. Und während Höllerer noch diesen Gedanken nachhing, beobachtete er, wie seine rechte Hand gleichsam ferngesteuert durch die Luft flog, um dann vorsichtig in dem feuchten Schamhaar der toten Frau zu landen. War Höllerer verrückt geworden? Einiges sprach dafür, denn just in diesem Moment vollführten die Finger des Pensionisten auf dem Venushügel des toten Fräuleins eine schwunghafte, nicht unzärtliche kreisrunde Bewegung und verschwanden, so schnell, wie sie gekommen waren, wieder in der Jackentasche. Höllerers Jagdhund hatte alles beobachtet.

ZWEI

Gewiss ist der Bayer ein Mensch, der sich gern vom Nichtbayern abgrenzt. Meist aber hat er Mitleid mit Letzterem: Was kann jemand schon dafür, in Hamburg-Blankenese oder Düsseldorf-Oberkassel das Licht der Welt erblickt zu haben? Das ist in den Augen des Bayern genauso schicksalhaftes Pech, wie wenn man dazu gezwungen wird, im falschen Glauben aufzuwachsen. Der Bayer ist natürlich und von Haus aus Katholik. Von Geburt an (wenn nicht schon vorher) weiß er, dass der Gott der Katholiken der Beste ist, denn er hat die Lederhose – auf bairisch auch »Krachlederne« genannt – und die Weißwurst erschaffen, samt süßem Senf. Zwar nicht direkt aus Adams Rippe, aber trotzdem.

Trotz dieses Wissensvorsprungs ist der Bayer ein toleranter und guter Mensch, weshalb er in seinem Land viele Fremdenzimmer bereithält – andernorts Gästezimmer genannt, was eine lächerliche Beschönigung darstellt, der gegenüber sich der Bayer aus Gottesfurcht und Ehrlichkeit verschließt. Diese Zimmer dienen jedenfalls dem Zweck, Andersgläubigen oder aus der Ferne Stammenden eine Herberge zu bieten.

Weil der Bayer aber von seinem Gott dazu verdonnert wurde, bereits auf Erden zu leiden, um dann im Himmelreich die Sau herauslassen zu können, tritt er jenen aus der Fremde kommenden Kreaturen zwar meist grantig, aber duldsam entgegen. Für den Bayern ist es kein Zufall, dass die Begriffe »Tourist« und »Terrorist« sich nur durch wenige Buchstaben voneinander unterscheiden. Und doch lässt der Bayer in *einer* Situation Fünfe gerade sein: wenn es um die Monarchie geht. Denn das Königliche ist etwas, das über der Religion und sogar über dem Makel des Fremdseins thront.

Dass dies eine unumstößliche Wahrheit ist, davon konnte sich jeder überzeugen, der sich in diesem ereignisreichen Sommer rund zwei Wochen vor dem großen Seefest in der Nähe des Hotels mit dem Schlösschen aufhielt: Einen vergleichbaren Menschenauflauf, verursacht durch die Ankunft wichtiger Persönlichkeiten, hatte es an dem Bergsee seit 1822 nicht mehr gegeben, als König Max I. Joseph Zar Alexander I. von Russland und Kaiser Franz I. von Österreich empfangen hatte.

Nicht nur die örtlichen Alphornbläser und Goaßlschnalzer hatten vor dem Hotel, in dem der Emir plante seinen Sommer zu verbringen, Position bezogen, sondern auch der Bürgermeister samt komplettem Gemeinderat, die amtierende bayerische Bierkönigin, der berühmte Schlagersänger Johann »Hanni« Hirlwimmer, der aus der Region stammende Gleitschirmweltmeister Heribert Kohlhammer und nicht zuletzt die hohen Tiere der bayerischen Politik und Verwaltung: der bayerische Ministerpräsident, der Polizeipräsident von Oberbayern sowie ein allseits bekannter Minister, der als bissiger Rhetoriker galt und den sein überdimensionales Selbstbewusstsein dazu zwang, jede Gelegenheit wahrzunehmen, seine Weltwichtigkeit zur Schau zu stellen.

Auch der Leiter der Polizeidienststelle des Tals, Kurt Nonnenmacher, konnte an diesem Tag dem Besuch des Emirs etwas abgewinnen, stand er doch inmitten all der wichtigen Honoratioren und zudem nur wenige Meter von der Bierkönigin entfernt, deren Brüste sich gesund und drall aus dem offenherzigen Dekolleté in die Sonne reckten.

Der ganze Weg vom See unten bis hinauf zum Hotel war gesäumt von Bürgern des Tals, die zum großen Teil in Tracht erschienen waren. Anne Loop und Sepp Kastner hatten sich vor dem Hotelgebäude postiert, in dem die Tagungsräume und der Spa-Bereich untergebracht waren. Von dieser leicht erhöhten Stelle aus hielten sie Blickkontakt mit ihren Kollegen, von denen zwei an der Einfahrt zum Hotelgelände, zwei bei den Honoratioren und zwei unten am kleinen Barockschlösschen Wache schoben. Weitere Polizeibeamte sicherten den Weg, auf dem der Scheich und sein Gefolge kommen würden, zwei hatten sich zudem im Wald oberhalb des Hotelkomplexes verschanzt. Man konnte nie wissen.

Die Uhr der Klosterkirche hatte gerade elf geschlagen. Der Scheich, der aus München anreiste, müsste also jeden Augenblick da sein. Leises Gemurmel stieg von der Menge auf, und die aufgeregten Blasmusiker durchpusteten zum hundertsten Mal ihre Instrumente, was Nonnenmacher kurz an seinen letzten Besuch des Elefantenhauses im Münchner Tierpark erinnerte. Doch er erlaubte seinen Gedanken nur kurz abzuschweifen, was auch notwendig war, denn der Polizeipräsident von Oberbayern hatte ihm gerade etwas ins Ohr geflüstert.

»Was?«, fragte Nonnenmacher und erntete prompt einen empörten Blick seines Vorgesetzten.

»Ich sagte, dass diese junge Kollegin Loop auf mich einen äußerst patenten Eindruck macht.«

Nonnenmacher nickte nur, das Thema war ihm gewissermaßen »wurscht«, der Polizeipräsident aber fuhr fort: »Dienstlich und menschlich top und auch optisch eine Augenweide, wie ich finde.«

»Ja?«, fragte Nonnenmacher und runzelte zweifelnd die Stirn. »Finden Sie?«

»Absolut, Herr Nonnenmacher, absolut. Die müssen Sie fördern. Aus der wird noch einmal was.« Der Polizeipräsident zögerte. »Ich frage mich nur, an wen mich die Dame erinnert. Ist es Mireille Mathieu? Die hatte auch solch sinnliche Lippen, aber natürlich eine völlig andere Frisur in einer völlig anderen Zeit. Oder doch eher die Uschi Obermaier?« Er sinnierte. »Ja, das Wilde, das aus ihren Augen strahlt, das ist vielleicht doch eher die Obermaier. Ja, ja, ganz die Obermaier. Was meinen Sie?«

Nonnenmacher zuckte unwillig mit den Schultern und scharrte mit der Spitze seiner blank gewichsten Dienstschuhe über den Asphalt. »Kann schon sein. Jedenfalls macht die mir die halbe Dienststelle verrückt.«

»Ja, das kann ich mir vorstellen. Das kann ich mir leibhaftig vorstellen. Die würde auch bei uns im Präsidium einiges auf den Kopf stellen, gerade die jüngeren Kollegen würden vermutlich Hormonschübe verspüren.« Er dachte einen Augenblick nach, dann fuhr er enthusiastisch fort: »War es nicht auch sie, die vor zwei Jahren diesen Milliardärs-Fall aufgeklärt hat?«

Jetzt plusterte Nonnenmacher sich auf: »Ja, also, das war halt unsere Dienststelle, genauer gesagt unsere Ermittlergruppe, zu der wo neben der Frau Kollegin auch noch der Polizeiobermeister Kastner Sepp und meine Wenigkeit gehören.«

»Aber PHM Loop hatte doch die Idee mit den Schuhen des Täters, war das nicht so? Hat sie ihn nicht anhand seiner Schuhe überführt?«

»Ja, das war schon so«, grummelte Nonnenmacher. »Aber wissen'S, Herr Präsident, man muss schon die Kirche im Dorf lassen: Dass mir hier derartige Ermittlungserfolge vorweisen können, hat mit unserem Teamgeist zum tun, gell. Das ist bei uns genau wie bei der Fußball-Nationalmannschaft.«

Der Polizeipräsident von Oberbayern nickte zustimmend. Er war mit Nonnenmacher zufrieden und freute sich doch gleichzeitig über seine Entscheidung, diese Frau Loop zur offiziellen Ansprechperson des Scheichs gemacht zu haben. Und das nicht nur, weil sie des Englischen mächtig war. Dann ging plötzlich ein Raunen durch die Reihen der Schaulustigen. Denn von der Stadt her kommend schoben sich nun etliche schwarze Limousinen den Berg hinauf, begleitet von mehreren Polizeibeamten, die neben den Fahrzeugen herliefen, was dem Geschehen noch mehr Wichtigkeit verlieh. Spontan begannen die Menschen zu klatschen. Nonnenmacher, jetzt doch etwas nervös geworden, weil ihn die Szenerie an die Bilder des Kennedy-Attentats erinnerte, fragte den Polizeipräsidenten: »Sie wissen auch nicht, in welchem Kraftfahrzeug der Scheich sitzt, oder?«

»Nein. Aber die Limousinen sind alle gepanzert und die Scheiben verdunkelt, da passiert gar nichts, Nonnenmacher, gar nichts«, beruhigte ihn der Polizeipräsident.

Der erste Wagen hatte bereits vor der Honoratiorengruppe haltgemacht, aber ihm folgten immer mehr Luxuslimousinen des gleichen bayerischen Autoherstellers. Fassungslos hatte Nonnenmacher insgesamt neun gezählt. In der Zwischenzeit hatten die Goaßlschnalzer ihre Arbeit aufgenommen und ließen zum Telfer Schützenmarsch ihre aus Nylonschnüren und Hanfstricken bestehenden Musikinstrumente in Überschallgeschwindigkeit knallen. Dann standen die zehn Limousinen still. Aber niemand stieg aus. Der bayerische Ministerpräsident versuchte seine aufkeimende Unsicherheit wegzulächeln – was hatte er in seinem Leben nicht schon alles weggelächelt! Der Bürgermeister und der Minister mit dem dümmlichen Gesicht tauschten hektisch Worte, und die Goaßlschnalzer schnalzten. Nach einer bangen Minute, die allen Anwesenden wie eine Ewigkeit vorkam, nahm sich der Ministerpräsident ein Herz und trat an die Fahrertür des ersten Wagens heran. Der dunkelhäutige Chauffeur bedeutete ihm jedoch durch die Scheibe, auf die andere Seite des Autos, zur Beifahrertür, zu gehen. Das schusssichere Panzerglasfenster ging einen Spalt weit auf.

»What is?«, fragte Bayerns höchster Politiker verunsichert.

»Who are you?«, fragte der Mann, der auf dem Beifahrersitz saß.

»I am«, sagte der Ministerpräsident und suchte nach dem richtigen Wort, das ihm in der Aufregung auf Englisch nicht einfiel, »I am, I am ... se, also der, ja der bayerische minister president halt.«

Der Mann auf dem Beifahrersitz sah ihn verständnislos an, weshalb der Politiker noch einmal ansetzte: »I am ... ach wissen'S, äh ... you know, I am a kind of ... King of Bavaria, ja so kann man das schon sagen«, kurz schaute er sich um, ob jemand in der Nähe stand, der das gehört haben konnte, da war aber niemand.

»I see«, antwortete der Beifahrer und musterte den King of Bavaria mit einem eher spöttischen Blick.

»Why are you not coming out of the cars«, wollte der Ministerpräsident jetzt wissen. »We wait for you. Und zwar schon länger, Zement.«

»What is that shooting«, wollte jetzt der Araber wissen. Und fügte mit leichter Verzweiflung in der Stimme an: »We hear shooting.«

»Shooting?«, fragte der Ministerpräsident erstaunt. »Hier schießt doch niemand!« Er sah sich um. Dann fiel sein Blick auf die Goaßlschnalzer, und er lachte in seiner bäuerlich herzlichen Art, die die Menschen an ihm so schätzten, laut los: »No, no – not shooting. It is Goaßlschnalzing. It is music. Bavarian music. Especially for you. Wait!« Schnell rief er den Bürgermeister herbei, flüsterte ihm etwas ins Ohr, woraufhin der Bürgermeister zum Chef der Goaßlschnalzer eilte, um diesem etwas zuzuflüstern, und kurz darauf hörte das Knallen auf, das für arabische Ohren offensichtlich wie todbringendes Maschinengewehr-Trommelfeuer geklungen hatte.

Sofort sprangen die Insassen des ersten Fahrzeugs, die allesamt elegante dunkle Anzüge und Krawatten trugen, aus dem Wagen und begaben sich zum zweiten Fahrzeug, dessen hintere Seitentüren sie schwungvoll öffneten. Es war ein Mann mit weißem Turban, der dem Gefährt entstieg und den wegen seiner machtvollen Ausstrahlung und seines schwarzen Barts sofort alle Anwesenden als den Emir des reichen Wüstenstaates Ada Bhai erkannten. Der Ministerpräsident ging auf den in ein weites weißes Gewand gekleideten Mann zu und verbeugte sich tief. Der Scheich nickte freundlich und winkte einen Mann heran, der demselben Wagen entstiegen war wie er. Auch aus den anderen Fahrzeugen schälten sich nun arabisch aussehende Personen, die Männer entweder in Anzüge oder in traditionelle arabische Kleidung gewandet, die Frauen allesamt in eleganten, weiten Stoffkleidern. Die Gesichter der Damen waren verhüllt.

»Welcome«, sagte der bayerische Ministerpräsident jetzt und spielte mit Freude sein absolut für jedes Gelände taugliches Englisch aus, »welcome to the most beautiful sea in ganz Bavaria.«

»Thank you«, erwiderte der arabische König. »We are happy to be here.« Dabei rollte er das »r« auf eine Art und Weise, dass es gerade auch für Liebhaber der bayerischen Sprache eine wahre Freude war. Dann deutete er auf den Mann, den er vorher zu sich herangewinkt hatte. »This is my cousin and assistant, Mr. Aladdin Bassam bin Suhail. He speaks German.«

Der Ministerpräsident verbeugte sich auch vor dem Cousin des Königs und sagte: »Welcome too – ach so, ich Depp, Sie können ja Deutsch. Also, auch Ihnen, Herr Aladdin, ein herzliches Willkommen.«

»Danke, Herr Präsident«, erwiderte der Cousin des Königs in beinahe akzentfreiem Deutsch. »Aladdin ist zwar mein Vorname, aber Sie können mich gern so nennen.«

»Ja, das lässt sich ja gut an«, meinte der Ministerpräsident begeistert. »Ich bin der Horst.« Den irritierten Blick des arabischen Adeligen nahm er dabei vor lauter Begeisterung gar nicht wahr. Stattdessen fuhr er fort: »So, so, dann haben Sie also Angst gehabt vor unseren Goaßlschnalzern?«

»Wie meinen Sie?«, fragte der Assistent des Emirs.

»Die Goaßlschnalzer«, meinte der Ministerpräsident und deutete mit einer lässigen Handbewegung auf die Männer mit den Peitschen, »die haben Sie das Fürchten gelehrt, gell! Dabei ist das eine Tradition bei uns« – und zum Emir gewandt – »Goaßlschnalzing is tradischn, you know. Nix shooting oder so. Fürs shooting haben mir die Gebirgsschützen.«

Erschrocken fragte Aladdin Bassam bin Suhail: »Wer wird hier schießen?«

»Na, Schmarren«, beruhigte ihn der Ministerpräsident. »Die Gebirgsschützen sind heut' nicht da. Die präsentier' ich euch ein andermal. Das sind schon auch g'standene Mannsbilder. Die haben in der Vergangenheit unser Land schon oft verteidigt. Aber warum seid's so ängstlich? Hier in Bavaria passiert euch gar nichts, wir passen schon auf euch auf, da könnt's Gift drauf nehmen.«

»Sie müssen verstehen, wir müssen seit den Unruhen in

Nordafrika sehr vorsichtig sein«, erklärte Aladdin Bassam bin Suhail. »Die arabische Welt befindet sich im Umbruch. Auch in unserem Land gibt es Untertanen, die nicht zu schätzen wissen, wie sehr sich Emir Raschid bin Suhail und sein gesamtes Kabinett für sie einsetzen.«

»Ja, das Problem kenne ich«, meinte der Ministerpräsident jovial. »Das ist bei uns genauso. Der Bürger erkennt oftmals überhaupt nicht, was man für ihn alles auf die Beine stellt. Aber die Goaßlschnalzer sind einfach bloß Musiker. Die machen eine zünftige Musi und haben Spaß daran. Sei have only fun. More not.«

»Very exotic«, murmelte jetzt der Emir mit Blick auf die Männer mit den Peitschen. »I love Bavaria.«

»Ich too!«, lachte der bayerische Ministerpräsident, seine Backen ganz rot vor freudiger Erregung. »Dann«, er ließ den Blick über die Köpfe seiner Untertanen hinwegschweifen, die noch immer bis in die Stadt hinunter Spalier standen, »schlag' ich vor, gehen wir hinein.« Just in dem Moment, in dem sich der hohe Politiker mit seinen arabischen Gästen in Bewegung setzte, stimmten die Alphornbläser ein Lied an, das auch für arabische Ohren nicht bedrohlich klang, weshalb die königliche Familie von Ada Bhai ganz entspannt folgte.

Der Bürgermeister, die Bierkönigin, der Gleitschirmweltmeister, der Schlagersänger und Kurt Nonnenmacher blieben auf dem Platz vor dem Hotel zurück, während die Araber sich mit den anderen Honoratioren in den Barocksaal begaben, wo sie ein fürstliches Menü erwartete.

So weit hätte alles seinen normalen bayerisch-gemütlichen Gang gehen können. Doch als Kurt Nonnenmacher am nächsten Morgen beim Frühstück die örtliche Zeitung studierte, traf ihn fast der Schlag: Auf der Seite mit den Anzeigen stach unter den werblichen Informationen der örtlichen Handwerker und Geschäftsleute, Gastronomen und Eventerfinder eine besonders große hervor. Nonnenmacher las den Text einmal – schaute kurz zum Fenster hinaus auf den Kurpark, wo sich bereits ein paar Touristen herumtrieben –, las den Text noch einmal, schüttelte den Kopf, las ein drittes Mal und brummte: »Unglaublich. Damit ist das Ende Bayerns besiegelt.«

Seinen Kaffee ließ der Dienststellenleiter unberührt stehen, sogar die Streichwurstbrezen, die ihm seine Frau wie immer liebevoll geschmiert hatte, blieb angebissen auf dem Teller zurück, als er hastig das Haus verließ. Das »Willst nicht wenigstens noch Zähne putzen?« und das kurz darauf folgende »Ein frisches Taschentuch, du brauchst ein frisches …!« der Gattin hörte er schon nicht mehr, das ratlose Zucken ihrer Schultern sah er nicht mehr. Doch als Frau Nonnenmacher die aufgeschlagene Seite der Zeitung erblickte, wusste sie sofort, was ihren Mann so tief bewegt hatte.

Aus der Sicht einer emanzipierten Frau, als die sie sich durchaus fühlte, haftete dem Inhalt der Anzeige jedoch nicht nur Negatives an.

Auch Sepp Kastner hatte an diesem Morgen die Zeitung studiert, und auch ihn hatte die Lektüre nicht kaltgelassen. Allerdings sah Kastner angesichts dessen, was sich da ankündigte, weniger die bayerische Kultur in Gefahr als vielmehr seine eigenen Pläne. Kastner schwitzte vor Angst, obwohl die Sommersonne das Tal an diesem Morgen noch gar nicht richtig aufgeheizt hatte. Sein eigentlich noch recht harmloser Kommentar: »O Scheiße« ließ seine Mutter, die ihm, hasenzähnig an einem Kartoffelbrot mit Margarine kauend, gegenübersaß, beinahe das Gleichgewicht verlieren.

Anne Loop hatte morgens keine Muße zum Zeitunglesen, sie war Langschläferin, eine Eigenschaft, die mit dem Morgenprogramm einer alleinerziehenden Mutter nur schlecht zu vereinbaren war. Ihre Tochter Lisa aber war bereits so selbstständig, dass sie sich allein um ihr Frühstücksmarmeladenbrot kümmerte, während Anne Kaffee und Kakao zubereitete. Lisa hatte das Verschwinden ihres Ersatzvaters noch nicht so richtig verarbeitet, daher fragte sie vorsichtig: »Mama, kommt Bernhard nicht wieder?«

»Ich glaube nicht.«

Das Kind nahm einen Schluck aus der Tasse und zupfte nachdenklich an den Ärmeln seiner Strickjacke herum. »Warum ist Bernhard weg?«

»Er hat eine neue Freundin.«

»Wer ist die?«, fragte Lisa jetzt und tupfte mit ihrem Zeigefinger auf die Marmelade ihres Brots.

»Weiß nicht«, log Anne.

»Wohnt der jetzt bei der?«

»Nein, er wohnt auf dem Campingplatz«, stöhnte Anne beinahe.

»Cool, auf dem Campingplatz!« Lisa kiekste. »Wieso denn auf dem Campingplatz?«

»Wenn ich das wüsste«, erwiderte Anne ratlos.

Dann war es eine Weile lang still, bis Lisa fortfuhr: »Mama?«

»Mmh?«

»Bist du jetzt traurig?«

»Ja«, sagte Anne. »Und du?«

»Ich auch.« Lisa dachte nach. »Aber nur ein bisschen.«

»Wieso nur ein bisschen?«

»Weil wir sicher einen Neuen finden.«

Anne sah ihre Tochter voller Zweifel an. Die fuhr fort: »Aber nicht den Sepp, gell, Mama, den nicht.«

»Wieso denn nicht?«

»Der ist zu doof für dich.«

»Aber der ist doch nett.«

»Aber doof. Wenn einer doof ist, kann man sich nicht in den ver...« Das Mädchen zögerte, steckte seinen Finger in den Kakao, leckte daran. »...knallen.«

»Du meinst verlieben?«, fragte Anne nach.

Lisa schwieg, ihr Gesichtsausdruck spiegelte ihre plötzliche Verlegenheit wider.

»Was ist denn das eigentlich genau, ›verlieben‹?« Sie sah ihre Mutter an. »Was verknallen ist, weiß ich, weil der Ben ist in die Emilie verknallt. Aber verlieben?«

»Was ist denn Verknalltsein?«, erkundigte sich Anne neugierig.

»Also beim Ben ist das so, dass er die Emilie in der Pause immer ärgert.« Sie überlegte. »Außerdem hat er ihr schon mal ein Fußballbild geschenkt. Und er schaut sie immer so doof an.«

Anne hatte aufmerksam zugehört. Jetzt sagte sie, jedes Wort fein abwägend: »Wenn man verliebt ist, dann ist das erst so, als hätte einen jemand gepiekst. Dann fühlt man so was wie Fieber oder man meint, dass man einen Schwarm Schmetterlinge verschluckt hat. Wenn man lange verliebt ist, dann fühlt sich das an wie die warme Sonne an einem Sommerabend, weißt du, wenn sie nicht mehr so heiß brennt, aber dafür viel tiefer in die Haut eindringt. Wenn dieses Gefühl nie aufhört, egal, ob die Sonne scheint oder nicht, dann ist man verliebt.«

Lisa war fasziniert. Mit verträumtem Gesichtsausdruck sagte sie: »Ich glaube, ich war noch nie verliebt.«

Anne Loop erreichte den gelben Zweckbau, in dem ihre Polizeidienststelle untergebracht war, erst einige Minuten nach offiziellem Dienstbeginn. Umso überraschter war sie, in dem Büro, das sie sich mit Sepp Kastner teilte, keinen Sepp Kastner vorzufinden. Sie hängte ihre Uniformjacke an den dafür vorgesehenen Haken und warf einen Blick auf den Wachdienstplan für die Familie des Emirs. Aber Kastner war nicht für die Vormittagsschicht eingetragen. Also ging Anne hinüber zu Nonnenmachers Zimmer. Die Tür war angelehnt, und Anne trat ohne zu klopfen ein. Die Luft war stickig. Nonnenmacher saß auf seinem Platz und Sepp Kastner auf dem für Besucher vorgesehenen Stuhl. Anne fühlte sich bei ihrem Anblick an den bayerischen Himmel vor einem sommerlichen Hagelschauer erinnert.

»Ja was ist denn hier los?«, fragte Anne überrascht.

Keiner der beiden antwortete. Dafür rumorte Nonnenmachers Magen. Der Dienststellenleiter riss die Schublade seines Schreibtischs auf, holte eine hellblaue Plastikbox hervor, wuchtete den Deckel herunter und schaufelte sich mit einem Löffel den restlichen Milchreis von gestern in den bartumwachsenen Mund, die Streichwurstbrezen lag ja zu Hause. Anne warf Kastner einen fragenden Blick zu, was dieser mit den leise gesprochenen Worten »Hast' nicht die Zeitung gelesen?« quittierte.

»Nein, wieso? Ist was passiert?«

»Das kann man so sagen«, erwiderte Nonnenmacher mit vollem Mund, sodass die Reiskörner nur so durch die Atmosphäre flogen. »Früher hat man gesagt, ›die Türken kommen‹. Die sind jetzt aber schon alle da, sogar einen Dönerstand haben mir schon. Es ist zum Kotzen.«

»Du, der Döner schmeckt fei gar nicht schlecht, also wenn'st du den vom Lindenplatz meinst«, warf Kastner ein.

»Ach was!«, schimpfte Nonnenmacher. »Da ess' ich ja lieber einen vegetarischen Wurschtsalat.« Das »v« von »vegetarisch« sprach er wie ein »f«. Doch seine Tirade war noch nicht zu Ende: »Es ist wirklich ein Kreuz mit den Islamisten. Wo das noch hinführt: Allein in München gibt's vierzig Moscheen. Sogar in Penzberg gibt's eine, und das, obwohl Penzberg schon im dreizehnten Jahrhundert zum Kloster Benediktbeuern gehört hat.« Er verharrte kurz und donnerte dann los: »Das ist ein katholisches Kloster! – Und ein Türke ist Vorsitzender von einer der drei größten deutschen Parteien …«

»Stimmt ja gar nicht«, unterbrach Anne Loop ihren Chef. »Der Cem ist Deutscher.«

»So so«, tönte der Inspektionschef. »Schaut aus wie ein Türke, heißt wie ein Türke, will aber ein Deutscher sein. Da stimmt doch was nicht!«

»Da hat die Anne fei recht«, mischte sich Kastner in das Gespräch ein. »Der Cem ist wirklich Deutscher. Nur seine Eltern, die sind Türken. Aber da kann der Cem ja nix dafür.«

»Aber irgendwas wird es schon zum bedeuten haben, wenn so was in Deutschland geht, mein' jedenfalls ich. Kennt's ihr einen Deutschen, der wo in der Türkei Vorsitzender von einer großen Partei ist? Gibt's in Istanbul vierzig katholische Kirchen?«

»Zumindest gibt es dort ein christliches Kloster aus dem zehnten Jahrhundert«, wandte Anne ein.

»Ist es in Ordnung, wenn ein Araber die Löwen kauft?« – Nonnenmacher meinte den zweiten großen Münchner Fußballverein neben dem FC Bayern. »Und jetzt kommt auch noch so ein Bazi von einem Scheich daher und will uns unsere Weibersleut' wegheiraten.« Er zögerte kurz und schob dann, in affektiertem Ton, hinterher: »Für seinen Harem. Harem, Harem, Harem, wenn ich das schon höre! Bayerische Madln in einem Scheichsharem. Unzucht ist das, und zwar mindestens hoch drei!«

Anne sah ihren Chef verständnislos an, weshalb Sepp Kastner, der den fragenden Blick bemerkt hatte, erläuterte: »Heute ist in der Zeitung eine Anzeige drin, in der der Scheich, den mir bewachen sollen, bekannt gibt, dass er so eine Art Frauen-Casting durchführen will. Der sucht eine neue Haremsdame.« Zu Nonnenmacher gewandt sagte Kastner dann: »Kurt, gib bitte mal den Artikel her.« Anne nahm das Blatt und las:

TRAUMHOCHZEIT – TAUSENDUNDEINE NACHT

Mach mit beim Casting! Heirate einen König!

Wie bekannt ist, verbringt Emir Raschid bin Suhail derzeit seinen Sommerurlaub in diesem schönen Tal. Dies ist kein Zufall. Denn der König von Ada Bhai liebt Bayern und seine Menschen. Deshalb befindet er sich derzeit auf Brautschau. Er möchte seinen Harem um mindestens eine neue Frau erweitern. Aus diesem Grund lädt Seine Eminenz Raschid bin Suhail alle Frauen, die zwischen 18 und 24 Jahre alt sind, dazu ein, sich zu bewerben.

Das erwartet die Gewinnerinnen:
1. Der Emir macht sie zu seiner Ehefrau.
2. Sie bekommen eine exzellente Ausbildung mit Universitätsabschluss, schließlich werden sie zukünftige Prinzenmütter.
3. Eine bayerische Immobilie im Wert von mehreren Millionen und viele andere Zuwendungen.

Anne las ferner, dass die Bewerberinnen sich verschiedenen Prüfungen zu unterziehen hätten, unter anderem in Disziplinen wie Singen, Tanzen, Nähen, Sticken und Massage.

»Das ist ein Scherz!«, rief sie aus, nachdem sie den Text gelesen hatte.

Dass es durchaus ernst gemeint war, wurde den drei Ermittlern in den kommenden Tagen nur allzu deutlich vor Augen geführt. Denn ganz gleich, wohin man kam, in die Metzgerei, die Wirtschaft oder die Tankstelle, überall waren der Scheich und sein Casting die beherrschenden Themen. Praktisch zu jeder Tageszeit standen fortan junge Frauen vor dem Hotel, die sich in Schale geworfen hatten, um sich als Haremsfrau zu bewerben. Sogar Einträge in Gipfelbüchern erinnerten an das aufregendste Ereignis am See, seit der Bergwiesen-Hochzeit einer gewissen Giulia und dem Goldmedaillengewinn der hübschen jungen Riesenslalomfahrerin bei den Olympischen Spielen:

Gipfelbuch Wallberg (1722 Meter):
Herrlicher Tag. Bin mit Susi hier rauf. Stylen unsere Bodys für den Scheich. Yes We King! Hermine K.

Gipfelbuch Leonhardstein (1452 Meter):
Lieber Gott, lass mich beim Scheichcasting gewinnen. Ich gebe alles dafür, Hand aufs Herz. Lilli Moser

Gipfelbuch Hirschberg (1670 Meter):
Ich bin ein Mädel vom See, hol mich hier raus (aus'm Tal), Scheich Raschid.
I love Bayern, aber Arabien too. Maike

Anders als in den Gipfelbüchern, in denen das Scheichs-Casting durchwegs positiv kommentiert wurde, baute sich an den Stammtischen der Seegemeinden eine gewaltige Unwetterfront auf. Kein Tag verging, an dem man sich nicht das Maul darüber zerriss. Der gängigen und öffentlich geäußerten Meinung nach war es ein Unding, dass im Tal plötzlich – wenn auch nur von einem einzelnen Araber – ganz offiziell die Vielweiberei gelebt werden sollte. Väter fürchteten um die Unschuld ihrer Töchter, Großväter um ihre Enkelinnen, und insgesamt rückte man das Harems-Casting in die Nähe von Zwangsprostitution und Menschenhandel. All jene, die sich der katholischen Kirche besonders verbunden fühlten, riefen gar den Glaubensnotstand aus. Der Pfarrer brachte in seiner sonntäglichen Predigt den Gedanken auf, die Einwohner der Seegemeinden könnten zu Fuß zu einer Pilgerreise nach Rom aufbrechen, um den zum Glück bayerischen Papst über den Einfall des Osmanentums in die Alpenwelt zu unterrichten und ihn um seine päpstliche Hilfe zu ersuchen. Da der Gottesdienst jedoch hauptsächlich von ältlichen Jungfrauen besucht wurde, die nicht mehr gut zu Fuß waren, fand dieser kühne Vorschlag insgesamt wenig Widerhall. Natürlich gab es aber auch den ein oder anderen Stammtischbruder, der sich eine Partnerschaft mit mehreren Personen weiblichen Geschlechts für sein eigenes Leben durchaus vorstellen konnte. Denn, das begriffen die bayerischen Männer schnell: Die legitime Verbindung mit mehreren Ehefrauen hatte auch Vorteile. Schätzungen eines Mitarbeiters der Gemeindeverwaltung zufolge hatte jeder fünfte männliche Seebewohner über fünfundzwanzig Jahren schon mindestens einmal eine außereheliche Affäre gewagt. Und bei jedem dreizehnten im Tal geborenen Kind handelte es sich um eines, so der Experte aus der kommunalen Datenverwaltung, das nicht von dem stammte, den die Mutter zum Vater nach Aktenlage gemacht hatte. Bei manchen Kindern, darüber war man sich an den Stammtischen einig, sah man das Auseinanderklaffen von Erzeugertum und Vaterschaft auf den ersten Blick. »Do brauchst koa Brillen net« (norddeutsch: Da brauchste keine Brille für) war ein beliebter Ausruf in diesem Zusammenhang. Bei anderen konnte man es lediglich vermuten.

Insgesamt war man sich aber einig, dass das schon immer so gewesen war, jedenfalls seit der Zeit der römischen Besatzung. Später, als die Empfängnisverhütung sich noch immer auf das Ausspülen der weiblichen Organe nach dem Verkehr mit kaltem Seewasser beschränkt hatte, hatten gerade auf den Bauernhöfen häufig die hübschesten Mägde Kinder auf die Welt gebracht, die dem Bauern erstaunlich ähnlich sahen. Überraschenderweise war man trotz dieser Umstände den damit verbundenen Konflikten meist friedlich Herr geworden. Doch heute war mit der Ära eines Boris Becker und eines Arnold Schwarzenegger eine neue Zeit angebrochen. Es war ein Jammer: Plötzlich konnte jeder Hanswurst und jede Tussnelde mithilfe eines heimlich in Auftrag gegebenen Gentests herausfinden, ob die eigenen Kinder vom Nachbarn oder vielleicht doch von dem braun gebrannten Skilehrer aus Bottrop, der den Winter über im Tal zugebracht hatte, abstammten. Und die Bayern, die noch immer nach dem fröhlichen Motto »Laptop und Lederhose« ihres verspannten Ex-Ministerpräsidenten lebten, machten Gebrauch von den Fortschritten der Wissenschaft; mit der Folge, dass – so die Schätzung des erwähnten Zahlenmagiers aus dem örtlichen Einwohnermeldeamt – bereits ein gutes Dutzend Familien zwischen Kogelkopf, Ostiner Berg, Riederstein und Wallberg durch einen heimlich angestellten DNA-Beweis zerstört worden waren. Denn wenn ein bayerischer Mann erfuhr, dass seine Frau mit einem anderen intim geworden war, kannte er in aller Regel kein Pardon, pfiff sogar auf den jahrelang zuverlässig zubereiteten Schweinsbraten und den liebevoll gesalzenen Radi und reichte die Scheidung ein.

War es da nicht besser, wie es der Araber handhabte? Legal mit mehreren Frauen schlafen zu dürfen, bot doch Riesenvorteile, jedenfalls auf den ersten Blick. Und die Frauen schön zu verschleiern und ständig unter Beobachtung zu halten, sodass andere Männer nicht an sie herankamen, konnte auch nicht schaden. Allerdings wurden diese wagemutigen Gedanken, die etliche Männer an vielen Stammtischen teilten, nur unter vorgehaltener Hand und wenn keine Frau in der Nähe war ausgesprochen. Die arabische Methode war in Bayern einfach noch nicht salonfähig.

Aber, und dies ist keine spezifisch bayerische Weisheit: Wo Neues Einzug hält, gibt es auch neue Gefahren.

Zwei Tage, nachdem der Emir von Ada Bhai die Anzeige geschaltet hatte, belauschte ein Tourist aus Husum in einem Biergarten folgendes Gespräch:

Mann mit Trachtenhut, ein großes Stück Biergulasch im Mund: »Das hat der sich fein ausgedacht, der Scheichs-Bazi.«

Mann in rotem Monteursoverall: »Was?«

Mann mit Hut, schmatzend: »Das mit dem Casting.«

Monteur: »Ja.«

Mann mit Hut, jetzt Blaukraut in den Mund schaufelnd: »Uns die Frauen wegheiraten!« *Noch ein Löffel Blaukraut.* »Der muss aufpassen.« *Riesiges Stück Gulasch, tropfend.*

Monteur, das halbe Bierglas in einem Zug leer trinkend: »Renate, bringst mir noch ein Helles, ich hab' einen Saudurst.« *Trinkt den Rest leer.*

Mann mit Hut, jetzt drohend: »Der lebt gefährlich.«

Monteur zu Mann mit Hut: »Wer jetzt?« *Zur Bedienung:* »Wo bleibt das Bier?!«

Mann mit Hut: »Der Scheich, der elendige.«

Monteur: »Renate, ich hab' einen Saudurst.«

Mann mit Hut: »An sich ein Fall für die Gebirgsschützen.«

Monteur: »Warum?«

Mann mit Hut: »Attentat. Mehr sag' ich nicht.«

Der Kurgast aus Husum war erschüttert. Da er sich erst zum zweiten Mal in Bayern aufhielt, fiel es ihm alles andere als leicht, das süddeutsche Gemüt in all seinen schillernden Facetten zu begreifen. War er nun gerade Zeuge eines handfesten Attentatsplanes geworden, also der Vorbereitung eines Verbrechens, oder handelte es sich hier um harmloses Stammtischgeschwätz? Zweifellos war von einem Anschlag die Rede gewesen. Auch hatte keiner der beiden Bayern gelacht, Ironie konnte daher ausgeschlossen werden. Als bedrohlich empfand der Urlauber zudem, dass von einer Vereinigung die Rede war, die es im nur vierzehn Meter über dem Meeresspiegel gelegenen Husum nicht gab: Gebirgsschützen. Hierbei irritierte den hellwachen Husumer weniger der erste Teil des Wortes als vielmehr der zweite: Schützen.

Zurück im Hotel, stürzte sich der Nordfriese sofort auf seinen Laptop, loggte sich ins kabellose lokale Computernetz ein und recherchierte. Bei den Gebirgsschützen dieses idyllischen Bergtals handelte es sich offensichtlich um eine Art Landwehr, die wohl im siebzehnten Jahrhundert entstanden war. Ihre erste große Tat datierte auf das Jahr 1632: Sechsunddreißig schwedische Reiter waren in das direkt am See liegende Kloster eingedrungen, um Waffen zu rauben. Doch den Gebirgsschützen gelang es, die Schweden in die Flucht zu schlagen beziehungsweise an Ort und Stelle zu liquidieren. Aber auch später, so las der Husumer Gast mit jetzt hochrotem Kopf, waren die hiesigen Gebirgsschützen keiner gewalttätigen Auseinandersetzung aus dem Weg gegangen, wenn es um die Verteidigung bayerischer Kultur und Lebensart gegangen war: Sowohl in der Sendlinger Mordweihnacht 1705 als auch im Österreichischen Erbfolgekrieg fünfunddreißig Jahre später schonten sie kein Menschenleben. Ihren letzten offiziellen Kampfeinsatz bestritten sie, so fand der Tourist heraus, unter Graf Arco im Jahr 1809. Zu jener Zeit, in der sich Bayern das benachbarte Tirol einverleibt hatte, stiftete der Freiheitskämpfer Andreas Hofer seine Landsleute dazu an, sich gegen die Besatzer zu wehren. Die Gebirgsschützen hielten dagegen. Hingerichtet wurde Hofer dann aber nicht von den schießwütigen Helden vom Bergsee, sondern vom Henker des französischen Kaisers, der damals Napoleon hieß. Allmählich dämmerte dem Feriengast von der Nordseeküste, dass der Bayer einem Menschenschlag angehörte, mit dem nicht zu spaßen war. Er ging zur Polizei.

»Guten Tag, mein Name ist Jobst Lappöhn«, erklärte der Husumer dem diensthabenden Beamten in Anne Loops Polizeidienststelle.

»Ja gut, da kann ich auch nix machen«, erwiderte der Beamte, dessen Nerven wie bei allen polizeilichen Mitarbeitern der Inspektion seit der Anwesenheit der Araber im Tal blanklagen.

»Sollen Sie ja auch gar nicht«, erwiderte Herr Lappöhn aus Nordfriesland freundlich. »Ich möchte gerne eine vertrauliche Mitteilung machen.«

»Und?«, fragte der Beamte.

»Es geht um den Besuch des Emirs von Ada Bhai. Es gibt Subjekte hier im Tal, die ein Attentat auf ihn planen.«

Plötzlich war der eben noch so mürrische Polizist hellwach: »Ein Attentat? Warten'S, ich lass Sie rein.« Er drückte den Türöffner, und Jobst Lappöhn betrat das Innere der Inspektion.

Wenige Minuten später saß er bei Anne Loop und Sepp Kastner im Dienstzimmer und berichtete von dem Gespräch, das er belauscht hatte. Kastner machte sich Notizen.

»Und wie sahen die beiden Männer aus?«, fragte Anne den Urlauber.

»Der eine trug so einen Arbeitsoverall, wie ihn beispielsweise Automechaniker verwenden; der andere hatte so eine bayerische Jacke mit grünem Krägelchen an, und auf dem Kopf trug er einen Seppelhut.«

»Einen was?«, fragte Kastner entsetzt.

»Na ja, so einen Seppelhut«, meinte der Urlauber ernst.

»Also, wenn Sie sich über uns lustig machen wollen, dann sind Sie bei uns falsch«, sagte Kastner; seine Miene hatte sich schlagartig verfinstert.

Der Kurgast war verunsichert: »Wieso sollte ich das tun wollen? Ich möchte mich nur nicht strafbar machen. Ich habe mich informiert: Laut Paragraf 138 Absatz 1 Nummer 5 Strafgesetzbuch kann schließlich jeder mit einer Freiheitsstrafe von bis zu fünf Jahren belegt werden, wenn er von dem Vorhaben oder der Ausführung eines Mordes hört und nicht rechtzeitig Anzeige erstattet. Dieses Gesetz gilt doch auch in Bayern, oder etwa nicht?«

Auch Anne Loop irritierte das Verhalten ihres Kollegen. »Was ist denn mit dir, Seppi?«, fragte sie vorsichtig.

Kastner antwortete mit der Stimme eines Großinquisitors: »Jetzt wiederholen'S bitte noch einmal Ihre Personenbeschreibung.«

Verunsichert, aber doch deutlich und gut verständlich, wiederholte der Nordfriese seine Aussage: »Der eine Verdächtige trug einen Arbeitsoverall, der andere einen Seppelhut.«

»Se-ppel-hut!«, schrie Kastner. »Seppelhut!« Er schnappte nach Luft. »Ja, sagen Sie mal, wo sind mir denn hier? Meinen Sie, dass das hier ein Kasperltheater ist oder was? Sie, mein Lieber, das ist hier die Polizei, die wo für den kompletten See plus Zusatzgemeinden und Pipapo zuständig ist. Das sind dreißigtausend Menschenleben, die wo mir hier zum schützen haben, und Sie kommen mir mit einem Seppelhut daher!«

Sepp Kastner donnerte die Faust auf den Tisch. Dann fragte er leiser, beinahe zynisch: »Hatte der andere, also der mit dem Overall, vielleicht auch eine Kasperlmütze auf, ha? Und war womöglich auch noch so ein grünes Krokodil in dem Biergarten? Am Ende eines, das wo bellt und Wasti heißt?«

»Also Sepp, jetzt übertreib mal nicht so«, versuchte Anne Loop auf ihren Kollegen einzuwirken. »Uns ist doch völlig klar, was Herr Lappöhn mit der Bezeichnung ›Seppelhut‹ meint, auch wenn dir diese Bezeichnung für einen Hut vielleicht nicht gefällt.«

»Nicht gefällt?« Kastners Stimme überschlug sich. »Herr Lappöhn, das ist ein Hut, ein stinknormaler Hut. Meinetwegen können Sie auch Trachtenhut sagen oder Jagerhut oder weiß der Teufel was, aber bitte nie wieder dieses andere Wort. Das ist eine Beleidigung!«

Jobst Lappöhn schwieg und starrte betreten auf seine Hände.

»Wenn du dich jetzt ein wenig beruhigt hast«, ergriff Anne das Wort, »dann können wir vielleicht weitermachen. Was hatte der Herr mit dem Trachtenhut außerdem an?«

Völlig verunsichert stammelte der Nordfriese nun: »Die bayerische Jacke hatte ich ja bereits erwähnt. Außerdem trug er eine Hose, die – ich bin mir da nicht sicher, und ich möchte Ihnen, Herr Wachtmeister ...«

»... Polizeiobermeister«, Kastner stöhnte auf. »Wachtmeister, das gibt's nur mehr beim Räuber Hotzenplotz.«

»Entschuldigung, Herr Polizeiobermeister«, sagte der Urlauber unterwürfig.

»Er trug also eine Hose«, sprang Anne dem Zeugen zur Seite.

»Ja, so eine aus Leder.« Unsicher suchte er Annes Blick.

Sie kam ihm zu Hilfe: »Eine Krachlederne?«

»Ja«, bestätigte der Nordfriese unendlich erleichtert und fügte hastig hinzu: »Und solche Stirnbänder für die Beine.«

Sepp Kastner fiel der Stift aus der Hand, er lehnte sich zurück, schaute mit leerem Blick zum Fenster hinaus, betrachtete wieder den Norddeutschen, schüttelte den Kopf, grimassierte und sprang schließlich auf, um in schnellen Schritten zur Tür zu eilen, sie aufzureißen und sie hinter sich zuzudonnern.

Anne und der Flachländer hörten ihn noch »Stirnbänder für die Beine!« brüllen, »Stirnbänder für die Beine!«.

»Die nennt man Wadenstrümpfe oder Loferl, Herr Lappöhn, das sollten Sie sich vielleicht merken, falls Sie noch öfter in Bayern Urlaub machen wollen.«

Trotz des Ansturms durch die einheimischen Frauen erwies sich die Bewachung des Hotels als wenig problematisch. Die Dienstpläne, die Anne gemeinsam mit Sepp Kastner entworfen und dann um des dienststelleninternen Friedens willen von Kurt Nonnenmacher hatte überprüfen und genehmigen lassen, garantierten, dass die Sicherheit der königlichen Familie aus Arabien rund um die Uhr gewährleistet war. Natürlich schob auch Anne persönlich Wachdienst. Allerdings hatte sie sich die Freiheit herausgenommen, nur tagsüber Präsenz zu zeigen, damit sie die Abende gemeinsam mit Lisa verbringen konnte und damit sie nachts zu Hause war.

Im Großen und Ganzen schien das Mädchen das plötzliche Verschwinden Bernhards, der immerhin in den vergangenen Jahren seine wichtigste männliche Bezugsperson gewesen war, gut zu verkraften. Jedenfalls fragte Lisa nie mehr nach ihm. Und auch Anne war überrascht, wie leicht es ihr fiel, ihren langjährigen Lebenspartner und alles, was mit ihm zusammenhing, aus ihren Gedanken zu verbannen. War die Beziehung mit dem psychisch angeschlagenen Mann für sie doch vor allem eine Belastung gewesen?

Eines Abends, Lisa war bereits im Bett, und Anne hatte es sich mit einem Buch auf dem Sofa gemütlich gemacht, konnte sie jedoch nicht verhindern, dass er sich in ihre Gedanken stahl und sie vom Lesen abhielt. Weil sie es ohnehin schon länger vorgehabt hatte, nahm Anne nun das Telefon zur Hand und wählte seine Nummer. Während sie dem Tuten lauschte, spürte sie, wie sie immer aufgeregter wurde. Nachdem es etwa zwölf Mal getutet hatte, ertönte Bernhards Stimme, die den Anrufer aufforderte, eine Nachricht zu hinterlassen. Anne drückte sofort auf die rote Hörertaste: aufgelegt.

Nachdenklich betrachtete sie ihre Hände. Sie waren vom Sommer auf dem Land schon leicht gebräunt, feine Äderchen zeichneten sich unter der Haut ab, vereinzelt waren auch Pigmentflecken zu erkennen. Ich bin jetzt vierunddreißig, dachte Anne, habe ein Kind, bei dessen Erziehung mir keiner hilft, und mein Freund hat mich verlassen. Aber vierunddreißig ist kein Alter. Ich will und ich werde mich wieder verlieben. Unwillkürlich musste sie bei diesem Gedanken lächeln.

Dann klingelte das Telefon. Auf dem Display erkannte sie Bernhards Nummer. Dennoch meldete sie sich mit »Anne Loop«.

»Hallo, Anne, ich bin's«, sagte ihr Ex.

»Wer?«, stellte sie sich unwissend.

»Bernhard«, meinte dieser, es klang ein wenig genervt. »Ich habe deine Nummer auf meinem Handy gesehen. Du hast doch gerade eben angerufen.«

Anne schwieg. Es entstand eine längere Pause.

»Also, was wolltest du?«

»Geht's dir gut?«

»Geht schon«, erwiderte er. »Nur mit der Doktorarbeit komme ich nicht so richtig voran.«

Anne verdrehte die Augen. Wenigstens damit musste sie sich nun nicht mehr herumschlagen.

»Das mit dem Campingplatz war eine gute Entscheidung. Hier ist immer alles in Bewegung. Leute kommen, Leute gehen.« Dann fuhr er zögerlicher fort: »Aber ... du fehlst mir.« Er schwieg. Wieder entstand eine Pause. Doch Anne sah auch jetzt keine Veranlassung, diese zu füllen. Bernhard unternahm einen weiteren Anlauf: »Sollen wir ... sollen wir ... uns nicht mal wieder treffen?«

Ohne nachzudenken, sagte Anne: »Nö.« So kurz und knapp hatte sie es eigentlich gar nicht aussprechen wollen, aber ihre Worte hatten sich einfach verselbstständigt.

»Nö?«, fragte Bernhard überrascht.

»Nö!«, wiederholte Anne, jetzt noch ganz ruhig. »Du hast gesagt, du brauchst eine Auszeit. Du hast dich für eine Affäre mit deiner Therapeutin entschieden.« Jetzt wurde Annes Stimme lauter, und ihre Worte sprudelten nur so aus ihr heraus. »Du hast mich hier mit Lisa allein gelassen, was schon aus organisatorischen Gründen total rücksichtslos war; von dem, was du damit bei mir emotional angerichtet hast, wollen wir jetzt mal gar nicht sprechen. Und jetzt ...« Sie stockte und stoppte.

Warum brach dies alles nun so plötzlich aus ihr heraus?

Sie wollte nicht mit Bernhard abrechnen, das hatte sie sich jedenfalls vorgenommen. Aber genau das tat sie jetzt gerade.

Wie konnte sie nur so unsouverän sein? Fuck. Und Bernhard schien betroffen zu sein, jedenfalls sagte er nichts.

Dann hörte Anne ein leises: »Es tut mir leid.« Und wenig später fragte Bernhard: »Wie geht es Lisa?«

»Gut, sie vermisst dich ... NICHT!« Anne erschrak. Schon wieder war sie sich entglitten. Sie fing sich und sagte: »Ich meine, ich bin froh, dass sie die Situation anscheinend ganz gut verarbeitet. Sie fragt jedenfalls nur selten nach dir, und ich habe den Eindruck, dass sie nicht leidet.«

»Gut«, meinte Bernhard. Anne konnte nicht heraushören, ob er nun beleidigt oder traurig war oder ob er es wirklich gut fand, dass Lisa ihn nicht vermisste. Wieder entstand eine längere Pause, während der Anne glaubte, durch das Telefon ein Geräusch zu hören, als ob ein Schrank geschlossen würde.

»Was war das?«

»Die Tür zu meinem Campingwagen«, antwortete Bernhard.

»Du bist nicht allein?«, fragte Anne.

»Marion ist bei mir.«

»Marion.«

»Meine ... Therapeutin.«

Anne sah auf die Uhr, es war kurz nach neun: »Die Sache läuft noch?« Anne wunderte sich über den verharmlosenden Begriff »Sache«, den sie für Bernhards miese Affäre gewählt hatte.

Bernhard presste ein verlegenes »Ja« heraus.

»Und du möchtest uns besuchen kommen?«, fragte Anne weiter.

»Ja«, antwortete Bernhard erneut.

»Und was versprichst du dir davon?« Anne konnte nicht verhindern, dass sie dabei angriffslustig klang.

Bernhard klang etwas verzweifelt, als er antwortete: »Du weißt doch, dass ich kein berechnender Mensch bin. Ich verspreche mir gar nichts davon, oder jedenfalls habe ich mir darüber keine Gedanken gemacht. Ich würde euch halt gerne mal wieder sehen. Mehr nicht. Aber jetzt muss ich aufhören.«

»Wegen der ...«, sie tat so, als müsste sie in ihrer Erinnerung nach dem Namen der anderen suchen, und fand sich großartig, als sie »Marianne« sagte.

Bernhard korrigierte den falschen Namen nicht, er sagte nur: »Ja.«

Nachdem Anne aufgelegt hatte, kullerte eine einzelne Träne über ihre Wange zum Mund hinunter. Anne fing den Tropfen mit ihrer Zunge auf. Er schmeckte salzig.

Die begehrteste Aufgabe für die Beamten, die das Hotel bewachten, war, über das Gelände zu patrouillieren. Angesichts des trocken-heißen Sommerwetters fanden die eingeteilten Polizisten es beinahe so schön wie spazieren zu gehen. Selbst wenn sich auf den weitläufigen Außenanlagen des Hotels nichts ereignete, so war es doch nie langweilig, denn hier hatte man beinahe von überall aus einen fabelhaften Blick auf das tiefblaue Wasser, die Berge und die Häuser der Seegemeinden.

»Gefällt's dir denn jetzt eigentlich bei uns?«, fragte Sepp Kastner seine Kollegin, die aus dem Rheinland stammte. Er und Anne standen gerade auf der Terrasse vor dem zum Hotel gehörenden Schlösschen und schauten zum Sonnenbichl hinüber. Anne nickte.

»Ich glaub', dem Scheich gefällt's auch«, meinte Kastner. »Hast' schon gehört: Die ganzen Frauen, die der dabei hat, das sind alles seine.« Anne zeigte keine Reaktion. »Ich hab' gedacht, dass vielleicht eine von dem Cousin ist, aber nix, alle von ihm! Weißt', wie viele das sind?« Sepp Kastner hob seine rechte Hand, alle Finger reckten sich in den bayerisch-blauen Himmel. »Fünf«, meinte er anerkennend. »Ein Mann, fünf Frauen, Wahnsinn.« Anne konzentrierte sich auf ein sehr großes Segelboot, das vom Malerwinkel her kommend eine Furche ins Wasser schnitt, gerade passierte es die Engstelle an der Überfahrt. »Und jetzt will der noch mehr. Ein Frauen-Nimmersatt, ein Lustmolch, so ein Ölscheich.«

»Sag nicht Ölscheich, Sepp, sag Emir. Das klingt höflicher.«

»Trotzdem ein Gierbolzen, also jedenfalls was Frauen angeht. Da könnt' ja jeder daherkommen!« Einen Augenblick lang hing er seinen Gedanken nach. »Meine Nachbarin will sich auch bewerben. Die macht jetzt im Garten immer so Hüftbewegungen, ich glaub', das soll Bauchtanz sein. Schaut ziemlich bescheuert aus, weil die ist so dick. Aber ich glaub', die Öl... ah, die Emirs ...«

»Ein Emir, Sepp, viele Emire«, unterbrach ihn Anne.

»Die Emire«, meinte Kastner, »die stehen auf dicke Frauen. Ich ja nicht so.« Er betrachtete Anne von der Seite. »Mir gefällt das schon besser, so wie du ausschaust.«

»Ich glaube, Sepp«, erwiderte Anne, ohne auf das Kompliment einzugehen, »dass man auch in arabischen Ländern schlanke Frauen schätzt. Die Frau des Emirs von Katar zum Beispiel hat eine Topfigur. Obendrein ist sie gebildet und fördert die Wissenschaft. Sogar mit der Technischen Uni in München kooperiert sie. Und du brauchst auch nicht zu glauben, dass diese Scheichs nur reich und dumm sind. Der von Katar zum Beispiel hat in England an der Königlichen Militärakademie studiert. Die sind top ausgebildet, Sepp – was man von unseren Politikern nicht immer sagen kann ...«

»Also unser bayerischer Ministerpräsident hat auch einen Ehrendoktor.«

»Aber nur einen ukrainischen, Sepp«, wandte Anne ein.

»Das ist immer noch besser als wie der gefälschte von dem Adligen aus Franken. Außerdem kommt unser Ministerpräsident von ganz unten. Der hat sich hochgearbeitet wie unsereins. Hundertprozentig weiß der besser, was das Volk denkt, als wie ein Ölscheich.«

»Würdest du dich eigentlich auch für das Casting beim Scheich bewerben, wenn du nicht zu alt wärst?«, fragte er dann geradeheraus.

»Das kann ich mir nicht vorstellen«, antwortete Anne schnell.

»Warum nicht?«

»Weil ich an die ...«, Anne zögerte, »... an die Liebe glaube. Und darum geht es bei so einem Casting ja wohl eher nicht.«

»Der Scheich wird sich schon auch in die Frau verlieben, die wo er sich da auswählt«, meinte Kastner. »Bei dem Haufen Frauen, der wo da kommt, wird schon ein Reh dabei sein, das ihm gefällt.«

»Und die Frauen, was ist mit denen?«

»Vielleicht fällt denen das Verlieben ja leichter, wenn der Mann reich und großzügig ist.« Kastner zögerte kurz, griff dann in seine Hosentasche und hielt Anne ein Hustenbonbon hin: »Magst du eins?« Anne nahm das Geschenk an. »Ich habe mal gelesen«, fuhr Kastner fort, »dass Frauen sich eh nicht auf den ersten Blick verlieben, sondern erst nach einiger Zeit.« Anne sah ihn an und hob spöttisch die Augenbrauen, was ihr Kollege ignorierte. »Ich sag' immer: Steter Tropfen höhlt den Stein.«

Anne wusste nicht, weshalb, aber irgendwie machte ihr diese Aussage Angst.

—

Auf dem Zonenhof der Hippie-Mädchen hatte sich die Stimmung seit dem Eintreffen des Anwaltsschreibens grundlegend verändert. Lustlos bewirtschafteten die Amazonen ihre Felder, niemand machte mehr Party, und die Gespräche beschränkten sich auf das Notwendigste. Die Bio-Bäuerinnen hatten sogar das Interesse daran verloren, arglose Männer zu vernaschen. Immerhin hatte Pauline eine Arbeitsgruppe gegründet, die nach Möglichkeiten suchen sollte, den Rauswurf aus dem Gutshof zu verhindern.

Auch hatten die Hippie-Mädchen sich bemüht, mit dem Eigentümer des Hofs in Verhandlung zu treten, doch der weigerte sich strikt, mit ihnen auch nur zu sprechen. Also hatten sie Kontakt mit der Anwaltskanzlei ihres Verpächters aufgenommen und ihn zu einer Unterredung eingeladen.

Eines Tages fuhr dann tatsächlich ein Jurist aus dem nahe

gelegenen Leipzig in seinem Bentley vor. Im Vorfeld hatte Pauline allen Mitbewohnerinnen aufgetragen, sich möglichst verführerisch zu kleiden, um den Anwalt mit dem Reiz ihrer Weiblichkeit zu ihren Gunsten zu beeinflussen.

Pauline selbst hatte sich nur ein dünnes Batikkleidchen übergeworfen, ihr kurzes blondes Haar schaute unter einem Seidenstirnband hervor. Auf Unterwäsche und Schuhe hatte sie ganz verzichtet. Dafür glänzte an einer ihrer Fesseln ein Silberkettchen, an dem – das konnte man jedoch nur sehen, wenn man dem Schmuckstück sehr nahe kam – ein silberner Anhänger in Form eines Marihuanablatts hing. Auch die anderen Mädchen sahen aus, als hätte man sie direkt aus Woodstock eingeflogen. Entgegen den üblichen Gepflogenheiten führte Pauline den Anwalt nicht in den großen Speisesaal mit dem Kamin, sondern in ihr eigenes Zimmer, das mit einem diwanartigen Bett und einer Sitzecke mit niedrigem Tischchen und Stühlen eingerichtet war.

Bereits als der Anwalt, der sich seinem Aussehen nach kurz vor der Pensionierung befand, ausstieg, erkannte Pauline mit Freude an Herrn Drostes Blick, dass er offensichtlich nicht homosexuell war.

Wohlwollend ließ der Anwalt seine Augen über die im Beet vor dem Haus arbeitenden Mädchen gleiten, die, wie ihm schien, allesamt eher luftig gekleidet waren. Manche sahen auf und winkten ihm zu. Es war eine köstliche Inszenierung. Am Eingang legte Madleen ihm einen Blumenkranz um den Hals. War das hier Hawaii? Droste wehrte sich nicht. Gänzlich unberührt nahm er auch hin, dass Pauline ihn in ihrem Zimmer bat, an dem niedrigen Tischchen Platz zu nehmen. Erst als Pauline während des nun folgenden Gesprächs alle paar Sekunden ihre nach Kokosmilch duftenden Beine von einer Seite auf die andere schlug und er mit ein bisschen Phantasie – welche Droste zweifellos hatte – die Weiblichkeit zwischen den Beinen der sächsischen Amazone erahnen konnte, begann seine Konzentration auf juristische Sachfragen zu schwächeln.

»Cool, dass sie gekommen sind«, eröffnete Pauline Malmkrog das Gespräch. »Sie sind ja viel jünger, als ich gedacht habe.«

Der Anwalt räusperte sich. Pauline, deren Augen leuchteten wie eine Südseelagune in der Nachmittagssonne, suchte seinen Blick. »Wollen Sie eine Tasse Damiana?«

»Damiana?«, fragte der Anwalt, der seine Stimme wiedergefunden hatte.

»Ja?« Pauline nahm zwei Tässchen von dem bereitstehenden japanischen Service, auf dem dicke Männer mit Zöpfen und riesigen Geschlechtsorganen im Liebesspiel mit zierlichen Geishas zu sehen waren, und schenkte ein.

»Damian ist doch der Schutzheilige der Apotheker«, stellte der Anwalt fest.

»Ja, deshalb ist dieser Tee ja auch so gesund«, versicherte Pauline lächelnd. »Die Pflanze hat eine gelbe Blüte und kommt ursprünglich aus Amerika. Sie wächst dort bevorzugt auf Klippen oder in höheren Lagen. Wir haben hier in unserem Paradies, aus dem Sie uns vertreiben wollen« – Pauline klimperte unschuldig mit den Wimpern –, »auch eine kleine Plantage angelegt.« Dass der Tee eine Libido steigernde Substanz enthielt, verschwieg sie geflissentlich. »Ich gebe Ihnen ein Päckchen für zu Hause mit.«

»Nun zur Sache, Frau Malmkrog«, sagte Droste ernst und nahm nichts ahnend einen Schluck von dem Damiana-Trunk. »Ich kann Ihnen da leider nicht entgegenkommen. Sie müssen hier raus. Die Verträge mit dem Investor sind unterschrieben. Immerhin haben Sie noch knapp sechs Monate Zeit.«

»Kommen Sie!«, sagte Pauline, ohne auf seine Ausführungen einzugehen, sprang auf und nahm selbstbewusst Herrn Drostes Hand. »Ich führe Sie mal über unseren Hof, damit Sie sehen, was wir hier in den letzten Jahren aufgebaut haben. Sie werden staunen.«

Droste ließ sich von der Entschlossenheit der zielstrebigen Blondine mitreißen und erhob sich. In seiner Hand spürte er die straffe, weiche Haut des Mädchens, dessen Duft ihn betörte. Er war hin und her gerissen. Einerseits war er peinlich berührt – was hätten seine Kollegen, seine Frau, seine erwachsenen Töchter gesagt, wenn sie ihn hier gesehen hätten, in dieser Räumlichkeit, die so ganz anders war als sein aufgeräumtes Anwaltsbüro? Andererseits ließen diese erfrischenden Mädchen mit ihrem zweifellos einnehmenden Lebensstil Erinnerungen an seine Studentenzeit wach werden. Für einen Moment wurde ihm bewusst, wie weit er sich von dem entfernt hatte, was er sich einst für sein Leben vorgenommen hatte. Um erfolgreich in seinem Beruf zu sein, hatte er sich anpassen müssen. Anfangs noch widerwillig, später dann, ohne es wahrzunehmen. Und darüber hatte er seine Lebenslust verloren. Als Droste diesen Gedanken fertig gedacht hatte, bemerkte er, dass seine große Männerhand noch immer in der kleinen, aber kräftigen Hand dieses zauberhaften vielleicht zwanzigjährigen Mädchens lag, das, aus welchem Grund auch immer, keine Unterwäsche trug. Oder hatte seine Phantasie ihm da etwas vorgegaukelt?

»Herr Droste, was ist mit Ihnen?«, erkundigte sich Pauline scheinbar besorgt und sah zu dem groß gewachsenen Juristen auf. Droste, noch immer leicht verwirrt, blickte das Mädchen an, sah hinüber zum Diwan, zu dem Tischchen mit dem obszönen Teeservice, zu den Tüchern an der Wand. Im Eck registrierte er eine Wasserpfeife, und da übernahm seine juristische Gehirnhälfte wieder die Kontrolle. Mit einem Ruck entzog er seine Hand der Verführung.

»Was hatten Sie eben gesagt?«

»Was mit Ihnen ist«, meinte Pauline energisch.

»Nein, davor.« Der Anwalt ließ sich wieder auf dem ihm zugedachten Stühlchen nieder.

»Keine Ahnung. Ist doch auch egal, Herr Rechtsanwalt. Kommen Sie, Sie kriegen mal eine Hofführung von mir, damit Sie sehen, was Sie zerstören, wenn Sie die Sache hier durchziehen.«

»Ach ja, das war es«, erwiderte der Anwalt, jetzt fast wieder

Herr seiner Sinne. Erleichtert seufzte er auf. Er hatte schon führende Politiker und Wirtschaftsbosse in komplizierten Prozessen vertreten und wahrhaft brenzlige Situationen überstanden, aber das hier hatte eine andere, eine neue Qualität. »Jetzt setzen Sie sich mal wieder hin, mein Fräulein, ich brauche hier nämlich keine Führung über den Hof, weil – so schön das Ganze hier ist – es hat keine Überlebenschance. Wissen Sie, ich habe überhaupt nichts gegen biologische Landwirtschaft. Im Gegenteil: Meine Frau kauft auch manchmal im Bio-Supermarkt ein. Aber diese riesigen Flächen hier sind zu kostbar zum Rübenziehen.«

»Rübenziehen!«, stieß Pauline empört hervor. »Herr Droste, die Landwirtschaft ist die Grundlage unseres Lebens. Und wenn wir nicht komplett auf biologisch umsteigen, dann stirbt die Menschheit aus.«

»Wieso sollte die Menschheit deswegen aussterben?«, fragte der Anwalt. Er fand den Zusammenhang, den die junge Frau herstellte, verrückt.

»Weil wir alle unfruchtbar werden, wenn wir diesen ganzen gespritzten Dreck essen. Es gibt Studien, wonach jedes fünfte Liebespaar kein Kind bekommen kann, obwohl es das will. Das verursacht die Chemie in unseren Lebensmitteln!«

»So ein Blödsinn«, entgegnete Droste. »Außerdem habe ich ja, wie bereits angemerkt, gar nichts gegen biologische Landwirtschaft, nur eben nicht hier. Hier entsteht ein großes Investorenprojekt, das der Region viele Arbeitsplätze bescheren wird. Die Politik ist ganz auf meiner Seite.«

»Aber Herr Droste, sind Sie etwa auch ein Anhänger des Sankt-Florian-Prinzips? Es ist doch unser aller Leben! Es ist doch unsere Erde! Haben Sie Kinder?« Droste nickte. »Na sehen Sie: Was haben die von einem Hotelkomplex hier in der Pampa?«

»Was haben die von einer biologischen Landwirtschaft hier in der Pampa?«, stieß der Anwalt verächtlich hervor.

»Landwirtschaft ist Leben. Es geht nicht, dass wir alle wichtigen Lebensbereiche ins Ausland transferieren und bei uns nur noch Geldmaschinen betreiben. Das ist unnatürlich und gefährlich. Wir begeben uns in Abhängigkeiten von anderen Ländern, die wir nicht kontrollieren können.«

»Also, Frau Malmkrog. Ich bin nicht hier, um mit Ihnen über die Zukunft der Menschheit zu diskutieren. Das ist nicht mein Job. Ich bin hier, um die Modalitäten Ihres fristgemäßen Auszugs klarzumachen ...«

In diesem Moment öffnete sich die Tür, und ein offensichtlich frisch geduschtes Mädchen mit nassen langen Haaren, Brustwarzen wie Kirschkernen und perlenden Wassertropfen auf der Haut betrat Paulines Zimmer und flötete: »Hast du eben mal ein Handtuch für mich, Pauline? Habe gerade geduscht, aber da war ...« Dann brach die Nackte ab und tat so, als erschrecke sie. »Huch, da ist ja wer!« Doch die Unbekleidete verließ keineswegs den Raum, sondern ging auf Droste zu, deutete einen höflichen Knicks an und hielt dem Anwalt die Hand hin. Dieser versuchte sich ganz auf das Gesicht des Mädchens zu konzentrieren, musste dann aber doch kurz nach unten blicken, um die ausgestreckte Hand der Amazone zu erwischen. Dabei streifte sein Blick unwillkürlich den Intimbereich der Nackten, der eine Tätowierung aufwies, die den Juristen die Augen aufreißen ließ.

»Sorry, nee, hab' auch keins da«, erwiderte Pauline, ohne auch nur zu schmunzeln, und die Frischgeduschte wippte mit ihren perfekt geformten Hüften zurück in Richtung Tür. Droste sah ihr nachdenklich hinterher.

»Das war Sami.«

»Sami«, wiederholte Droste und führte gedankenverloren die Tasse mit den kopulierenden Japanern an die Lippen. Er fühlte sich berauscht.

»Also, Herr Droste«, Pauline übernahm nun wieder das Gespräch, »wir werden uns jetzt doch irgendwie einigen, mmh?« Pauline senkte den Blick nach unten auf ihre Knie, die etwa in Tischhöhe angewinkelt waren. Dann ließ sie ihre Hände wie nebenbei von den Knien über die Oberschenkel in Richtung ihrer Körpermitte gleiten. Anschließend richtete sie den Blick wieder auf das Gesicht des Anwalts. Doch der war wie hypnotisiert der Bewegung von Paulines Händen gefolgt, und sein Blick haftete auch weiterhin auf ihnen. Pauline ließ die Hände wieder auf die Knie sinken, und nachdem sie am Rand ihres kurzen Kleids angelangt waren, schob sie es etwas hoch. Droste spürte, wie sich sein Herzschlag beschleunigte. Während er immer mehr von der zarten Haut, die Paulines Oberschenkelinnenseite bedeckte, sehen konnte, dachte er sorgenvoll an seine sechs Bypässe. Doch dann stoppte Pauline abrupt ihre Bewegung, schob das Kleid wieder nach vorn in Richtung der Knie und schüttelte ihren Oberkörper, als ob sie fröstelte. Dabei entwich ihr scheinbar zufällig ein leises Stöhnen. Der Rechtsanwalt riss seinen Blick vom Körper des Mädchens los, griff mit inzwischen hochrotem Kopf nach der Teetasse und nahm noch einen Schluck von dem Getränk namens Damiana.

Pauline ergriff nun wieder mit einem Augenaufschlag das Wort. »Herr Droste, jetzt geben Sie Ihrem ...«, das Mädchen machte eine Kunstpause und blickte auf den Hosenladen des Juristen, »... Herzen einen Stoß und helfen Sie uns.« Wieder verharrte sie kurz. »Wir sind ein Biohof. Wir zeigen uns auch in Naturalien erkenntlich – wenn es sein muss.«

Der Anwalt stammelte ein »Ja, ja, ich muss mir das alles durch den Kopf gehen lassen. Also, vielen Dank. Da kann man vielleicht was machen« und verließ fluchtartig Zimmer, Haus und Hof.

Erst viel später wurde er sich bewusst, dass er noch immer diese alberne Blumenkette trug. Da befand er sich aber bereits in der Tiefgarage unterhalb des Gebäudes, das seine Kanzlei beherbergte, und Herr Dr. Burkow, dem die Arztpraxis im dritten Stock gehörte, hatte ihm schon ein freudiges »Aloha Hawaii!« zugerufen. Für den Rest des Tages gingen dem Leipziger Anwalt die Mädchen vom Zonenhof, insbesondere die glatten Innenseiten ihrer Schenkel und ihr verwirrender Duft, nicht mehr aus dem Kopf. Nachdem er auch das familiäre Abendessen in vollkommenem Schweigen absolviert hatte, knallte ihm seine verärgerte Gattin den doppelten Espresso derart wuchtig auf den Tisch, dass braune Tropfen aus der Tasse auf das blütenweiße Tischtuch regneten.

Nachdem der Anwalt das Gut verlassen hatte, hatten die Mädchen vom Zonenhof zunächst in aller Stille das Abendessen hinter sich gebracht. Keine von ihnen, nicht einmal die realistische Pauline, hatte damit gerechnet, dass der Jurist den von ihnen dargebotenen Verlockungen widerstehen würde. Das hatte es auf ihrem Hippie-Bauernhof wirklich noch nie gegeben, dass ein Mann sich nicht hatte verführen lassen.

»Anwälte sind einfach totale Vollspießer«, stellte eine der Amazonen trocken fest.

»Ich glaube, der kommt noch mal wieder«, meinte eine andere. »Den haben wir infiziert. Ich gebe ihm eine Inkubationszeit von drei Tagen. Dann kommt er und holt sich seine Packung Sex.«

»Hättest du echt mit dem geschlafen, Pauline?«, wollte nun eine andere wissen.

Pauline griff zu ihrem Rotweinglas und nahm einen Schluck daraus. »Ich weiß nicht. Sauber sah der ja schon aus. Der duscht bestimmt jeden Morgen. Und wenn wir damit unser Leben hier retten könnten? Einmal Sex mit einem alten Sack gegen die totale Freiheit, die grenzenlose Unabhängigkeit? Würde sich das nicht lohnen?« Sie blickte in die Runde. »Würdet ihr für Geld mit einem Fremden schlafen?«

»Kommt drauf an, wie viel es ist«, warf Madleen ein.

»Eine Million?«, schlug Pauline vor.

»Für eine Million würde ich mir das überlegen«, stellte Madleen fest.

»Für Geld würde ich's nicht machen, aber um unsere Idee hier zu retten, würde ich's schon tun«, meinte Sami, die am Nachmittag die Handtuchshow für den Anwalt aufgeführt hatte.

»Na also, dann wissen wir ja, wer mit ihm pennt, falls er noch mal wiederkommt«, lachte Pauline.

»Und was, wenn er das nicht tut?«, wollte ein jüngeres Mädchen wissen, wobei sie den Blick gesenkt hielt und nervös an ihrer Holzhalskette zupfte.

»Dann mieten wir uns woanders einen Hof. Hier gibt's doch noch tausend andere heruntergekommene Gehöfte. Da finden wir schon was«, meinte Madleen.

»O Mann«, entfuhr es Pauline, »ich weiß nicht, ob ich noch mal die Power habe, so was wie hier aufzubauen. Und dann kommt am Ende wieder einer und baut ein Hotel. Das ist doch Scheiße.«

»Wir müssten uns selbst was kaufen!«, rief das Mädchen mit der Holzkette, das eben noch so bedrückt gewirkt hatte. »Dann kann uns niemand mehr rausschmeißen. Dann sind wir wirklich frei und unabhängig.«

»Und mit welchem Geld? Dafür braucht man mindestens eine Million!«

Tatsächlich kam Anwalt Droste nicht wieder auf den Zonenhof. Stattdessen erreichte die Mädchenkommune vier Tage später ein Einschreiben, das alle Hoffnungen zunichte machte. Darin konstatierte der Jurist erneut, dass der Investor an seinen Plänen festhalte und dass die Mädchen den Hof zur gesetzten Frist zu räumen hätten. Im Übrigen verbitte er sich weitere unsittliche Anträge, die seine Integrität als Rechtsanwalt und Vertreter der Eigentümerseite infrage stellten.

Es war die Energie der Verzweiflung, die die Mädchen dazu brachte, am Abend ein ausgelassenes Fest zu feiern.

Nachdem der Postbote am frühen Nachmittag den Hof verlassen hatte, bauten sie vor dem Haupthaus eine lange Tafel auf, trugen kistenweise Wein und Bier nach draußen, stellten alles, was sie an Essen in ihren Kühlschränken hatten, auf einen weiteren Tisch und nahmen die Wasserpfeifen in Betrieb. Bis die Sonne unterging, waren alle komplett berauscht, manche schliefen Arm in Arm im Beet, andere knutschten unter dem Tisch herum. Es war jetzt sowieso alles egal.

Als es kühler wurde, versammelten sich immer mehr der Amazonen im Haus. Der süßliche Duft von Marihuana und Räucherkerzen breitete sich in den Räumen aus. Aus der Küche drang indische Musik, drei Mädchen bemalten sich tanzend mit Fingerfarben. Im Wohnzimmer lief leise der Fernseher. Die meisten, die hier lagerten, waren völlig benommen von den Eskapaden des Nachmittags und Abends. Madleen und Pauline hatten sich auf der großen Liegefläche einen Platz gesichert und es sich zwischen den vielen bunten Kissen gemütlich gemacht. Madleen stierte auf den Bildschirm, auf dem gerade die Bilder einer Boulevardsendung zu sehen waren.

»Wer hat die Fernbedienung?«, fragte sie, nachdem die Schlagzeile einer auf der Mattscheibe gezeigten Zeitungsseite ihre Neugier erregt hatte. Dort stand:

GROSSES CASTING
Scheich schenkt Gewinnerin Gutshof in Bayern

»Mach mal lauter«, rief Madleen jetzt aufgeregt. Doch die anderen waren viel zu bekifft, um zu reagieren.

Madleen sprang auf und scannte den Raum. Wo war die gottverdammte Fernbedienung? Weil sie sie nicht fand, stellte sie sich ganz nah vor den Fernseher und verfolgte aufmerksam den Bericht.

Am nächsten Tag hatten die Mädchen vom Zonenhof einen Plan, der sich zwar kurios anhören mochte, aber wer nicht wagt, der nicht gewinnt! Sie würden nach Bayern ziehen und beim Harems-Casting mitmachen. Alle siebenundzwanzig. Eine von ihnen würde siegen, und damit würden sie diesen Gutshof in Bayern gewinnen. Der Anwalt Droste konnte sie am Arsch lecken, der prüde Sack.

Doch weil Pauline neben all ihren Idealen doch auch Geschäftsfrau war, warf sie sich an einem der nächsten Tage in ein für ihre Verhältnisse konservatives Kostüm – allerdings mit sehr kurzem Rock – und fuhr nach Leipzig. Für die Rettung des Amazonenprojekts wollte sie noch einmal alles einsetzen, was ihr als Frau zur Verfügung stand.

Als sie vor dem Mahagonischreibtisch in Anwalt Drostes Büro stand, fragte sie kurz: »Sie erlauben doch«, öffnete die Riemchen ihrer hohen schwarzen Sandalen und ließ diese auf den Parkettboden plumpsen. »Ist einfach bequemer so«, flötete sie, zog ihre Beine hoch auf den Besuchersessel und setzte sich auf ihre Unterschenkel. Ihr Rock rutschte dabei bedenklich weit nach oben und eröffnete dem Anwalt einen großzügigen Blick auf ihre wohlgeformten Oberschenkel und noch weiter hinauf.

Binnen Sekunden war Drostes Souveränität beim Teufel. Während Pauline ihm im sachlichsten Ton der Welt erklärte, was sie wollte, ließ sie scheinbar zufällig immer wieder ihre angewinkelten Beine für wenige Zentimeter auseinanderkippen, um sie dann gleich wieder zusammenzudrücken. Pauline hatte nicht vor, mit Anwalt Droste zu schlafen. Aber ihr war im Gespräch mit den anderen klar geworden, dass sie für ihr Vorhaben in Bayern Startkapital brauchten. Droste sollte sie für den Auszug entschädigen – und zwar ordentlich. In den nächsten dreißig Minuten handelte Pauline einhunderttausend Euro Abfindung heraus. Ihre Aktion hatte sich gelohnt.

Fünf Tage später veranstalteten die Mädchen vom Zonenhof einen Hofflohmarkt, auf dem sie fast alle mobilen Gegenstände aus dem Haus verscherbelten, und legten sich einen ausrangierten Schulbus zu. Nach Abzug der Kosten für das Gefährt blieb den Amazonen ein Startkapital von zweiunddreißigtausend Euro für ihr Bayernabenteuer. Die Reise konnte losgehen. Dass keine von ihnen einen Busführerschein hatte, war den Mädchen schnuppe. Sie gingen davon aus, dass sie auf dem Weg nach Bayern schon nicht kontrolliert würden.

—

Kurt Nonnenmacher hatte es als gänzlich unter seiner Würde betrachtet, sich auch für den Hotelwachdienst einteilen zu lassen. Doch seit er wusste, dass sich dort wegen des Castings täglich die schönsten Frauen einfanden, übte der Ort eine geradezu magische Anziehungskraft auf ihn aus.

Mehrmals wöchentlich erfand der Polizeichef nunmehr hanebüchene Vorwände, um seine Mitarbeiter im Rahmen sogenannter »Routinebesuche zwecks dienstlicher Besprechung« auf dem Gelände aufzusuchen.

An einem dieser Tage waren Anne Loop und Sepp Kastner gerade dabei, den morgendlichen Ansturm an potenziellen Heiratskandidatinnen in einer langen Schlange zu ordnen, die sich vom Rezeptionsgebäude bis zum Parkplatz hinunter erstreckte, als der Dienststellenleiter aus seinem Streifenwagen stieg.

»So, passt alles?«, fragte er, als Anne gerade einer eigens aus Wien angereisten Zwanzigjährigen empfahl, sich doch eine warme Jacke aus dem Auto zu holen, weil es sicherlich drei Stunden dauern würde, ehe sie an die Reihe käme und die Morgenluft noch kühl war.

»Ja, bis auf einige Kleinigkeiten. Erst hatten mir zwei Nervenzusammenbrüche und dann eine kleine Schlägerei. Kein Vergleich zu gestern, wo die hier angefangen haben, Sekt zu saufen, und ein Lagerfeuer im Hotel-Biergarten machen wollten«, berichtete Kastner.

Nonnenmacher nahm seinen Untergebenen zur Seite und fragte ihn in verschwörerischem Ton: »Du, ganz unter uns: Was macht der Scheich mit denen eigentlich da drin?«

»Keine Ahnung. Die, wo ich gefragt habe, die haben gesagt, dass sie nix sagen dürfen. Der Assistent vom Scheich, weißt' schon, dieser Aladdin Dingsbums, also der ohne Bart und Turban, der lässt jede, die rein will, eine Vertraulichkeitserklärung unterschreiben. Außerdem hat er gedroht, dass wer was austratscht, von vornherein nicht für die Endrunde nummeriert wird.«

»Nominiert meinst du, oder?« Ohne Kastners Antwort abzuwarten, fuhr Nonnenmacher mit einem kritischen Blick fort, der ihn – so hoffte er vergeblich – wie Clint Eastwood aussehen lassen sollte: »So so. Das heißt, da finden quasi geheime Umtriebe statt?«

Kastner nickte. »So schaut's aus.«

»Und das in einem demokratischen Freistaat!«, konstatierte Nonnenmacher erschüttert. »Arabische Verhältnisse ... bei uns in Bayern!«

»Ja«, meinte Kastner nur, und beide musterten nachdenklich die Horde gut gebauter Mädchen.

Dann meinte Nonnenmacher abrupt: »Und wie schauen die Frauen aus, die da wieder rauskommen?«

»Super«, meinte Kastner strahlend. »Du glaubst gar nicht, was es in Deutschland alles für Madeln gibt ...«

»Nein, ich meine nicht, ob die gut ausschauen«, unterbrach ihn der Inspektionschef. »Das hat uns als Polizeibehörde nicht zu interessieren, jedenfalls nur sekundär. Sepp, so was musst du als Profi knallhart ausblenden! Ich meine, ob es irgendwelche Anzeichen für Misshandlungen oder Ähnliches gibt?«

»Einen roten Kopf haben's meistens, wenn's rauskommen«, antwortete Kastner, nachdem er kurz überlegt hatte. »Wart halt kurz und verschaff dir selbst einen Eindruck, es werden eh bald die Ersten wieder da sein. Bei dem Raschid bin Suhail geht so ein Casting schneller wie bei dem blonden Dings vom RTL, das geht zack zack zack.«

»Ja mei«, entgegnete Nonnenmacher verächtlich, »das könnt' ich auch. Letztlich ist das reine Erfahrungssache.« Er holte tief Luft. »Wenn ein Mann einmal ein gewisses Alter erreicht hat, dann hat er auch Erfahrung, frauenmäßig.« Gönnerhaft klopfte er dem jungen Kollegen auf die Schulter, begann im selben Moment aber zu schwitzen, weil Anne, ohne dass er es bemerkt hatte, zu ihm und Kastner gestoßen war und er unsicher war, ob sie ihr Gespräch belauscht hatte. Doch dann wurde seine Aufmerksamkeit durch etwas anderes beansprucht. Ein Zug von Demonstranten kam die Straße von der Stadt zum Hotel herauf.

Durchwegs Frauen, wie Nonnenmacher, Kastner und Anne auf einen Blick feststellten.

»Aha, noch mehr Bewerberinnen«, konstatierte Kastner.

»Das glaub' ich nicht, die sind doch alle ü-dreißig«, stellte Nonnenmacher fachmännisch fest, wobei er die Stimme erheben musste. Die Damen, die die für das Casting erforderliche Altersgrenze tatsächlich schon überschritten zu haben schienen, veranstalteten nämlich einen Höllenlärm. Sie schlugen auf Blechdosen und Trommeln ein, schwangen Rasseln und Ratschen, wie sie am Karfreitag in vielen bayerischen Dörfern anstatt der Kirchenglocken verwendet wurden, und schmetterten Lieder, so kraftvoll und lautstark, dass das ganze Tal davon erzitterte.

Anne dachte zuerst, dass es sich um Gegnerinnen des Harems-Castings handelte, denn auf einem Transparent, das die Demonstrantinnen hochhielten, stand:

Schluss mit Diskriminierung!
Wir fordern Gleichberechtigung!

Aber dann verstand Anne den Text des Liedes, das die stolzen Bayerinnen sangen – und war mehr als erstaunt. Die etwa zwanzig Demonstrantinnen, die allesamt sauber aufgedirndlt waren, sangen passend zur Melodie eines berühmten Bierzeltliedes so wild wie fröhlich:

»Wir sind nicht zwanzig, wir sind nicht reich,
wir wollen trotzdem einen Scheich.
Der scheißt uns zu mit seinem Geld
und kauft uns gleich die ganze Welt.

Lieber Raschid bin Suhail,
wir finden, du hast ganz schön Style.
Deine Millionen wollen wir,
dann sprech'ma Arabisch sofort hier.

Sei gerecht und cast uns auch,
dann pinseln wir dir täglich deinen Bauch.
Die Sprach' der Lieb' ist international
und das Alter beim Sex doch ganz egal.«

Anne musste angesichts des Textes sehr lachen. Der Gesichtsausdruck ihres Chefs dagegen verfinsterte sich schlagartig. Unter den Demonstrantinnen hatte er nämlich seine Cousine Martha entdeckt. Schnell ging er zu ihr hin und packte sie energisch am Arm.

»Was machst denn du da?«, fragte er die kräftige Brünette, wobei er gehörig gegen den Lärm anschreien musste. Anstatt zu antworten, sang Martha ihm gemeinsam mit ihren Kumpaninnen lachend ins Gesicht »Sei gerecht und cast uns auch …«.

»Ja, sag mal, bist zu verrückt geworden, Martha?«, herrschte Nonnenmacher seine Cousine an.

»Die Sprach' der Lieb' …«

»He!«, herrschte Nonnenmacher sie an. »Aufhören!«

»… ist international …«

Nonnenmacher versuchte, Martha aus dem Getümmel zu ziehen, doch die hinter ihr laufenden Frauen hauten dem uniformierten Dienststellenleiter mit Luftballons auf den Kopf, schubsten ihn und tröteten ihm ins Ohr.

»Ja Sakra«, schimpfte der Inspektionschef und ließ schließlich von Martha ab.

»… und das Alter beim Sex doch ganz egal.«

Hastig suchte Nonnenmacher nach seiner Polizeitrillerpfeife, die er schon seit Jahren nicht mehr verwendet hatte, und zog sie aus der Hosentasche. Ein gellender Pfiff erklang, die Sängerinnen verstummten umgehend.

»Ruhe!«, bellte Nonnenmacher in die plötzlich entstandene Stille hinein. »Sofort ist hier Ruhe, Kruzefix!« Dann pfiff er noch einmal.

Und auch Hoteldirektor Christian Geigelstein sowie der Assistent und Cousin des Emirs, Aladdin Bassam bin Suhail, schienen beunruhigt zu sein, denn sie standen vor dem Rezeptionsgebäude und diskutierten aufgeregt miteinander.

»Ja seid's ihr denn wahnsinnig?«, blaffte Nonnenmacher die Demonstrantinnen an.

»Warum?«, fragte eine der beiden Frauen, die das Transparent trugen, und lachte kühn. »Mir fordern doch bloß Gleichberechtigung. Mir wollen auch beim Casting mitmachen.«

»Aber ihr seid's doch praktisch alle verheiratet«, wandte Nonnenmacher ein.

»Ja und!«, kiekste eine andere. »Der Scheich ist doch auch verheiratet!«

»Aber eure Männer ...«, schrie der Dienststellenleiter ratlos. »Martha, was sagt der Hans-Peter, wenn er das hört?«

»Das ist mir doch wurscht«, erwiderte Nonnenmachers Cousine. »Der hockt doch eh jeden Abend im Wirtshaus. Da kann ich mich genauso gut ein bisserl von einem Scheich verwöhnen lassen.«

»Das geht nicht!«, brüllte Nonnenmacher jetzt, und für Anne klang es nach tiefer und ehrlicher bayerischer Verzweiflung. »Ich verweise euch jetzt des Platzes, von Gesetzes wegen, und zwar sofort!«

»Mir gehen aber nicht!«, schrie eine andere, doch darauf konnte der Polizeichef nicht mehr eingehen, denn der Hoteldirektor und der Assistent des Emirs kamen mit ernsten Mienen auf ihn zu.

»Herr Nonnenmacher, bitte kommen Sie mal mit hinein«, sagte Geigelstein. »Ich bin zutiefst besorgt.«

»Ja, ich auch.« Der Inspektionsleiter nickte und gab Anne einen Wink, ihn zu begleiten. Kastner bedeutete er, bei den wild gewordenen Dirndlfrauen die Stellung zu halten.

In der Sitzecke gegenüber der »Reception« nahmen die vier Platz, und Geigelstein ergriff das Wort: »Herr Nonnenmacher, Sie müssen etwas unternehmen! Herr bin Suhail hat mir soeben mitgeteilt, dass sein Cousin, der Emir, sich extremst gestört fühlt durch die Demonstration.«

»Bei uns würde man solche Demonstranten einfach wegschießen, mit Panzern«, stellte Aladdin Bassam bin Suhail trocken fest.

»Der Emir denkt sogar darüber nach, Bayern fluchtartig zu verlassen«, fügte der Hoteldirektor aufgeregt hinzu.

Ehe der Polizeichef sämtlicher Seegemeinden des Tals sagen konnte, dass ihm genau das die liebste Lösung wäre, fuhr der Hotelier jedoch fort: »Würde uns der Emir von Ada Bhai vorzeitig verlassen, hätte dies eine verheerende Signalwirkung. Die bayerischen Tourismusgebiete brauchen die Urlauber aus den arabischen Ländern. Sie sind eine äußerst umsatzstarke Zielgruppe.«

Nonnenmacher hatte es die Sprache verschlagen. Nervös blickte er in die Runde.

»Sie müssen diese Frauen hier wegbringen, so schnell wie möglich«, durchbrach Aladdin Bassam bin Suhail die Stille. »Sonst wird Seine Eminenz noch heute abreisen.«

»Wie soll ich das denn machen?«, herrschte Nonnenmacher den Assistenten empört an. »Soll ich sie vielleicht wegtragen oder was? Sie sehen ja selbst, dass die völlig wild geworden sind. Wissen'S, Herr bin Suhail, eine oberbayerische Frau, insbesondere eine aus unserem Tal, die kann ganz schön jähzornig werden.«

»Jähzornig?«, fragte der Araber, er schien das Wort nicht zu verstehen, aber darauf ging Nonnenmacher nicht ein.

Vielmehr fuhr er fort: »Da müssen Sie aufpassen. Also meine Helga zum Beispiel ...«

»Was wollen diese Frauen denn?«, schnitt ihm der Assistent des Scheichs das Wort ab.

»Ja, Gleichberechtigung halt«, meinte Nonnenmacher, ganz so, als wäre diese kühne weibliche Forderung für ihn, den Anhänger der traditionellen Rollenverteilung in der Ehe, das Normalste der Welt. »Die wollen halt auch bei dem Casting mitmachen.«

An dieser Stelle ergriff Anne das Wort. »Wieso dürfen die Damen denn nicht am Casting teilnehmen, Herr bin Suhail?«

»Sie sind zu alt. Mein Cousin braucht junge, garantiert gesunde Frauen. Sie sollen ja noch einige vielversprechende Prinzen zur Welt bringen, die wichtige Positionen in unserem Emirat besetzen können.«

»Eine bayerische Frau ist auch, wenn sie älter ist, gesund«, stieß Nonnenmacher empört hervor. Was bildete sich dieser dahergelaufene Scheichsvogel eigentlich ein? Doch weil niemand auf seinen Einwurf einging, konnte Anne fortfahren: »Gut, Herr bin Suhail, wenn Sie mir diese persönliche Äußerung gestatten: Insgesamt finde ich diese gesamte Veranstaltung, die Sie hier abziehen, höchst bedenklich, wenn nicht sogar Frauen verachtend.« Der Hoteldirektor hechelte nach Luft. »Aber wir wollen hier jetzt keine Grundsatzdiskussion vom Zaun brechen. Fakt ist: Sie wollen die Demonstrantinnen loswerden.« Der Assistent des Scheichs nickte. »Wir aber können sie nicht wegtragen.« Jetzt nickte Nonnenmacher. »Daher schlage ich vor, dass Sie mit den Frauen einen Deal machen.« Alle drei Männer sahen Anne erstaunt an. Anne wartete kurz, dann sagte sie: »Ich bin mir sicher, dass die Demonstrantinnen sofort das Hotelgelände räumen, wenn Sie jeder von ihnen ein Geschenk machen.«

»Ein Geschenk?«, fragte der Assistent.

»Geschenke wirken bei Frauen Wunder«, erklärte Anne lächelnd. Nonnenmacher beobachtete seine Mitarbeiterin interessiert.

»Was stellen Sie sich denn da vor?«, wollte bin Suhail wissen.

»Geld«, meinte Anne trocken.

»Geld?«, fragte der Assistent überrascht. Doch er schien sich mit dem Gedanken anfreunden zu können. »Wie viel denn?«

»Sagen wir, fünfhundert Euro pro Frau?« Wenn der Scheich schon so respektlos mit Frauen umging, dann sollte er wenigstens ordentlich dafür bezahlen.

»So viel!«, empörte sich der Hoteldirektor.

»Darauf gehen die nicht ein«, schnaubte Nonnenmacher. »Eine bayerische Frau ist doch nicht käuflich!«

Eine halbe Stunde später hatten alle Damen, die nicht den Altersvorstellungen des Scheichs entsprachen, das Hotelgelände verlassen. Das Lied vom Scheich und der Liebe aber konnte man in den folgenden Tagen in den Boutiquen und Geschäften der Seegemeinden immer wieder summen und singen hören. Ein Fischer am Stammtisch behauptete gar, er habe beim morgendlichen Ablegen einen Vogel das Lied pfeifen gehört. Aber was erzählt man nicht alles nach dem dritten Bier ...

Zuerst hörten Anne und Lisa nur ein »Psst«, sahen aber niemanden. Sie standen gerade im Supermarkt vor dem Nudelregal, nachdem Anne ihre Tochter vom Hort abgeholt hatte, in dem Lisa nun untergebracht war, und überlegten, was sie zum Abendessen einkaufen sollten.

»Psst«, erklang es da schon wieder.

»Da!«, rief Lisa und zeigte zum Ende des Lebensmittelregals, von wo die Nachbarin der beiden ihnen zuwinkte.

»Frau Schimmler!«, rief Anne der Alten freundlich zu. »Alles okay?«

Die ein wenig verwahrlost aussehende Nachbarin kam näher, den Einkaufswagen im Schlepptau. Doch bevor sie das Wort ergriff, sah sie sich mit verschwörerischer Miene um.

»Haben Sie's schon gehört?«

»Was denn?«, fragte Anne.

»Mama, ich hab' Hunger«, quengelte Lisa dazwischen.

»Es gibt bald keine Frauen mehr im Tal!«, raunte die alte Schimmlerin und sah sich wieder hektisch um. »Ein Scheich kauft sie nämlich alle auf.« Die Alte hob die Augenbrauen. »Haben'S das schon gehört?«

»Also in dieser Version noch nicht«, meinte Anne in normaler Lautstärke.

»Psst!«, zischte die Alte. Im Hintergrund piepte der Kassenscanner. »Es ist auch noch nicht in der Zeitung gestanden. Aber Sie als Kriminalkommissarin müssen es doch als Erste wissen. Sie müssen ermitteln! Ermitteln müssen Sie!« Frau Schimmler machte eine Pause, in der sie in ihrer Tasche herumkramte. »Ah, da ist er ja.« Sie hob einen Schlüsselbund hoch, sagte: »Der Schlüssel!«, und ließ das Objekt wieder in ihre Tasche plumpsen, so als hätte es irgendeine Bedeutung im Zusammenhang mit dem Geheimnis, das sie Anne anvertrauen wollte. »Also, Folgendes ...«

»Ma-ma! Ich hab' Hun-ger!«, beschwerte sich Lisa erneut.

»Jetzt sei mal still, Kind«, befahl die Alte ungeduldig. Und zu Anne gewandt: »Auf alle Fälle: Der Scheich, er ist ein Nachfahre vom Osama – Sie wissen schon, Frau Loop? Elfter September! Elf-ter Sep-tem-ber!« Anne nickte übertrieben, und die Nachbarin fuhr fort. »Auf alle Fälle: Der Scheich hat einen Geheimplan.« Sie blickte Anne aus großen Augen an. »Der kauft jetzt hier alle Frauen und zwingt sie zum Kinderkriegen. Einfach so! Weil bayerische Frauen, das liegt an der Milch, gesündere Kinder bekommen als wie arabische.« Sie kniff die Augen zusammen. »Und was hat das zur Folge?« Anne zuckte erneut mit den Schultern. »Dass die Mädchen, wenn sie Frauen werden, größere Brüste kriegen ...« Jetzt starrte Anne nur noch ratlos. »... und die bayerischen Buben stärker werden. Das alles macht die Milch!« Frau Schimmler fuhr sich, nicht ohne Nationalstolz, durch das strähnige Haar. »Ich meine, mir haben das ja schon lange gewusst. Aber er, der Ölscheich, der hat noch einen weiteren Grund. Und wissen'S, welchen?« Anne zuckte mit den Schultern. »In Arabien kommen zu wenige Kinder auf die Welt. Deshalb!«

Anne sagte nur »aha«.

»Ja, da staunen Sie.« Jetzt zog sie Anne an deren T-Shirt ein Stück in ihre Richtung und wechselte in ein giftiges Zischeln. »Also mich geht's ja nix an, aber wissen Sie, mit was der die Frauen lockt?« Anne schüttelte den Kopf. »Er verspricht ihnen eine Immobilie, die wo jede Frau in Bayern mit Handkuss nimmt!« Anne roch den abgestandenen Atem der Alten, sie wollte weg. Aber Frau Schimmler ließ sie nicht los. »Jetzt raten'S einmal, welche!«

»Ma-ma!«

»Also, Frau Schimmler, es tut mir leid«, meinte Anne vorsichtig, »aber meine Tochter ist hungrig. Könnten wir das Gespräch vielleicht ein andermal fortführen?«

Ohne auf den Einwurf einzugehen, bellte die Alte jetzt: »Kaltenbrunn! Gut Kaltenbrunn verspricht er ihnen. Verstehen Sie das denn nicht? Diejenige, die der Scheich zur Frau nimmt, bekommt Gut Kaltenbrunn, Frau Loop. So, und jetzt kommen Sie!«

»Es tut mir leid, Frau Schimmler, wir müssen jetzt los. Auf Wiedersehen«, erwiderte Anne hastig auf die von der Nachbarin nun doch sehr laut geäußerten Worte und zog Lisa mit sich fort.

Natürlich kannte Anne Gut Kaltenbrunn. Wollte man den See an seiner Nordseite umrunden, kam man unweigerlich an dem herrschaftlichen Anwesen vorbei. Sie wusste auch, dass hier früher, bevor sie an den See gezogen war, ein Biergarten gewesen war. Noch heute schwärmten viele im Tal von der Zeit, in der man dort während der Sommermonate in gemütlicher Atmosphäre Bier und Brotzeit hatte genießen können. Doch heute war auf Gut Kaltenbrunn, so viel wusste Anne von ihren Fahrradtouren und Spaziergängen, nichts mehr los. Warum eigentlich?

Am Abend, nachdem sie Lisa ins Bett gebracht hatte, setzte sich die junge Polizistin an den Computer und gab den Begriff »Gut Kaltenbrunn« in die Suchmaschine ein. Während sie die Informationen mit ihren Augen scannte, wurde ihr klar, dass – sollte stimmen, was die Alte ihr so konspirativ erzählt hatte – hier ein gewaltiges Konfliktpotenzial verborgen lag. Denn bei Gut Kaltenbrunn handelte es sich um das bedeutendste archäologische Denkmal des mit historischen Bauten ohnehin reich bestückten Landkreises. In Kaltenbrunn, so las Anne im Internet, hatte sich einst eine mittelalterliche Burganlage befunden, von der aus im achten Jahrhundert die nahe gelegene Benediktinerabtei gegründet worden war, in der sich heute das weit über die Region hinaus bekannte Bräustüberl befand. Auf den Grundmauern der mittelalterlichen Vorburg war im Verlauf der Jahrhunderte der größte Ökonomiehof des hiesigen Klosters entstanden. In den 1970er-Jahren aber hatte ein berüchtigter bayerischer Immobilienspekulant und Inhaber einer Münchner Großbrauerei das Gut erworben. Anfang des neuen Jahrtausends wollte dessen Sohn und Erbe das Gut in ein Luxushotel umbauen. Über die nötigen Mittel verfügte er, wurde er doch von Wirtschaftsmagazinen als einer der dreihundert reichsten Männer der Welt auf ein Vermögen von über drei Milliarden US-Dollar geschätzt. Es wurde geplant, den historischen Vierseithof abzureißen und den Gebäudekomplex insgesamt gewaltig zu vergrößern. Doch dann verstarb der Eigentümer von Kaltenbrunn unter mysteriösen Umständen. Anfangs hatte die Witwe die Idee vom Hotelbau noch weiterverfolgt, dann aber davon Abstand genommen. Der Widerstand war einfach zu groß: Naturschützer befürchteten, dass ein Teil des Hotels einem Naturschutzreservat gefährlich nahe käme, und weniger vermögende Seebewohner, die sich aber der Tradition des Guts verpflichtet fühlten, protestierten ebenfalls heftig gegen die Umgestaltung.

Seither stand das Gut leer und verfiel. Dieser Umstand, so konnte Anne auf mehreren Internetseiten nachlesen, war vielen Bewohnern der Seegemeinden ein Ärgernis, wusste ja keiner, was die Millionenerbin mit dem Gut überhaupt noch anfangen wollte, und das seit Jahren! Wenn es stimmte, dass der Scheich der Gewinnerin des Harems-Castings das Gut schenken wollte, bedeutete dies zwangsläufig, dass die Witwe das urbayerische Baudenkmal bereits an den Emir von Ada Bhai verkauft hatte oder jedenfalls demnächst verkaufen würde. Anne beschloss, den Assistenten des Emirs von Ada Bhai so bald wie möglich zu diesem brisanten Thema zu befragen.

Der Scheich war nun seit einer Woche im Tal. Immer wieder gab es Gerüchte, er habe sich bereits für eine Bewerberin entschieden. Doch weder brach der Ansturm der Frauen ab, noch wurden sie abgewiesen. Die Boutiquen der Dörfer am Bergsee – vor allem jene für Dessous – florierten. Die Buchhandlungen am See bestritten die Hälfte ihres Umsatzes mit dem Verkauf von Arabisch-Wörterbüchern und -Sprachkursen. Die Volkshochschule bot spontan vier Arabisch-Crashkurse parallel an, von denen alle nach Einschreibungsbeginn binnen Minuten ausgebucht waren. An den Uferpromenaden machte die Polizei Jagd auf nicht zugelassene Wahrsagerinnen und Verkäuferinnen von gefälschtem arabischem Schmuck. Einem aus Süditalien angereisten plastischen Chirurgen, der auf dem Schulparkplatz des Gymnasiums in einem Wohnwagen Schönheitsoperationen für den Intimbereich »nach arabischer Tradition« anbieten wollte (ein Mann, der nach eigener Auskunft sogar schon den italienischen Ministerpräsidenten behandelt hatte), konnte Nonnenmachers Polizeitruppe Gott sei Dank noch das Handwerk legen, ehe er zu Skalpell und Nadel griff.

Weil immer mehr Anzeigen von Personen eingingen, die sich von zwielichtigen Geschäftemachern geprellt fühlten – etliche davon waren über das benachbarte Tirol bis vom Balkan her angereist –, hatte Kurt Nonnenmacher eigens einen Mitarbeiter abkommandiert, der sich ausschließlich mit diesen Fällen beschäftigen sollte.

»Sie sind jetzt die SOKO Tausendundeins«, hatte der Polizeichef dem frisch bestellten Sonderbeauftragten mitgeteilt. Mit diesem Schachzug beseitigte der Insektenfeind seiner Meinung nach gleich zwei Fliegen auf einen Schlag. Denn zum einen war der aus dem schwäbischen Allgäu an den See abkommandierte Hartmut Schmiedle dadurch beschäftigt, zum anderen konnte er deshalb, weil er hauptsächlich im Büro sitzen musste, um die vielen Anzeigen entgegenzunehmen, mit seinem Dialekt nicht die oberbayerische Seeluft verunreinigen. Eine Weile lang rätselte Schmiedle, warum seine SOKO mit der Zahl 1001 versehen worden war. Dass es eine Anspielung auf das Morgenland und seine Erzähltradition sein könnte, darauf kam der bodenständige Ermittler nicht – im Allgäu ging man früh zu Bett.

Aladdin bin Suhail war die einzige Person aus der Entourage des Scheichs, die die Polizisten bei ihren Wachgängen auf dem Hotelgelände regelmäßig zu Gesicht bekamen, musste der Assistent des heiratswütigen Emirs doch eng mit den Ermittlern und der Hoteldirektion zusammenarbeiten, um die chaotischen Verhältnisse vor dem Hotel in den Griff zu bekommen.

Eines Tages, als Anne gerade ihren morgendlichen Dienst am Haupteingang des Rezeptionsgebäudes angetreten hatte, nutzte sie die Gelegenheit und verwickelte den Cousin des Scheichs in ein Gespräch.

»Ich hätte da mal eine Frage«, begann die Polizistin vorsichtig. Aladdin bin Suhail, der auf Anne stets einen etwas hochnäsigen Eindruck machte, sah sie erwartungsvoll an. »In dieser Zeitungsannonce, die Sie für das Casting veröffentlicht haben, da haben Sie der Gewinnerin doch eine bayerische Immobilie versprochen.« Bin Suhail nickte. »Und welche Immobilie soll das sein?«, fragte Anne und lächelte den Araber freundlich an.

»Eine sehr wertvolle«, antwortete der Assistent des Emirs geheimnisvoll.

»Ja, aber welche?«, insistierte Anne. »Und wieso ausgerechnet eine bayerische? Und wieso eine Immobilie und nicht einfach nur Geld?«

»Mein Cousin, der Emir Raschid bin Suhail, liebt Bayern«, erläuterte der Mann aus dem Wüstenstaat. »Indem er seiner zukünftigen Ehefrau diese Immobilie schenkt, macht er sie glücklich – und sich selbst auch. Denn so hat er hier in Bayern immer ein Zuhause.«

Anne wartete, ob der undurchsichtige Aladdin noch etwas ergänzen würde, aber das tat er nicht. Deshalb fragte sie: »Um welche Immobilie handelt es sich denn nun?«

Aladdin sah sie durchdringend aus seinen dunklen Augen an: »Wollen Sie sich auch bewerben?«

»Ich bin da, glaube ich, ein paar Jahre zu alt«, meinte Anne.

Der Assistent zuckte mit den Schultern. »Ich entscheide, wer beim Casting mitmacht. Ich könnte ...«, er zögerte, »... eine Ausnahme machen.«

»Um welche Immobilie geht es denn?«, ließ Anne sich trotz Aladdins nahöstlichem Blick, der sie auf sonderbare Weise berührte, nicht von ihrer eigentlichen Frage ablenken.

»Der Emir von Ada Bhai hat ein Objekt im Auge. Aber das ist noch nicht in trockenen Teppichen – oder wie sagt man hier?«

»In trockenen Tüchern«, verbesserte Anne den Araber und musste schmunzeln.

Am selben Abend dampften auf den Tellern, die Anne und ihre Tochter Lisa auf dem Terrassentisch vor sich stehen hatten, die obligatorischen Butternudeln. Auch eine Ketchupflasche stand bereit. Anne konnte dieses Essen schon seit Langem nicht mehr sehen. Aber Lisa war, so vermutete jedenfalls ihre Mutter, das heikelste Kind der Welt, und alle Versuche, die Tochter dazu zu bringen, auch einmal Reis oder Kartoffeln zu essen, oder eben wenigstens Nudeln mit Hackfleischsoße oder mit irgendeiner anderen Zutat außer Ketchup, waren vergeudete Energie. Und seit Bernhard ausgezogen war, machte es Anne sowieso keinen Spaß mehr, richtig zu kochen.

Sie schob sich gerade lustlos die dritte Gabel Butternudeln in den Mund, als das Telefon klingelte. Anne nahm den Anruf mit einem leise gesprochenen »Anne Loop« entgegen. Es war ihr Chef Nonnenmacher, der sie zum außerplanmäßigen Dienst kommandierte.

»Du musst heute bei Emilie übernachten«, eröffnete sie daher der Tochter nach dem Telefonat. Lisa war begeistert. Damit hatte Anne nicht gerechnet. Und sie selbst stand nur eine halbe Stunde später vor dem Rathaus der nördlichsten Gemeinde des Bergsees.

»Was soll das jetzt?«, fragte sie Nonnenmacher, der zusammen mit Sepp Kastner bereits neben dem ehemaligen Pfarrhaus auf sie wartete.

»Sondereinsatz wegen erhöhter Gefahrenlage«, erwiderte der Dienststellenleiter wichtig.

»Wieso?«, wollte Anne wissen.

»Der Bürgermeister hat eine Morddrohung erhalten.«

»Wie?«, entfuhr es Anne für ihre Verhältnisse fast einen Tick zu schrill, so erstaunt war sie.

»Zusammen mit einem Fisch«, antwortete Nonnenmacher trocken. »Überprüfen Sie Ihre Dienstwaffe. Es könnte gefährlich werden. So einen Drohbrief muss man ernst nehmen. Vor allem, wenn man Angehörige einer Religion am See hat, bei der Terror weit verbreitet ist.«

Anne war sich nicht sicher, ob sie diese Aussage ernst nehmen sollte, aber Nonnenmachers Gesichtsausdruck ließ keine Anzeichen von Humor erkennen. Da sie weder antwortete noch etwas unternahm, befahl er: »Waffe überprüfen, jetzt!«

Während Anne ihre Pistole aus dem Holster zog, ergänzte Sepp Kastner die rudimentären Informationen des Inspektionschefs mit den Worten: »Der Drohbrief kam in einem toten Hecht.«

Nun war Anne vollends verwirrt.

»Einen halben Meter war der lang«, fügte Nonnenmacher hinzu. »Und in seinem Maul ...« Der Dienststellenleiter winkte einem vorbeikommenden Gemeinderatsmitglied zum Gruß zu. »... war ein Zettel«, vollendete Kastner den Satz.

»Konnte man den noch lesen?«, fragte Anne. »Der war doch sicher total nass?«

»Nein«, präzisierte Kastner, »der Hecht ist damit natürlich nicht herumgeschwommen. Der Verfasser des Briefs hat das Dokument dem Fisch ins Maul gesteckt. Da war der Fisch aber wahrscheinlich schon tot.«

»Das war ganz sicher ein Terrorist!«, übernahm Nonnenmacher nun wieder das Gespräch.

»Vermutlich«, meinte Kastner noch und wollte Anne den genauen Inhalt des Drohbriefs mitteilen, aber Nonnenmacher hatte bereits das Kommando zum Marsch ins Rathaus erteilt.

Im Sitzungssaal saßen der Bürgermeister sowie die neunzehn Gemeinderäte bereits auf ihren Plätzen. In Ermangelung weiterer Sitzgelegenheiten standen hinter ihnen an den Wänden mindestens noch einmal so viele Bürger. Alle schienen aufgeregt, der Lärmpegel war beachtlich.

Nonnenmacher postierte sich hinter dem Bürgermeister, was dieser mit einem dankbaren Nicken quittierte, denn er hatte Angst. Sepp Kastner befahl der Inspektionschef zur Eingangstür, die nun geschlossen wurde, und Anne Loop sollte sich »unauffällig unters Volk mischen«, so der bärtige Polizist. Was sich angesichts der Uniform, die Anne trug, nicht so einfach umsetzen ließ.

Mit einem laut gerufenen »Grüß Gott« eröffnete der Bürgermeister die Sitzung. Trotzdem kehrte keine vollständige Ruhe ein. Vor allem die an den Wänden verteilten Schaulustigen murmelten und flüsterten nervös weiter.

Erst als der Bürgermeister unter Mithilfe seines Stellvertreters ein anscheinend schweres, in Zeitung eingeschlagenes Paket vom Boden neben dem Sitzungstisch hochhob und auf dem Tisch auswickelte, verstummte die Meute. Alle schauten gespannt zu den beiden Ratsvorstehern, die nun mit kommunalpolitischer Würde einen veritablen Hecht aus der Zeitung schälten.

»Das«, sprach der Bürgermeister, »lag heute früh auf meinem Fußabstreifer.« Anne rümpfte die Nase, denn plötzlich roch es im ganzen Sitzungssaal sehr streng nach nicht mehr frischem Fisch. »Und folgender Zettel war auch dabei.« Bedächtig und ernst entfaltete der Bürgermeister ein Blatt Papier und überreichte es dem dritten Bürgermeister. »Lies vor!«

»Achtung. Vertraulich. Drohbrief«, trug der Parteifreund mit wichtiger Miene vor. »Wenn du, Bürgermeister, nicht verhinderst, dass der Araber Kaltenbrunn kauft, braucht man für dich kein Helles mehr zum zapfen.« Er machte eine dramatische Pause und fuhr dann vor: »Gezeichnet, der neue Jennerwein.«

Kaum war das letzte Wort gefallen, brach ohrenbetäubender

Lärm los. »›Der neue Jennerwein‹, ja so was, wer soll das sein, ›der neue Jennerwein‹?«, drang es an Annes Ohr. »Das gibt doch überhaupts keinen Sinn. Der Jennerwein war ein Wilderer, kein Fischer!«, tönte ein Gemeinderat, der in Tracht zur Sitzung erschienen war. »Und außerdem hat der mit einem Gewehr gewildert. Und nicht mit Bier«, stellte eine Dame mit mächtig aufgespritzten Lippen den Text des Drohbriefs infrage.

»Ruhe!«, schrie der erste Bürgermeister, und es wurde ein wenig leiser. »Ich denke, es gibt keinen Zweifel, dass das eine unmissverständliche Morddrohung ist. Wenn man für mich kein Helles mehr zapfen muss, heißt das ...«, der Bürgermeister machte eine Pause und wirkte mit einem Mal zutiefst niedergeschlagen.

»Dass du tot bist! Aber das werden mir zum verhindern wissen!«, tönte ein Parteimitglied.

Lautstarke Zustimmung erklang, sogar vonseiten der Umweltschützerpartei, die im städtischen Gemeinderat – entgegen der bundesweiten Entwicklung – nur zwei Plätze für sich beanspruchen konnte.

»So etwas haben mir noch nie gehabt!«, rief der Bürgermeister, der dank des Zuspruchs seines Parteifreunds wieder aus seiner kurzfristigen Niedergeschlagenheit herausgefunden hatte. Erneute stimmgewaltige Zustimmung. »Ich sag' es ehrlich: Ich nehm' das ernst. Deswegen – heute – Polizeischutz.« Er drehte sich um und nickte Nonnenmacher zu, danach Sepp Kastner und Anne Loop. »Aber was soll man tun?«

Ungefragt ergriff einer der beiden Umweltschützer das Wort, leider war er nur des Hochdeutschen mächtig: »Herr Bürgermeister, jetzt gaukeln Sie uns doch nicht vor, dass Sie nicht wüssten, was zu tun ist! Wir haben bereits vor zwei Jahren das Konzept für einen Ankauf von Gut Kaltenbrunn durch unsere Kommune vorgelegt. Unser eigens gegründeter Verein ›Grüner See, grüne Seele e.V.‹ und die nachhaltige Investorengruppe stehen doch schon längst in den Startlöchern!«

»Ja, so weit kommt's noch«, empörte sich ein anderer Gemeinderat. »Dass mir uns für euer Jugendlichen-Umerziehungslager Nachwuchsverbrecher aus ganz Osteuropa nach Kaltenbrunn holen. Abgeschoben gehören die!«

»Ich bitte Sie, Herr Kollege! Das ist wirklich ein nachhaltiges Konzept. Besser kann man die Vorzüge einer modernen Resozialisierung von Straftätern mit sinnvollen Umweltschutzgedanken nicht verknüpfen«, beharrte der Redner von der Umweltschützerpartei.

»Unsere Gemeinde kann sich Kaltenbrunn doch überhaupts nicht leisten«, rief ein anderer. »Und straffällige Jugendliche haben mir sowieso schon genug. Gerade letzte Woche haben's wieder einen Kaugummiautomaten angezündet!«

»Und außerdem«, schrie jetzt der Bürgermeister, »haben mir das doch mitnichten in der Hand! Wenn der Scheich sich mit der Erbin von Kaltenbrunn einigt, dann können mir einpacken. So ist das. – Und ich muss um mein Leben fürchten.« Er zögerte kurz und sah dann zu einem jungen Mann, der an einem kleinen Tischchen an der Wand saß und sich eifrig Notizen machte: »Das können'S in Ihrer Zeitung jetzt ruhig einmal so schreiben, wie es ist, Herr Folontár: Dass wir erstens hochgefährdet sind und zweitens als Gemeinde null Einfluss darauf haben, was mit Kaltenbrunn passiert. Die Eigentümerin entscheidet. Und wenn die das dem Scheich verkauft, dann schauen mir mit dem Ofenrohr ins Gebirge.«

»Scheich raus!«, schrie jetzt einer der Besucher. Und dann wieder: »Scheich raus!« Nach dem dritten »Scheich raus!« schlossen sich bereits mindestens vier weitere Anwesende den Rufen an.

»Ruhe!«, brüllte der Bürgermeister erneut, doch erfolglos. Der Geräuschpegel blieb gleichbleibend hoch.

Trotz des Lärms konnte Anne das Gespräch zwischen zwei Besuchern belauschen, die direkt vor ihr standen. Der eine roch nach Pferdemist, der andere nach einem aggressiven moschushaltigen Rasierwasser.

»Unsere Andrea will sich jetzt auch beim Scheich bewerben.«

»Warum?«
»Seit die in Berlin war, spinnt die.«
»Warum?«
»Die Andrea sagt, der Scheich hat Charisma.«
»Au weh, glaubst du, der war deswegen schon beim Arzt?«
»Charisma ist doch keine Krankheit! Charisma heißt Ausstrahlung.«
»Ach so.«
»Außerdem hat's g'sagt, dass eh alle Männer schlecht sind.«
»Ist die Andrea vielleicht vom andern Ufer?«
»Nein, nein«, erwiderte der nach Moschus Duftende erschrocken, »die war doch jahrelang im Trachtenverein. Und einen Freund hat's auch gehabt, bevor's nach Berlin ist.«
»Und der?«
»Ist nicht reich.«
»Ach so ... ja dann!«
»Ja, eben.«
Die beiden Männer schwiegen kurz, und aus dem Augenwinkel heraus beobachtete Anne, wie der erste Bürgermeister dem dritten Bürgermeister etwas ins Ohr flüsterte. Doch dann neigte sich der nach Moschus Duftende wieder seinem nach Pferd riechenden Gesprächspartner zu und wisperte: »Sie mag es halt auch gern warm.«
»Wer?«
»Unsere Andrea.«
»Ah.«
»Und da käm' so ein Scheich gerade recht.«
»Warum?«
»Weil dann könnt' sie, also die Andrea, im Winter nach Arabien, und im Sommer könnt's da sein, auf Gut Kaltenbrunn. So stellt man sich das halt vor.«
»Und Ihre Frau?«
»Die tät' auch gern mal nach Ada Bhai.«
»So so.«
»Ja.«

Auch im weiteren Verlauf der Gemeinderatssitzung drehte sich alles um Gut Kaltenbrunn. Am Ende beschloss der Rat – mit Ausnahme der Stimmen der Konzeptpolitiker von der Umweltschützerpartei –, erst einmal abzuwarten.

Der Schlagersänger Hanni Hirlwimmer hieß eigentlich Johann mit Vornamen. Seine Blondheit wirkte angesichts seines Alters von achtundvierzig Jahren etwas unwirklich, aber als ehemaliger Spitzensportler – Hirlwimmer hatte als Hochspringer mehrfach bei den Olympischen Sommerspielen teilgenommen – legte er Wert auf ein jugendliches Äußeres. Es war etwas ungewöhnlich, dass ausgerechnet ein Hochspringer aus dem engen Tal mit dem See hervorgegangen war, aber ganz gleich, welcher Fernsehsender Hanni Hirlwimmers Mutter befragte: Die alte Bäuerin a. D. beteuerte stets, der Hanni habe schon immer »hoch hinausgewollt«. So ließ sich auch erklären, dass Hanni Hirlwimmer gelungen war, was vielen anderen Spitzensportlern – sei es aus Dummheit, Unvermögen oder Lebenspech – versagt blieb: Hanni Hirlwimmer hatte eine astreine zweite Karriere hingelegt. Mit seinen Liedern besang er die Dinge, ohne die ein Menschenleben so schal schmecken würde wie ein Noagerl, also ein kleiner Rest, Bier in einem Maßkrug nach einem langen Sonnentag: die Liebe, das Bayernland, die grünen Wiesen, das Bergglück, den Sommer und den Schmerz des Abschieds.

Hanni Hirlwimmer war im Tal aber nicht nur als Künstler anerkannt, sondern galt auch als Trendsetter in Sachen Mode. Er sah sich als bayerischer Cowboy, weshalb er gewisse Freiheiten für sich beanspruchte. So hatte er durchgesetzt, dass man zur traditionellen Lederhose Cowboystiefel tragen durfte, und das als gebürtiger Bayer! Und: Hanni Hirlwimmer duftete meist wie ein Haufen gut durchgetrockneten Heus – wie das kam, war sein Geheimnis.

Aber dies war nicht der einzige Grund dafür, dass die Damen in seiner Nähe regelmäßig in Ohnmacht fielen. Der Hanni Hirlwimmer war schlichtweg ein Mann, den eine Frau unmöglich von der Bettkante stoßen konnte. Trotz seiner Weibergeschichten genoss der Sänger aber einen guten Ruf. Auch hatte Hanni Hirlwimmer bislang nicht zur Scheidungsstatistik beigetragen – der bauernschlaue Barde hatte von vornherein die Finger vom Heiraten gelassen. Wenn er sich nicht gerade auf einer seiner vielen Reisen durch Deutschland, Österreich und die Schweiz befand, wohnte er bei seiner Mutter auf dem familieneigenen Hof, dessen Balkone im Sommer von der Last unzähliger Geranien beinahe herabzustürzen drohten, so sah es jedenfalls aus. Hier komponierte er seine Liebeslieder, und hier empfing er auch die Menschen aus dem Tal. Denn Hanni Hirlwimmer mochte die Menschen, und sie mochten ihn.

Am Tag nach der Versammlung saß Hirlwimmer gerade an dem schweren Tisch auf der Natursteinterrasse vor seinem Haus und rätselte, welches Wort sich auf »Liebesmüh'« reimte. Er brauchte das für seinen neuen Song, aber ihm fiel nur »Diebesküh'« ein, was – man konnte es biegen und brechen, wie man wollte – in das Lied überhaupt nicht passte – da kam der Bernbacher Franz um die Ecke.

Hanni Hirlwimmer hob den Blick, sprang auf und schritt in seinen nigelnagelneuen Cowboystiefeln (sie stammten angeblich aus genau demselben Laden, in dem auch Arnold Schwarzenegger einzukaufen pflegte) und mit einem offenen, blonden Lächeln auf den Franz zu. »Franz!«, rief er, »es ist mir eine Freude!«

»Hast du Zeit?«, wollte der Franz wissen.

»Für dich immer«, log der Hanni Hirlwimmer. Lügen musste man können, wenn man in der dünnen Luft der Prominenz überleben wollte. »Sitz her«, forderte er den Franz auf.

Der nahm Platz und konzentrierte sich umgehend auf sein Anliegen: »Es geht ums Seefest nächste Woche.«

Hanni Hirlwimmer nickte ihm aufmunternd zu. »Das wird eine Gaudi!« Damit traf der Schlagersänger den Nagel auf den Kopf. Denn das Seefest war der wichtigste Termin des Jahres.

Wer etwas auf sich hielt, war zugegen. Und wer unter den Einwohnern und Stammgästen etwas gelten wollte, beteiligte sich irgendwie daran. Der Hanni Hirlwimmer war seit vielen Jahren als Sänger dabei.

»Eine Gaudi wird's ja immer«, meinte jetzt der Franz, der in diesem Jahr erstmals zum Organisationskomitee gehörte und dadurch einen gewaltigen Verantwortungsdruck verspürte, was sich in Form schlafloser Nächte äußerte. Er räusperte sich nervös: »Also ... du wirst ja singen.« Hanni Hirlwimmer lächelte zustimmend. Wenn es ums Singen ging, war er immer fröhlich. »Weißt' denn schon was?«

Der Schlagersänger zeigte auf das vor ihm liegende Blatt, auf dem unter anderem das Wort »Liebesmüh'« geschrieben stand, und erwiderte: »Das ist gerade im Entstehen. Gut Lied braucht Weile.«

»Dann komm' ich ja gerade richtig«, meinte der Bernbacher Franz. »Ich hätte da nämlich ein Attentat auf dich vor: Könntest du in diesem Jahr vielleicht etwas Arabisches einbauen? So was von tausendundeiner Nacht oder so? Sonst singst du ja immer«, der Franz zitierte: »›Meine bayerische Prinzessin, ich küsse dich von Fuß bis Knie / aber weiter nauf geht's nicht, mach' erst aus das Licht‹ und so ... Meine Frage wär' jetzt: Ob du das ein bisserl abwandeln könntest, also anstatt ›bayerische Prinzessin‹ zum Beispiel ›arabische‹ singen?«

»Das könnt' ich durchaus«, meinte der Schlagersänger, ohne zu zögern, denn mit ein Grund für seinen sensationellen, auch internationalen Erfolg war, dass er sich direkt von den Menschen und dem, was sie bewegte, inspirieren ließ. »Arabische Prinzessin«, sagte er gerade nachdenklich, als die alte Frau Hirlwimmer zu den beiden Männern an den Tisch trat. »Arabische Prinzessin – darauf reimt sich nix.«

»Was redet's ihr denn da? Arabische Prinzessin? Ja, was soll jetzt das?«, fragte die Ex-Bäuerin und amtierende Starmutter. Es war offensichtlich, dass sie, wie es unter bayerischen Müttern guter alter Brauch war, gelauscht hatte.

»Ja, was soll das eigentlich?«, riss sich der Schlagerkünstler aus seinen musikalischen Phantasien. Prinzipiell hörte er immer auf seine Mutter, besonders aber in Vertragsangelegenheiten. Als ehemalige Bäuerin war Frau Hirlwimmer eine schlaue Geschäftsfrau. Wer seine Rinder auf dem Viehmarkt zu einem guten Preis losschlagen wollte, musste mit allen Wassern gewaschen sein. Und letztlich war es egal, ob man Rindviecher oder Songs verkaufte.

Der Bernbacher Franz sah sich nun genötigt, die Sachlage zu erläutern. »Ihr habt's ja sicher auch von dem Scheich gelesen, der wo droben im Hotel wohnt. Das war ja ausführlich in der Presse. Und mir vom Organisationskomitee wollen, dass noch mehr Scheichs ins Tal kommen, weil das unserer Gastronomie und Hotellerie guttut. Die Scheichs haben ja Geld wie Heu!«

»Das schon, aber die Scheichs bringen auch die Unzucht ins Tal!«, fauchte jetzt die alte Hirlwimmerin, sodass ihr Sohn unwillkürlich zusammenzuckte, war seine Mutter sonst doch die Ausgeglichenheit in Person. Ehe einer der Männer reagieren konnte, senkte die Alte die Stimme und raunte: »Ich hab' gehört, die Madeln müssen nackt vortanzen.« Sie wartete, um zu sehen, welchen Eindruck ihre Worte hinterließen, und schob dann nach: »Und angeblich testet der Scheich auch, ob sie Massage können. Lie-bes-ma-ssage! So ein Bazi! Das ist für mich kein Harem, sondern ein Puff. Wenn der Araber sich von unseren nackerten Madeln massieren lässt! So was hat's ja nicht einmal gegeben, wie der Ami mit all' seine Neger uns befreit hat. Und da gab's auch einiges!«

»Also«, stotterte der Bernbacher Franz irritiert, »wer erzählt denn so was?«

»Überall wird's erzählt«, behauptete die Hirlwimmerin, »überall.«

»Ja wo denn, Mama?« Auch Hanni Hirlwimmer war jetzt neugierig geworden.

»Beim Metzger, beim Bäcker, sogar in der Tankstelle.«

»Was machst denn du in der Tankstelle, Mama?«, fragte der Sohn streng. »Du hast ja gar kein Auto!«

»Da geh' ich öfters hin«, meinte die Alte. »Da gibt's viele Neuigkeiten. Außerdem gibt's da einen Togo-Kaffee.«

»Seit wann trinkst du denn afrikanischen Kaffee?«

»Mei, Hanni, hast' in der Schul' nicht aufgepasst? Togo hat doch nix mit Afrika zum tun, das ist englisch und heißt ›zum Mitnehmen‹«, erklärte die Schlagersängermutter. Sie war zweifelsohne weltgewandt.

Ihr Sohn schüttelte nur den Kopf und meinte: »Für was brauchst jetzt du einen Kaffee zum Mitnehmen?«

»Ich geh' eben mit der Zeit«, erklärte die Bäuerin nicht ohne Stolz.

Nach einer effektvoll platzierten Pause verkündete sie mit einer gewissen Schärfe in der Stimme: »Aber der Scheich muss aufpassen. Man macht sich am See so seine Gedanken. Es gibt bereits Pläne.«

Dieser Satz saß wie der Schaum auf dem Weißbier, und ehe Hanni Hirlwimmer und der Bernbacher Franz nachfragen konnten, was für Pläne die Altbäuerin denn meinte, war die Hirlwimmerin schon vom Dunkel des Hausflurs verschluckt worden. Hanni Hirlwimmer und der Bernbacher Franz sahen sich ratlos an.

Anne ging nicht gerne ins Strandbad. Es war ihr dort zu laut, und je später am Tag man kam, umso schmutziger war die Liegewiese – Lutscheisstiele, Gummibärchenpackungen, Pommes frites lagen überall herum. Dazu gab es jede Menge halbstarker Flegel, die sich gegenseitig durch die Badeanstalt jagten, und schließlich bestand immer die Gefahr, jemanden zu treffen, der einem ein Gespräch aufzwang. Aber Lisa liebte das Schwimmbad, sie traf dort ihre Schulkameradinnen, schaute belustigt den größeren Jungs bei ihren Rüpeleien zu und kaufte gerne beim Kiosk die Bananen- und Erdbeerfruchtgummis.

Anne wäre an diesem dienstfreien Samstag lieber im eigenen

Garten geblieben, von dem aus man dank seiner geschützten Uferlage wesentlich angenehmer im See schwimmen konnte. Doch Lisa hatte auf dem Strandbadbesuch bestanden. Also saß Anne nun auf ihrem Handtuch und blätterte lustlos in einer Frauenzeitschrift. Auch vermied sie es, allzu oft den Blick zu heben, weil sich etwa fünf Meter weiter ein Familienvater mit seinen Kindern niedergelassen hatte und ihr seither unmissverständliche Blicke zuwarf.

Anne war jedoch überhaupt nicht in Flirtlaune. Sie war noch gestresst von der vergangenen Woche. Jeden Tag waren noch mehr Mädchen zum Hotel gekommen, jeden Tag war es schwieriger geworden, die Meute einigermaßen zu bändigen. Ein Mädchen hatte Anne gar festnehmen und abführen müssen. Es hatte den Cousin des Scheichs regelrecht angesprungen und sich an ihm festgeklammert, als dieser vor das Rezeptionsgebäude getreten war, um die nächsten Kandidatinnen hereinzurufen. Besagtes Mädchen war noch weit hinten in der Schlange gestanden, dann aber schnell nach vorn gerannt, um den Araber mit Küssen zu bedecken und ihn anzuschreien, er dürfe es »ficken«, so lange er wolle, wenn sie nur endlich zum Emir dürfe.

Aladdin bin Suhail konnte sich von der halb nackten Angreiferin nicht ohne Annes und Sepp Kastners Hilfe befreien. Sein Jackett war nach dem Kampf komplett mit Lippenstift beschmiert. Und bei der späteren Überprüfung der Personenstandsdaten und nach Abnahme einer Blutprobe hatte sich herausgestellt, dass das heiratstolle Ding erst sechzehn war und außerdem sturzbetrunken, 2,54 Promille. Anne hatte es in die Ausnüchterungszelle der Dienststelle gebracht und die Eltern verständigt.

Das Tal erinnerte die Polizistin immer mehr an ein Freiluftirrenhaus. Besonders besorgniserregend fand sie aber, was im Hotel vor sich ging. Man konnte natürlich nicht wissen, was an den Gerüchten dran war. Doch insgesamt machte das ganze Harems-Casting einen menschenunwürdigen Eindruck. Allerdings waren Anne die Hände gebunden: Von oberster Stelle hatte die Polizeiinspektion die Anweisung bekommen, nicht in die Geschehnisse einzugreifen, wenn nicht ein eindeutiger Hinweis auf etwaige Straftaten vorliege. Ein Mann aus dem Ministerium hatte Anne am Telefon tatsächlich erklärt, die Regierungskoalition befürchte, als ausländerfeindlich dazustehen, wenn sie anordne, bei einem Vorgang einzuschreiten, der zwar ungewohnt wirke, aber letztlich als harmloser einzustufen sei als jede Castingshow im deutschen Fernsehen, wo junge Menschen doch sogar öffentlich und vor einem Millionenpublikum bloßgestellt würden. Anne vertrat eine andere Meinung, aber gegen Weisungen von oben konnte man als einfache Polizeihauptmeisterin wenig unternehmen. Allerdings hatte sie sich vorgenommen, besonders wachsam zu sein. Und so spitzte sie auch die Ohren, als sie vor den Strandbadtoiletten hörte, wie ein etwa fünfzigjähriger Mann ein Mädchen als »Schlampe« beschimpfte – es schien sich um Vater und Tochter zu handeln.

»Ich bin keine Schlampe«, empörte sich die junge Frau, die Anne auf gut zwanzig schätzte.

»Der will doch bloß billige Nutten und sonst nix! Das wirst' schon sehen. Das ganze Casting ist eine reine Erfindung, damit der Araber einen Haufen junge Frauen zum Sex zwingen kann!«

»Stimmt ja gar nicht«, keifte die Tochter trotzig. »Der sucht eine Frau.«

»Stimmt eben schon. Der Alfred hat es mir brühwarm erzählt, und dem seine Frau arbeitet in dem Hotel. Die wird es ja wohl wissen«, insistierte der Vater, der eine Bermudabadehose mit vogelwildem Hawaiimuster trug.

»Und was weiß die?«

»Dass da Zustände herrschen wie im Swingerklub!«, schrie der Mann. Mittlerweile waren auch andere Strandbadbesucher auf den Streit aufmerksam geworden, sodass Anne als Zuhörerin nicht weiter auffiel.

»Ja, aber was genau hat die Frau vom Alfred denn erzählt?«

Der Mann kratzte sich seine grauen Brusthaare und dachte nach. »Dass der Scheich in seiner Suite auf so einem Diwan sitzt, und dann muss die Bewerberin hereinkommen und vortanzen.«

»Aber das muss ich doch beim Seefest mit der Plattlergruppe auch.«

»Ja, aber nicht im Bikini!«, schrie der Mann, und mehrere Umstehende nickten zustimmend.

»Aber hier bin ich doch jetzt auch im Bikini.«

»Schon, schon«, meinte der Mann. »Aber das hier ist ein öffentliches Schwimmbad und keine Scheich-Suite.« Er dachte nach. »Und es muss doch jedem sonnenklar sein, auf was für Ideen so ein Scheich kommt, wenn jetzt da lauter schöne Jungfrauen im Bikini vor seiner Nase herumtanzen.« Das Mädchen zuckte gleichgültig mit den Schultern. »In so einer Situation kann es gut sein, dass so ein Scheich zum Tier wird. Dann springt er auf und vergewaltigt alle Mädchen, die halt gerade zur Hand sind. Ich weiß, von was ich rede. Tagtäglich steht's in der Zeitung, was so reiche Männer machen ... der Wetterfrosch, der Direktor von dem Geldfonds, sogar der Governator von ...«

»So ein Schmarren, der Emir von Ada Bhai sucht wirklich nur eine liebe Frau«, ließ die Tochter sich nicht unterkriegen.

»Aber der hat doch schon zehn!«

»Fünf«, korrigierte sie ihn.

»Für was braucht der denn noch mehr? Unsereins hat eine Frau und Ende!« Wieder nickten etliche der Umstehenden, vor allem die Männer.

»... und hat dann ein heimliches Verhältnis mit der Nachbarin, oder?«, fragte das Mädchen jetzt frech.

»Jetzt pass aber auf!«, sagte der Vater und hob drohend die Hand.

Ohne darauf einzugehen, meinte die junge Frau: »Da ist es mir doch lieber, ich kenne die anderen Frauen alle. Ich habe ein Buch gelesen, von einer Amerikanerin, die in so einem Harem gelebt hat. Da halten die Frauen zusammen. Da wird nicht gemobbt.«

»Ja, das kannst' glauben«, meinte der Mann jetzt verächtlich.

»Und wenn ich gewinne, dann bin ich reich. Davon hast du dann doch auch was, Papa.«

»Da pfeif ich drauf!«, knurrte der Mann. »Erstens heiratet man denjenigen, den man liebt. Und außerdem gewinnst' ja eh nicht. Der will bloß ins Bett mit dir. Die Kameraden, die kenn' ich schon. Und wenn der Scheich erreicht hat, was er wollt', schnelles Fickificki nämlich, dann – zack – schießt er dich ab.« Er überlegte kurz. »Und dann vergewaltigen dich noch seine ganzen Diener und am Ende der Chauffeur. Genau wie im Irakkrieg. Und irgendwann wachst du auf und liegst auf einer Mülldeponie in der Wüste. Ohne Kleidung und Geld – und wahrscheinlich auch noch genitalbeschnitten.« Er machte eine dramatische Pause. »Und nicht einmal ein Kamel ist dann mehr da, mit dem du nach Hause reiten kannst. Und ich, dein Vater, bin Tausende von Kilometern weit weg und kann dich nicht retten. Und wenn ich's doch schaffen würd' und dich heimholen tät', dann tät' dich hier keiner mehr wollen. Ich verbiete dir, dass du da mitmachst. Ende Gelände.«

»Ich bin aber schon neunzehn, Papa, du kannst mir überhaupt nichts verbieten.«

»Entschuldigung«, mischte sich jetzt einer der Zuhörer in das Gespräch ein, er trug ein goldenes Kettchen um den Hals. »Es geht mich ja nichts an, aber ich habe Ihren intensiven Dialog eben mitverfolgt. Ich denke, Sie haben beide zu Teilen recht. Zum einen liegen Sie«, er wandte sich dem Vater zu, »sicherlich richtig, wenn Sie sagen, dass dieses gesamte Procedere, mit dem der Emir von Ada Bhai seine neue Haremsdame aussucht, etwas Entwürdigendes an sich hat.«

»Das will ich aber meinen«, bekräftigte der Angesprochene.

Ohne darauf einzugehen, fuhr der Goldkettchenträger fort: »Ebenso wenig wie man im Fernsehen Menschen in irgendwelchen Castingshows vorführen sollte, sollte man junge Mädchen in derart promiske Situationen bringen.«

»Genau!«, stimmte der Vater zu, dessen Tochter sich sicher war, dass er nicht wusste, was promisk bedeutete.

»Aber«, der Mann, der eine äußerst knappe Tanga-Badehose trug, erhob nun die Stimme, »es ziemt sich auch nicht, die arabische Haremskultur in einen Zusammenhang mit Sexklubs oder ähnlichen Etablissements zu bringen.« Alle Anwesenden lauschten wie gebannt den Worten des Mannes, der sich so geschmeidig auszudrücken verstand und sich zudem auszukennen schien. »Ich hatte jahrelang beruflich im Nahen Osten zu tun und kann Ihnen nur versichern, dass auch das Haremswesen ganz bestimmten Regeln und Gesetzen unterliegt ...«

»Ja, zum Beispiel gibt's da die Steinigung«, warf ein Zuhörer aus der zweiten Reihe ein.

»... und dass es hier um weit mehr geht als lediglich die Befriedigung eines eventuell vorhandenen übersteigerten Sexualtriebes«, fuhr der Tangaträger fort.

»Ha, um was denn?«, brüllte der Vater der Haremsanwärterin vom Bergsee.

»Familiären Zusammenhalt, den Grundgedanken der Fortführung einer Dynastie, die Bereitstellung einer optimalen genetischen Ausstattung für die Kronprinzen, Erbfolge, solche Dinge ... das ist ähnlich wie bei unseren europäischen Königshäusern. Schauen Sie nach England, nach Spanien, nach Schweden ...« Der Redner blickte in die Runde. »Der Emir ist ein König, und natürlich wünscht er sich gesunde und intelligente Thronfolger, dies schon aus Staatsräson. Daher wird er daran interessiert sein, gesunde und intelligente Ehefrauen für sich zu gewinnen. Und er wird den Teufel tun und diese schlecht behandeln. Denn damit gefährdet er den Fortbestand seiner eigenen Dynastie.«

»Und wieso sucht der sich die neue Frau ausgerechnet bei uns? Soll er halt eine Araberin nehmen, die sind das Kopftuchtragen und Bauchtanzen schon gewohnt«, entgegnete der vorher so aufgebrachte Vater nun etwas ruhiger.

»Nehmen Sie es als Auszeichnung«, meinte der Tangaträger gütig. »Als Auszeichnung für die bayerische Lebenskultur.«

»Ja, so weit kommt's noch! Da wär's mir ja noch lieber, die

Angela tät' einen von den neureichen Spezis heiraten, von denen es hier im Tal immer mehr gibt. Die ganze Internet-Bagage, die wo mit heißer Luft und Geschwafel Millionen macht ... Soziale Netzwerke, da kann ich ja bloß lachen!« Jetzt wandte er sich wieder seiner Tochter zu: »Ich sag' dir eines, Angela: Wenn du meinst, dass Geld glücklich macht, dann brennst' dich. Das ist meine Meinung.« Er drehte sich um und entschwand mit großen Schritten in Richtung der Umkleidekabinen. Nachdem das Knallen einer Tür zu hören war, vernahm Anne noch das Wort »Saubagage«. Außerdem erzählte einer der Umstehenden den Witz vom Araber, der »Ka Brot mag« (also kein Brot), weil er »Ka-mel hat« (also kein Mehl), und der normale Badebetrieb nahm seinen Lauf.

Saxendi, dachte sich der Höllerer Veit, kurz nachdem er das mit dem Finger gemacht hatte. Dass aber auch ausgerechnet der jetzt hier aufkreuzen muss, wo ich bei einer Leiche steh', die nicht nur schön ist, sondern auch noch wenig an hat!

Der Mann, der direkt auf Höllerer zumarschiert kam, war bereits in Wurfweite. Dem Pensionisten wurde es ein wenig unwohl zumute. Was hatte der Bürgermeister der nördlichsten Seegemeinde so früh am Morgen, und dazu am Tag nach dem Seefest, hier zu suchen?

»Grüß dich, Veit«, sagte Alois Wax.

»Servus, Alois«, erwiderte Höllerer und beäugte den Würdenträger misstrauisch. »Was machst denn du so früh hier?«

Ohne zu antworten, positionierte sich der Bürgermeister auf der anderen Seite der Leiche und meinte mit Blick auf diese: »Ich glaub', da ist jetzt eher eine Erklärung von dir angebracht. Ist die tot?«

»Mausetot«, antwortete der Höllerer. »Ich hab' sie aber bloß rauszogen.«

»So so, bloß rauszogen.«

»Ja.«

»Und die Polizei?«

»Hab' ich schon gerufen.«

»Ah«, meinte da der Bürgermeister. »Du, dann zieh' ich jetzt besser Leine. Ich kann hier ja eh nicht helfen, oder?«

Höllerer zuckte mit den Schultern. »Koa Ahnung.« Dann fiel ihm seine Frage von vorhin wieder ein: »Aber sag einmal, was machst du denn jetzt hier in Kaltenbrunn, so früh und ausgerechnet am Tag nach dem Seefest? Da schläfst' normal doch aus.«

Aber Bürgermeister Alois Wax murmelte nur etwas, das nach »Ortsbesichtigung« klang, und wandte sich dann ab. Höllerer fand das Verhalten des Bürgermeisters in höchstem Maße merkwürdig.

DREI

Einem jeden vernünftigen Menschen – und davon lebten trotz aller verrückt erscheinenden Ereignisse in dem idyllischen Tal nicht wenige – musste einleuchten, dass die Nachricht, dass eine Gruppe junger und hübscher Hippiemädchen sich bis auf Weiteres am See niedergelassen habe, nicht zur Beruhigung der Gemüter beitragen konnte.

Mit der Ankunft von Pauline, Madleen und ihren Freundinnen vom Zonenhof geriet die Situation derart aus der Balance, dass an manchen Stammtischen schon befürchtet wurde, der See könnte überschwappen und sich in Richtung der Landeshauptstadt entleeren. Aber diese Welle blieb das Gedankenspiel von Stammtischbrüdern.

Die Amazonen hatten auf ihrem Weg durch Sachsen, Thüringen und Bayern eine Spur der Liebe, mancherorts aber auch der emotionalen Verwüstung hinterlassen. Waren sie in den östlichen Bundesländern noch relativ gut vorangekommen, weil das Interesse an dem alten Bus nicht so groß war, so stellte sich die Weiterfahrt ab dem Überschreiten der Grenze zu Bayern als nicht ganz einfach dar. Zahllose Jungbauern aus strukturschwachen Gebieten, aber auch vielversprechende Firmengründer aus der Online-Szene und Handlungsreisende aus dem Solargeschäft versuchten, die eine und andere Amazone von ihren Qualitäten zu überzeugen und zum Dableiben (die Bauern) beziehungsweise zur Weiterfahrt im schmucken, meist bayerischen Sportwagen (die IT- und Sonnen-Fuzzis) zu überreden.

Aber die Mädchen vom Zonenhof hatten sich, ehe sie dem verklemmten Anwalt Droste die Hofschlüssel überreicht hatten, geschworen zusammenzubleiben. Und so gab es zwar jede Menge Sex und Liebeskummer auf deutschen Äckern und Wiesen, aber keine einzige Verlobung. Und das, obwohl meist mehrere Heiratsanträge am Tag abgeschmettert werden mussten.

Natürlich gestaltete sich auch die Ankunft am See als äußerst aufregend. Die am Steuer sitzende Antje rammte nämlich gleich einmal das Einsatzfahrzeug, mit dem Anne Loop und Sepp Kastner an diesem Morgen zum Wachdienst am Hotel vorgefahren waren.

Klar, dass dies nicht das erste Auto war, das die Mädchen auf ihrem Weg durch drei deutsche Bundesländer touchiert hatten, aber es war das erste Polizeifahrzeug. Man sollte dennoch nicht zu streng urteilen: Wenn man niemals eine Busfahrschule besucht und niemals Fahrstunden zum Üben genossen hat, ist es schier ein Ding der Unmöglichkeit, ein derart großes Gefährt auf einem engen Parkplatz zu rangieren, ohne dem einen oder anderen Auto eine Ecke wegzufahren. Antje, die das letzte Stück der Fahrt die Verantwortung für das Steuer übernommen hatte, war schon stolz, die enge Bergstraße zum Casting-Hotel bewältigt zu haben, ohne an einem Zaunpfahl oder einem Strommast hängen geblieben zu sein.

Es war ein herrlicher Tag, die Sonne schien, als hätte es nie eine Schulden- oder Eurokrise gegeben, und so sprangen die Mädchen fröhlich aus dem Bus und machten ihrer Begeisterung für die Einzigartigkeit des bayerischen Bergtals mit seinem wunderbaren See ausführlich Luft.

Ausrufe wie »Oh, ist das schön!«, »Guck mal, die hohen Berge!« oder »Schau mal, da unten fährt'n Boot!« hörte man mehr als einmal, was dazu führte, dass Sepp Kastner, der den Unfall genau beobachtet hatte, in einen gewissen emotionalen Zwiespalt geriet: Einerseits freute er sich, dass diese Girlie-Truppe in Sommerkleidern ganz offensichtlich seine Heimat schön fand, andererseits empfand er es als Unding, dass die Damen aus Sachsen – die Herkunft hatte er sofort am Dialekt erkannt – sich überhaupt nicht um den Schaden kümmerten, den sie mit ihrem Bus angerichtet hatten.

Bei näherer Betrachtung fiel Kastner auch auf, dass das Vehikel nicht zum ersten Mal auf Tuchfühlung mit anderen harten Gegenständen gegangen sein konnte, denn die Karosserie wies überall Beulen und Kratzer auf. Auch die Lackierung des Gefährts fand der Polizist ungewöhnlich. Pauline, Madleen und die anderen hatten den Bus nämlich vor ihrer Abfahrt noch knallrot grundiert und danach mit gelb-weißen Blumen bemalt, von denen die meisten so groß waren wie Autoräder oder sogar noch größer. Aber davon konnte Kastner sich jetzt nicht ablenken lassen, er musste die Unfallverursacherin und den Schaden feststellen.

Dies war aber gar nicht so einfach, denn in dem allgemeinen Tohuwabohu war ihm entgangen, welches der Mädchen am Steuer gesessen hatte. Außer den Damen aus dem Bus war der Platz vor dem Hotel ja auch noch von den üblichen Haremsanwärterinnen bevölkert. Die Sächsinnen standen mittlerweile wie Perlen an einer Kette aufgereiht am Rand des Parkplatzes und bestaunten den See, als wäre er das Kaspische Meer. Kastner zählte siebenundzwanzig bunte Sommerkleider, deren Röcke im bayerischen Wind wehten, und die doppelte Anzahl an Waden. Dann rief er: »Wer ist hier die Fahrerin?«

Die Mädchen drehten sich um und lächelten ihn an. Aber nur Pauline antwortete: »Wieso?«

Jetzt wurde der gutmütige Kastner doch ein wenig grantig: »Weil die gerade einen sauberen Unfall gebaut hat!«

Pauline ging einen Schritt auf ihn zu: »Ist das denn so wichtig, wer gefahren ist? Wir zahlen den Schaden in bar. Wie viel kostet das denn?«

»Tja, das kann ich jetzt noch nicht sagen«, meinte Kastner erstaunt. »Da muss erst einmal ein Gutachter her.«

»Können wir das nicht einfach so unter uns und gleich hier regeln?« Pauline bot ihr verführerischstes Lächeln auf.

»Unmöglich!«, entfuhr es Kastner. »Ich glaub', ich spinn'! Das ist ein Einsatzfahrzeug der bayerischen Polizei, da geht mit Bargeld gar nix. Wo kommt's denn ihr überhaupt her?«

»Aus Sachsen.«

»Ach so«, erwiderte Kastner, der sich das ja schon gedacht hatte. Die Herkunft der Damenriege erklärte für ihn einiges. In der DDR, das hatte er schon seinerzeit in der Volksschule gelernt, war es üblich gewesen, sich in möglichst vielen Situationen selbst zu helfen. Aber die DDR gab es nicht mehr, nur die an sich sympathische Überlebensfähigkeit ihrer Einwohnerinnen und Einwohner schien überlebt zu haben. Nicht unfreundlich wiederholte er daher seine Frage von gerade eben: »Also, wer ist gefahren?«

»Niemand«, versuchte die entwaffnend lächelnde Pauline es jetzt auf diesem Weg.

Kastner war ratlos. Eine derartig fröhliche Respektlosigkeit war ihm noch nie untergekommen. Und er hatte schon mit vielen Menschen, auch mit Ostdeutschen, zu tun gehabt, denn der See war gerade auch bei Menschen aus dem Osten ein beliebtes Urlaubsziel. Deshalb war der Polizist froh, dass Anne Loop in diesem Augenblick zu ihm stieß.

»Guten Morgen«, sagte sie freundlich zu Pauline.

»Hi«, antwortete diese.

»Was gibt's denn für ein Problem?«, erkundigte sich die Polizistin.

»Die wollen nicht sagen, wer den Bus gefahren hat«, erklärte Kastner.

»Das werden wir gleich haben«, meinte Anne. »Dann zeigen jetzt mal bitte alle ihre Führerscheine her, dann werden wir schon sehen, wer überhaupt infrage kommt.«

»Gute Idee«, kommentierte Kastner.

Doch wenige Minuten später war klar, dass dadurch nicht herauszufinden war, wer den Bus gefahren hatte. Zwar zeigten alle siebenundzwanzig Mädchen ihre Führerscheine vor, aber kein einziger berechtigte zum Fahren eines Busses.

»Gut«, meinte Anne immer noch freundlich, »dann ist jetzt Schluss mit lustig. Auf Fahren ohne Führerschein gibt es bis zu ein Jahr Freiheitsstrafe.«

»Außerdem können mir die Fingerabdrücke der Fahrerin

kriminaltechnisch sichern und mit euren abgleichen, dann haben mir die Fahrerin auch. So hat unsere Dienststelle hier schon Mordfälle aufgeklärt«, fügte er selbstbewusst an. Ein bisschen Aufschneiderei konnte nicht schaden.

Pauline glaubte zwar nicht, dass man wegen eines Führerscheindelikts kriminaltechnische Spurensicherung betreiben würde, aber erstens lernte sie die bayerischen Gepflogenheiten gerade erst kennen, und zweitens war es ja eigentlich egal, wenn eine von ihnen ihren Führerschein für eine Weile abgeben musste. Nur das mit der Gefängnisstrafe wollte sie verhindert wissen. Deshalb sagte sie: »Aber das mit dem Gefängnis ist ein Scherz, oder?«

»Nein, so steht es in Paragraf 21 Straßenverkehrsgesetz«, beharrte Anne auf ihrer Drohung.

»Und einen Unfall habt's ja auch gebaut!«, hielt Kastner der Amazone vor. »Und in den war auch noch ein Polizeiauto verwickelt. Mein lieber Schwan, da kommt ein ganzer Haufen Straftatbestände zusammen.«

»Okay, dann war's eben ich«, gestand plötzlich Antje und trat vor.

Während Anne die Personalien aufnahm, dokumentierte Kastner den Schaden. Als die Polizisten damit fertig waren, meinte Anne, dass man jetzt nur noch ein Problem habe. Kastner, Antje und Pauline blickten sie überrascht an.

»Na ja, der Bus kann ja hier schlecht stehen bleiben. Und von euch darf ihn keiner mehr bewegen.«

»Stimmt«, meinte Kastner. Aber da fiel ihm etwas ein: »Ich kann den Bus wegfahren. Ich hab' beim Bund den Busführerschein gemacht. Wo wohnt's ihr denn? Ich fahr' euch hin.«

»Also, wir dachten eigentlich, dass wir ...« Pauline überlegte. »Gibt's hier irgendwo 'ne Wiese oder so was?« Anne und Kastner sahen sie amüsiert an. Wiesen gab es im Tal in Hülle und Fülle. »Na ja, wir wollten eigentlich hier campen. Wir wollen auch bei diesem Casting mitmachen, und das wird ja wohl ein paar Tage dauern.«

»Gut, dann fahr ich euch zum Campingplatz«, meinte Kastner großzügig. Die Vorstellung, siebenundzwanzig sächsische Sommerfrischlerinnen durch die Gegend zu chauffieren, gefiel ihm auf Anhieb.

Bereitwillig stiegen die Damen ein, und Kastner setzte sich ans Steuer. Doch als sie am Campingplatz ankamen, stellte sich heraus, dass dort jetzt, zur Hochsaison, auch bei aller Liebe für ostdeutsche Spontaneität, kein Platz mehr war für die Amazonen.

Aber auch hier wusste Kastner Rat. Die ganze Angelegenheit stimulierte seine Kreativität, und so fuhr er mit dem geblümten Bus einfach beim Hof des Kofler Vitus vor. Er fragte ihn ganz direkt, ob er gegen ein entsprechendes Entgelt für einige Zeit ein Zeltlager auf der Wiese neben seinem Hof dulden würde. Der Kofler Vitus, einer der größten Bauern der südlichsten Seegemeinde, erklärte sich gern dazu bereit, fand er doch die Madeln durchwegs fesch, und gegen das Geld hatte er auch nichts einzuwenden. Außerdem konnte er sich auf diese Weise das Mähen sparen. Die Kühe, das gab er aber nur zu, wenn er am Stammtisch schon ein paar Halbe intus hatte, die Kühe hatte er sowieso nur noch, damit das mit dem »Urlaub auf dem Bauernhof« auch halbwegs glaubwürdig wirkte. Auf Milchproduktion setzten seit dem Preisverfall nur noch Phantasten oder Deppen.

Seine Frau war von der Aktion weniger begeistert, doch als sie davon erfuhr, war es ohnehin schon zu spät, etwas dagegen zu unternehmen, denn da waren die zwanzig Zelte schon neben dem alten, aber gut erhaltenen Bauernhof aufgestellt worden. Die Kofler Leni war, als die Amazonen ankamen, gerade beim Friseur im Ort gewesen. Dies nicht in erster Linie der Haarpracht wegen, als vielmehr, um zu erfahren, was es aus dem Orgienhotel Neues gab. Denn so wurde das schönste Haus am See zwischenzeitlich und vollkommen unfreiwillig bezeichnet.

Doch das, was aus dem Hotel an Informationen nach außen drang, waren ja nur Gerüchte. Von den freizügigen Verhältnissen im Zeltlager der Amazonen konnte sich hingegen jedermann fortan höchstpersönlich überzeugen.

Pauline und die anderen sechsundzwanzig Sächsinnen ließen es richtig krachen. Die unverstellte, natürliche Art, durch die sich die Mädchen aus dem Gebiet der ehemaligen DDR wesentlich von den bayerischen Frauen unterschieden, beeindruckte vor allem auch die Männerwelt im Tal.

Bereits am zweiten Abend nach der Ankunft der Amazonen saßen über ein Dutzend einheimische Männer am Lagerfeuer zwischen den Zelten der Hippiemädchen. Hoteliers und Gastronomen waren keine vertreten, die hatten in den Sommermonaten für solche Späße keine Zeit. Dafür hatten sich mit dem Schlagersänger Hanni Hirlwimmer und dem Gleitschirmweltmeister Heribert Kohlhammer auch zwei veritable Prominente eingefunden.

Die Sächsinnen zeigten sich beeindruckt von der perlenden Frische des bayerischen Biers, das ein Mitarbeiter der hiesigen Brauerei mit Liebe und Sachverstand aus einem eigens bei seinem Arbeitgeber abgestaubten Fass zapfte. Doch nicht nur dem Bier wurde ausgiebig zugesprochen, die partyerprobten Girls fuhren auch ein ganzes Arsenal an Rauchgeräten und -waren auf. Hier zeigte sich, dass Hanni Hirlwimmer aufgrund seiner Karriere auch drogenmäßig ein Mann von Welt war, denn ganz gleich, ob man ihm Wasserpfeife, Bong oder einen umgebauten Staubsauger anbot, der Hirlwimmer ließ sich nicht lumpen. Bereits um elf Uhr abends glänzten seine Augen wie die eines Fünfjährigen an Heiligabend, und er kuschelte sich bekifft, besoffen und verträumt an die resche Brust einer Amazone. Hirlwimmer war in diesem Augenblick der glücklichste Mensch der Welt, wenngleich er sich an den Namen der Schönen später nicht mehr erinnern konnte.

Auch Kohlhammer zeigte Sportsgeist. Doch da für ihn als Gleitschirmflieger der Sommer Wettkampfsaison war, kiffte und trank er nur ganz wenig, schmuste dafür aber mit drei Frauen gleichzeitig. Dies sorgte kurzzeitig für schlechte Stimmung unter den anderen, nicht so berühmten Partygästen, denn eigentlich hatte man in Bayern bislang nach der Grundregel gelebt, dass eine Frau, egal ob Sächsin oder nicht, für einen bayerischen Mann genügen sollte. Es gab also eine kurze Diskussion, in der Kohlhammers Eloquenz und die Muskelkraft des Beschwerdeführers ins Feld geführt wurden. Kohlhammer lenkte schließlich ein und erklärte sich bereit, nur noch mit maximal zwei Frauen zu knutschen. Da aber nach Mitternacht sowieso ein gewisser Frauenüberschuss herrschte, weil die anwesenden Männer entweder im Koma lagen, zurück zu ihren Ehefrauen mussten oder aber zum Knutschen und zu sonstigen Verlustigungen wegen ausgiebigen Betäubungsmittelgebrauchs technisch nicht mehr imstande waren, gab es im weiteren Verlauf der Nacht keine Diskussionen mehr über Sinn und Gerechtigkeit der Vielweiberei. Ein Sieg der Vernunft unter widrigsten Bedingungen.

Aber auch andere Probleme lösten sich in der bayerischen Luft auf wie Zucker in Caipirinha.

Sepp Kastner hatte den Mädchen, nachdem er sie auf Vitus Koflers Feld abgeladen hatte, schärfstens eingebläut, sich auf keinen Fall noch einmal ans Steuer zu setzen. Doch wie sollten die Amazonen dann zum mehrere Kilometer entfernten Harems-Casting in der Stadt kommen?

War es Zufall, Schicksal, Vorsehung, was den Mädchen daraufhin widerfuhr?

Just als die Mädchen vom Zonenhof begonnen hatten, ihre Zelte aufzubauen, wanderte jedenfalls ein sehr stark und schwarz behaarter Mann mit braun gebrannter Haut am Feld des Bauern Kofler vorbei. Es handelte sich um einen von Beduinen abstammenden Libyer mit Namen Mohammed, der nicht mit ansehen konnte, dass Frauen Zelte aufbauten. Einmal mehr wunderte er sich über die Europäer – warum sprang den Damen niemand helfend bei? Spontan verschob der Nordafrikaner und Menschenfreund seinen ursprünglichen Plan, über München und

Köln nach Schweden zu laufen, und half den Sächsinnen bei der Errichtung ihres Lagers. Obwohl Mohammed, der von sich behauptete, erst zweiunddreißig Jahre alt zu sein, aber viel älter aussah, nur ein schwer verständliches Deutsch sprach, fand Pauline heraus, dass er auf einem Flüchtlingsschiff vor den Unruhen in seinem Land geflüchtet und zu Fuß durch halb Europa marschiert war. Mehrmals sei er fast verhungert, und außerdem habe er Heimweh, gestand er, doch seit er dieses Zeltlager gesehen habe, gehe es ihm schon viel besser. Ein Zeltlager, so der gute Mann, verströme für ihn den Duft der Geborgenheit. Pauline hatte sofort Mitleid mit dem natürlich in einem Zelt geborenen Nomaden, hatten doch auch sie den Zonenhof so überstürzt verlassen müssen, und bot ihm eine Stelle als Hausmeister in der frisch gegründeten Zeltstadt an. Dies widersprach zwar der Hauptregel, dass die Amazonen männerlos zu leben hatten, aber zum einen war man nun in Bayern, wo, wie jeder weiß, eigene Gesetze gelten, und zum anderen handelte es sich bei Mohammed um einen humanitären Notfall. Erst später am Lagerfeuer stellte sich heraus, dass der Flüchtling über einen libyschen Busführerschein verfügte. Hier hatte wahrlich Gott – oder zumindest der bayerische Papst – die Hand im Spiel!

Und so hielt der rote Blumenbus voller fröhlicher Mädchen gleich tags darauf wieder vor dem Casting-Hotel, was bei Sepp Kastner, der an diesem Tag ohne Anne Dienst schob, für einen kurzen, aber intensiven Augenblick des Schreckens sorgte.

Sofort stellte er den am Steuer sitzenden Mohammed zur Rede. Pauline sprang dem radebrechenden Libyer bei, was auch nötig war, denn der Beduine hatte ganz offensichtlich schreckliche Angst vor dem deutschen Polizeibeamten. Pauline erklärte ihm, dass der Polizist nur seinen Busführerschein sehen wolle. Als Mohammed verstanden hatte, verschwand seine rechte Hand vorn in seiner Hose, was dem Flüchtling entsetzte Blicke sowohl von Sepp Kastner als auch von Pauline eintrug. Aber dann zog der Wüstenbürger aus den Tiefen seiner Unterhose ein brieftaschengroßes Päckchen hervor, das sich als eine in echtes libysches Ziegenleder gewickelte Sammlung wichtiger Dokumente entpuppte. Da staunten Pauline und Kastner. Noch mehr staunten sie, als sie den Busführerschein sahen. Egal, ob man der arabischen Schrift mächtig war oder nicht, es ließ sich auf dem Lappen, den Mohammed dem Polizisten freudestrahlend entgegenreckte, praktisch nichts erkennen.

»Und das soll ein Busführerschein sein?«, fragte Kastner ungläubig.

»Ja ja«, erwiderte der Libyer, »aber viel waschen mit Wasser von Meer. Mohammed Lampedusa schwimm schwimm.«

»Er meint«, übersetzte Pauline, die ja Mohammeds Geschichte vom gestrigen Abend am Lagerfeuer schon kannte, »dass der Führerschein unter der Tatsache gelitten hat, dass er den Weg vom Schiff zur italienischen Insel Lampedusa schwimmen musste.«

»Ja, da kann ich auch nix machen«, meinte Kastner und zuckte mit den Schultern. »Aber lesen können muss man so einen Führerschein schon, sonst bringt der nix. Außerdem ist eh fraglich, ob ein libyscher Führerschein hier in Bayern gilt. Können Sie, Herr Mohammed, nicht die Ausstellung eines neuen Dokuments beantragen, zu Hause bei Ihnen?«

Mohammed schüttelte heftig den Kopf. »Zu Hause Kanone bumm bumm.« Dann spreizten sich die Finger seiner rechten Hand zu einer imaginären Pistole, die er sich an die Schläfe hielt, und er machte noch einmal »bumm«.

Kastner sah den Nordafrikaner fasziniert an. Er hatte hier am See schon viele fremde Menschen kennengelernt, aber so ein Exemplar wie der Mann aus dem einstigen Gaddafi-Staat war ihm noch nie untergekommen.

»Er meint«, schaltete sich Pauline wieder ein, »dass in seinem Land Krieg ist. Dass dort die Regierung auf ihre eigenen Bürger mit Kanonen schießt, dass Mord und Totschlag herrschen.«

»Ja, ja, schon klar«, meinte Kastner nachdenklich, »dass in so einer Situation kein Führerscheinantrag bearbeitet werden kann. Das tät' man nicht einmal bei uns Bayern schaffen. Jedenfalls nicht zeitnah.«

»Können Sie nicht ein Auge zudrücken, Herr Kriminalkommissar?«, fragte Pauline nun und klimperte mit den Wimpern.

Kastner wurde es sofort ganz warm ums Herz, dann sagte er so laut, dass es auch sein Kollege, mit dem er heute Dienst vor der »Reception« schob, hören konnte: »So, Herr Mohammed, dann packen'S jetzt Ihren Führerschein wieder ein. Es scheint ja alles in bester Ordnung. Aber stehen bleiben könnt's ihr hier mit dem Bus fei nicht. Das ist euch schon klar, oder?«

»Aber wir wollten doch beim Casting mitmachen«, entgegnete Pauline überrascht.

»Ja, aber mir haben jetzt hier ein neues System.«

Kastner erklärte der Chefin der Amazonen, dass fortan jede junge Frau, die bei der Haremsauswahl mitmachen wollte, eine Nummer ziehen müsse. Dies sei eine Idee des Hoteldirektors Geigelstein gewesen, der als Gymnasiast mal einen Schnuppertag beim Kreisverwaltungsreferat in München absolviert habe. Man könne des Ansturms der Frauen sonst nicht mehr Herr werden. Deshalb müssten auch Pauline und ihre Freundinnen eine Nummer ziehen – und dann heiße es erst einmal warten. Denn die Nummern, die heute gezogen würden, seien erst ab übermorgen dran. Der Scheich habe nämlich schon über dreihundert Frauen gecastet. Und der Herr Aladdin, der Assistent und Cousin des Scheichs, habe gesagt, dass der Emir erschöpft sei und sich etwas schonen müsse, weshalb er beim besten Willen nicht mehr so produktiv und zügig casten könne wie bisher. »Drei Herzinfarkte hat der Raschid bin Suhail schon gehabt«, fügte Kastner dramatisch hinzu. »Aber das ist ja auch kein Wunder, wenn man nicht nur die Verantwortung für ein Königreich, sondern auch zusätzlich noch für fünf Ehefrauen trägt.«

Pauline sah ein, dass sie und ihre Gefährtinnen Geduld haben mussten. Sie verabschiedete sich von Kastner und lud ihn ein, sie am Abend im Zeltlager zu besuchen.

Sepp Kastner überlegte lange, ob er der Einladung in das Zeltlager wirklich folgen sollte. Am See genoss er als allzeit seriöser Polizist ja ein gewisses Ansehen. Und wenn man den Gerüchten Glauben schenken durfte, ging es im Zeltlager recht freizügig zu. Zudem war eines der wichtigsten Gebote für den Erfolg seiner Arbeit das der unbedingten Neutralität. Und schließlich konnte ihm ein Besuch bei den Hippiemädchen womöglich dabei schaden, Anne Loop von seinen Qualitäten als Mann zu überzeugen. Doch gerade was den letzten Punkt anging, lief die Sache derzeit ohnehin nicht rund. Sosehr er sich auch um Annes Gunst bemühte, über einen rein freundschaftlichen Umgang mit der »Angelina vom Bergsee«, wie man Anne in Anspielung auf den berühmten Filmstar Angelina Jolie nannte, kam er nicht hinaus. Und dann fragte ihn seine Mutter bei der Abendbrotzeit mit gesalzenem Radi und kaltem Leberkäs auch noch, ob er jetzt eigentlich schon ein »anständiges Madel« gefunden habe, das er heiraten und mit dem er ihr Enkelkinder schenken werde – sie wisse schließlich nicht, wie lange der Herrgott sie noch auf Erden weilen lasse.

Das alles schlug sich auf Kastners Gemüt, und so erklärte er seinen Besuch im Zeltlager zum Ermittlungsauftrag, mithin zu einem dienstlich notwendigen Termin. Sollte Nonnenmacher oder irgendjemand anderer ihn später danach fragen, was er, Kastner, an einem lauen Sommerabend auf einer frisch gemähten Wiese mit siebenundzwanzig leicht bekleideten und unverheirateten Mädchen aus Ostdeutschland verloren gehabt habe, würde die Verhinderung von Gefahren für die Bevölkerung sicherlich ein Grund sein, den man nennen konnte.

Im Nachhinein muss man sagen, dass vor allem Kastner sich durch diese Entscheidung in Gefahr begab. Denn kaum war der Polizist in den Kreis, der sich um das Lagerfeuer scharte, aufgenommen worden, spürte er schon links und rechts seines Gesäßes zwei weiche sächsische Hüften. Von den beiden Damen neben ihm ging zudem ein die Sinne betörender Duft nach Natur und Abenteuer aus, den Kastner so noch nie gerochen hatte.

Auf der anderen Seite des Lagerfeuers erkannte Kastner den berühmten Gleitschirmprofi Heribert Kohlhammer, der allerdings mit Knutschen beschäftigt war. Und als Kastner sah, dass der Hanni Hirlwimmer, der so harmlose Lieder über die Liebe sang, gerade an einer großen trichterförmigen Zigarette zog, welche er dann an seine Nachbarin weitergab, wollte der Polizeibeamte schon aufspringen und sich so schnell wie möglich nach Hause absetzen. Doch weil die Arme der beiden Sächsinnen neben ihm ihn mit geradezu unwiderstehlicher Zärtlichkeit umschlangen, geriet der durch und durch geradlinige Polizist ein wenig aus der Spur. Man kann durchaus behaupten, dass dieser Kontrollverlust noch dadurch gesteigert wurde, dass ihm eine seiner Nachbarinnen einen Joint in den Mund steckte. Zwar tat es Kastner dem einstigen amerikanischen Präsidenten gleich und inhalierte nicht, aber dennoch konnte sich der standhafte bayerische Polizist nicht gänzlich der Wirkung des Betäubungsmittels entziehen; die Dame, welche rechts von ihm saß, pustete ihm nämlich auch noch eine ganze Ladung von dem Kräuterrauch ins Gesicht. Das Erstaunliche dabei war, dass Kastner diesen Vorgang als überhaupt nicht unangenehm empfand. Auch im weiteren Verlauf des Abends kam er immer mehr zu dem Schluss, dass diese Frauen aus Ostdeutschland schon wussten, wie man den Glauben an das katholische Lebenskonzept, das leider Gottes vor allem auf irdischer Entsagung gründete, mit ein paar qualmenden Bio-Kräutern, Liebe und nach Reinheitsgebot gebrautem Bier erschüttern konnte.

Was noch alles in der Nacht passiert war, daran konnte sich Sepp Kastner später nicht mehr genau erinnern. Jedenfalls erschien ihm unvorstellbar, dass stimmte, was ihm sein Chef Kurt Nonnenmacher am nächsten Morgen ins Gesicht schrie: In Kastner müsse der Teufel eingefahren sein. Oder wie er sonst erklären könne, dass er, Kastner, bekifft und besoffen geheime Interna der Polizeiarbeit verraten habe, am Lagerfeuer mit dreißig ostdeutschen Nymphomaninnen?

Es seien nur siebenundzwanzig gewesen, brachte Anne Loops größter Verehrer zaghaft vor. Seine Denkfähigkeit war an diesem Morgen aber tatsächlich etwas eingeschränkt. Zu welchen Handlungen hatte er sich hinreißen lassen? Aufgewacht war er am Morgen jedenfalls in seinem eigenen Bett.

»Ich habe heut' früh den Hirlwimmer getroffen, und der hat mir erzählt, was du dir gestern geleistet hast, Sepp! Unglaublich! Wie sollen mir denn die Sicherheit von diesem dahergelaufenen Araber-Kini gewährleisten, wenn du alles verrätst? Warst du denn komplett dicht, oder was?«

»Was soll ich denn verraten haben?«, erkundigte sich Kastner vorsichtig.

»Du Depp! Dienstpläne hast du verraten und sogar angeboten, dass du dafür sorgen kannst, dass die Sächsinnen beim Casting bevorzugt behandelt werden. Das stimmt doch überhaupt nicht. Mir haben doch mit dem Casting gar nix am Hut. Und mir sind doch auch heilfroh, dass mir damit nix am Hut haben!«

Kastner wusste nicht, was er antworten sollte. Der Chef hatte ja recht. Hatte er wirklich derart kühne Reden geschwungen? Sein Schädel brummte dumpf, aber der Inspektionsstellenleiter schrie weiter: »Und morgen ist Seefest! Und mir haben einen Sauhaufen Arbeit. Und du feierst Orgien mit Schlampen. Sepp, das geht nicht. Du musst dich jetzt am Riemen reißen!« Nonnenmacher dachte kurz nach, sah zum Fenster hinaus. Dann fragte er scharf: »Sag mal, hast du auch Drogen genommen?«

»Na-in.« Kastner stöhnte auf. »Also sicher ... ziemlich sicher nicht.« Er zögerte. »Warum? Hat das der Hirlwimmer behauptet?«

»Sepp, du machst einen Drogentest. Jetzt sofort. Mir kommen sonst in Teufels Küche. Wenn du Cannabis im Blut hast, musst du Sonderurlaub beantragen, ganz ehrlich.«

Sepp Kastner räumte kleinmütig das Feld. Statt zum Drogentest ging er allerdings erst einmal in sein und Anne Loops Dienstzimmer, goss sich einen Filterkaffee mit extra viel Süßstoff ein und ließ sich auf den Bürostuhl fallen.

Dass Nonnenmacher nicht nur wegen Kastners Eskapaden so erzürnt war, sondern auch wegen Vorkommnissen in seinem privaten Umfeld, konnte Kastner ja nicht wissen.

Just zu dem Zeitpunkt nämlich, als Kastner am Lagerfeuer nach hinten ins Gras gesunken war und sich sofort die Lippen seiner zwei Nachbarinnen im Rahmen einer relativ frei interpretierten Mund-zu-Mund-Beatmung auf die seinen gesenkt hatten, hatte Helga Nonnenmacher ihren Mann zur Rede gestellt: Ob es stimme, dass er sich am Stammtisch für die Vielweiberei ausgesprochen habe? Ob er sie denn überhaupt noch liebe?

Auf die erste Frage hatte Nonnenmacher eher ausweichend geantwortet, war er doch der Auffassung, dass es durchaus Vorteile haben konnte, mit mehreren Frauen verheiratet zu sein – auch für die betroffenen Frauen. Aber wie sollte er die Komplexität dieses Phänomens, das womöglich von einem weiblichen Gehirn ohnehin nicht vollkommen durchblickt werden konnte, jetzt seiner Gattin erläutern, die sich offensichtlich in einem Zustand äußerster Streitlust befand?

Die zweite Frage hatte er von Herzen und ohne Zögern mit einem deutlichen »Ja« beantwortet. Denn so eine wie die Helga, das war ihm klar, würde er selbst als Scheich nicht noch einmal finden. Sollte es in Bayern also mit der Vielweiberei vorerst nichts werden, würde er mit seiner Helga auch weiterhin sehr gut auskommen können.

Allerdings hatte seine zutiefst glaubwürdige Liebeserklärung dazu geführt, dass Helga den sofortigen Vollzug des Geschlechtsakts eingefordert hatte, was Nonnenmacher an jedem anderen Tag in einen Zustand höchster Freude versetzt hätte. Aber ausgerechnet heute Abend hatte er sich zwei Halbe mehr genehmigt als sonst, insgesamt sechs Bier waren es, also drei Liter, was in der Nacht zu gewissen Komplikationen im ehelichen Schlafzimmer führte.

Der Besuch des Scheichs und die Ankunft der Hippiemädchen hatten im Tal für so viel Aufregung gesorgt, dass das wichtigste

Ereignis des Jahres beinahe ein wenig in den Hintergrund gerückt war. Aber natürlich sollte auch in diesem Sommer das berühmteste Seefest der Republik stattfinden. Es wurde nur an einem einzigen Tag im Jahr gefeiert und verwandelte die Gassen und Straßen der Stadt in einen Rummelplatz der Gefühle, einen Tanzboden des Glücks. An diesem Tag ritten auch Menschen, die sonst über Selbst- oder Gattenmord nachgrübelten, elegant wie Surfweltmeister auf einer Woge von Genuss, Liebe und Frohsinn. Bereits am Vormittag bauten die heimischen Wirtsleute Tische und Bänke, Stände und mobile Küchen, Bierzapfanlagen und Musikbühnen auf. Sogar auf dem Wasser lag schon bald ein hölzernes Floß für den Auftritt der Trachtentanzgruppe bereit. Die Musiker der Blaskapellen und die Alphornbläser kontrollierten und polierten ihre Instrumente. Die einheimischen Mädchen und Frauen gingen noch schnell zum Friseur und bügelten die Falten aus ihren Dirndln, die Mannsbilder schlüpften in ihre zum Teil eigens für den Anlass gekauften maßgeschneiderten Trachtenjoppen und Lederhosen. Dafür konnte man schon ein kleines Vermögen ausgeben, aber das Geld verlor wegen der dauernden Krisen sowieso jeden Tag an Wert, und eine handgefertigte Hose aus Hirschleder galt als lebenslange Geldanlage, ähnlich wertstabil wie Gold, aber mit dem Vorteil, dass man mit ihr größere Teile des Körpers bedecken konnte als nur ein Stück von Hals, Fuß oder Finger.

Das Seefest genoss im Tal einen ähnlichen Stellenwert wie in München das Oktoberfest. Für die Polizeitruppe um Anne Loop, Kurt Nonnenmacher und Sepp Kastner stellte der mit dem traditionellen Fest verbundene Ansturm auswärtiger Gäste eine gewaltige Herausforderung dar. Bis aus Kiel, Rostock, Hamburg und sogar Amerika und China reisten dafür die Menschen an. Und die Polizisten mussten für die Sicherheit sorgen, die wichtigsten Straßen der Stadt sperren und sinnvolle Umleitungen planen, Parkplätze ausweisen, fliegende Händler ohne Genehmigung festnehmen et cetera. Für die Gewährleistung des reibungslosen Ablaufs auch auf dem Wasser besaß die Polizeidienststelle sogar ein eigenes Motorboot, auf das man verständlicherweise mächtig stolz war.

Insbesondere um die Sicherheit der Teilnehmer des Sautrogrennens sorgte sich Kurt Nonnenmacher, denn er selbst hatte als junger Mann mehrmals an diesem Wettkampf teilgenommen, der mit mehr oder minder schwimmfähigen Bottichen ausgetragen wurde. Regelmäßig havarierten die teilnehmenden Teams und drohten zum Hechtfraß zu werden. Nonnenmacher hoffte, dass in diesem Jahr alles gut ausgehen würde und man keinen Sautrogruderer vor dem Tod im Wasser würde retten müssen. Für die Beaufsichtigung des Fackelschwimmens des Tauchvereins hatte er Anne Loop und Sepp Kastner eingeteilt. Schwimmen würde er an diesem Abend sicher nicht mehr müssen. Ein richtig gutes Gefühl hatte er für dieses Seefest!

Wie man sich nur täuschen kann ...

Anne Loop hatte den Dienst beim Seefest gerne übernommen, denn der Dienststellenleiter hatte ihr erlaubt, ihre Tochter Lisa auf die Streifengänge mitzunehmen. Und so wohnten die beiden gemeinsam mit Sepp Kastner dem atemberaubenden Auftritt von Hanni Hirlwimmer bei. Wie immer trug er Cowboystiefel zur bayerischen Lederhose, und wie immer riss er die Menschen mit. Das Lied, das er eigens für das diesjährige Seefest komponiert hatte, hieß »Tausendundeine Seenacht«. Es handelte von Romantik, Reichtum und Liebe, eben jenen Dingen, die die Menschen bewegen. Wie gut Hanni Hirlwimmer sein Handwerk verstand, mögen diese beispielhaft aufgeführten Verse illustrieren:

Sei mein Scheich, ich will dich gleich.
Du sollst mich heiraten und ich dein Geld.
Ich will ein Schloss, die ganze Welt.
Ich will tanzen, bis ich glücklich bin und reich.

Viele Nächte, tausendundeine,
will ich mit dir sein und nicht alleine.
Sei mein Held, halt meine Hand,
ich zieh mit dir ins Märchenland.

Dort bin ich Prinzessin,
und zwar nur für dich.
Das wird sich lohnen,
für dich und mich.«

Auch einen Refrain hatte sich Hanni Hirlwimmer ausgedacht, der – dessen war sich der Schlagerbarde sicher – in diesem Sommer jedes Bierzelt zwischen Berchtesgaden und Konstanz in ein Tollhaus der guten Laune verwandeln würde:

Hey, hey, ihr lieben Leute,
wir feiern hier und heute
tausendundeine Nacht,
wir feiern, dass es mächtig kracht,
ja, wir feiern, dass es mächtig kracht.

Der Song war nun nicht ganz das, was Anne Loop sich privat anhörte, aber zumindest Lisa fand das Lied lustig. Sepp Kastner befand, dass der Hirlwimmer es einfach »auf dem Kasten« habe, ja, er verwendete genau dieses Wort, und er erholte sich dank der frischen Luft und der guten Stimmung bis zum abschließenden Feuerwerk wieder ganz ordentlich von der Nacht im Zeltlager.

Neben dem eigens für das Fest geschriebenen Lied des einheimischen Schlagerstars war das neue Auto des Bürgermeisters der nördlichsten Seegemeinde ein gern gewähltes Gesprächsthema an den Biertischen. Der Sportwagen, darüber war man sich einig, musste ein Vermögen gekostet haben. Allerdings war in der vergangenen Zeit in der Bürgermeisterfamilie niemand gestorben, weshalb man eine Erbschaft ausschloss und wilde Spekulationen über den plötzlichen Geldsegen anstellte.

Alle Diskussionen wurden aber zur Nebensache, als der Himmel über dem schwarzen, nur von Lampions erleuchteten See in bunte Farben zersprang. Nicht nur das Brillantfeuerwerk, das in diesem Jahr erstmals musikalisch begleitet wurde, war – so die einhellige Meinung sowohl unter den Feiernden als auch unter den verantwortlichen Polizeikräften und Würdenträgern wie Bürgermeistern und Räten – gelungen, nein, das ganze Seefest war das schönste seit vielen Jahren. Nicht einmal das Privatfeuerwerk des Prominenten vom anderen Seeufer, das dieses Mal ein wenig aufschneiderisch und arg lang geraten war, konnte da stören. Der Bernbacher Franz vom Organisationskomitee, der bislang den ganzen Abend nur umhergehetzt war und es vermieden hatte, Alkohol zu trinken, genehmigte sich vor lauter Erleichterung gleich eine ganze Maß auf ex.

Auch Anne war froh, dass das Seefest ohne größere Zwischenfälle abgelaufen war, und brachte nun, so schnell es ging, ihre todmüde Tochter nach Hause und ins Bett. Kastner seinerseits spielte kurz mit dem Gedanken, noch einen Abstecher ins Zeltlager der Hippiemädchen zu machen, doch dann besann er sich und ging lieber nach Hause, wo seine Mutter trotz der späten Stunde schon mit einer heißen Rindfleischbrühe und den üblichen Vorhaltungen auf ihn wartete.

Veit Höllerer fand den Tonfall, in dem ihn der Polizist nach seinem Namen fragte, völlig unangemessen. Er konnte sich nicht helfen: Irgendwie wirkte der junge Mann auf ihn verspannt. Seinen eigenen Namen hatte der Polizist auch nicht verraten. »Wie heißen Sie denn überhaupt?«, hatte der Pensionär ihn deshalb gefragt.

»Sepp Kastner«, hatte sein Gegenüber geantwortet. Erst dann hatte auch der Höllerer seine persönlichen Daten herausgerückt. Die Kollegin, die der Polizist mitgebracht hatte und die jetzt überprüfte, ob die Frau noch lebte (und das, obwohl der Höllerer den beiden Beamten die Mausetotheit der Leiche schon mitgeteilt hatte, und als Jäger musste er es ja wissen!), glaubte Höllerer schon einmal gesehen zu haben. Aber nicht in echt, sondern – konnte das sein? – im Fernsehen. Doch darauf konnte sich der Mann jetzt nicht konzentrieren, weil der unfreundliche Polizist ihn doch glatt fragte, ob er die Frau umgebracht habe. Fast hätte der Höllerer gelacht. Stattdessen hatte er aber nur »Nein« gesagt, der Höllerer. Was er dann hier am Ufer gemacht habe, wollte dieser Polizist jetzt noch von ihm wissen.

»Morgenspaziergang«, hatte der Höllerer einsilbig geantwortet. Der Polizist konnte ihm den Buckel herunterrutschen. Wer so mit ihm sprach, würde nichts von ihm erfahren, vielleicht sogar noch weniger.

»Wie haben Sie die Leiche aufgefunden?«

»Die ist im See geschwommen.«

»Lebte sie da noch?«

»Nicht, dass ich wüsste.«

»Warum nicht?«

»Weil ich kein Hellseher bin.«

»Hat sie sich im Wasser noch bewegt?«

»Nicht, dass ich wüsste.«

»Und dann?«

»Hab' ich sie rausgezogen.«

»Mit der Hand?«

»Nein, erst nicht.«

»Mit was dann?«

Höllerer hätte jetzt gerne »mit dem Fuß« geantwortet, einfach so, weil er fand, dass der Polizist ein Depp war. Aber das hätte sich vermutlich nicht gut auf die weitere Befragung ausgewirkt. Irgendwie hing der Höllerer ja jetzt doch in einem Fall mit drin, bei dem man nicht so genau wissen konnte, was dabei herauskommen würde. Also erklärte er, dass er die Frau mit dem Birkenast herausgezogen habe. Zur Verdeutlichung deutete der pensionierte Schneider auf das am Boden liegende Beweisobjekt.

»Kennen Sie die Frau?«

»Nein.«

»Sie ist tot«, sagte jetzt die Polizistin. Ganz schön schlau, die Polizei, dachte sich der Höllerer. Dann sagte die Dame noch: »Aber auf den ersten Blick finde ich keine Anzeichen für Gewalteinwirkung.« Und zu Höllerer gewandt fragte sie: »Haben Sie die Frau angefasst?«

»Ja! Hab' ich doch schon gesagt«, antwortete der Höllerer.

»Ja, hat er«, bestätigte der Polizeibeamte.

»Warum?«, wollte die Polizistin wissen.

Dem Höllerer reichte es allmählich. Deswegen erwiderte er, und zwar ein wenig pampig: »Weil meine geistigen Kräfte allein nicht ausreichen, um eine Leiche aus dem Wasser zu ziehen. Menschen, die wie ich keine Zauberkünstler oder so was sind, brauchen dazu ihre Hände.« Für diese Aussage erntete der Höllerer zwei nicht gerade freundliche Blicke.

Wo er die Frau denn angefasst habe, wollte die Polizistin jetzt noch wissen. Da zögerte der Höllerer. Dann sagte er: »An den Händen. Ich habe sie an den Händen herausgezogen. Da kann man noch die Spuren vom Rausziehen sehen.« Er deutete auf den Uferkies.

»Aber sonst haben Sie die Frau nirgends angefasst?«

»Nein«, antwortete der Höllerer sehr schnell.

Aber das war natürlich gelogen.

VIER

Sah man einmal davon ab, dass nicht wenige Personen noch etwas verkatert waren, brach der Tag nach dem Seefest ruhig und friedlich an. Doch sollte er Anne Loop und mit ihr das ganze Tal in gehörige Aufregung versetzen.

Wie jeden Morgen hatte Anne ihre Tochter mit dem Fahrrad in die Schule gebracht. Das Mädchen war zwar müde, weil es erst so spät ins Bett gekommen war, aber das war nicht weiter schlimm, denn bis zu den Sommerferien war es nicht mehr lang. Als Anne schließlich ihr Mountainbike vor der Polizeidienststelle abgesperrt und sich umgezogen hatte, stieg sie die Treppe ins Erdgeschoss hinauf.

Doch weiter kam sie nicht, denn in diesem Moment rannte ihr ein ziemlich aufgeregter Sepp Kastner entgegen. Drei Stufen auf einmal nehmend, hastete er die Treppe hinunter, packte Anne am Arm und riss sie mit sich zum Einsatzwagen. Dass etwas wirklich Schlimmes passiert sein musste, hatte Anne erst so richtig begriffen, als sie neben ihm im Auto saß. Dank Blaulicht und Sirene standen die beiden nur Minuten später im Uferkies an der Nordspitze des Sees, ziemlich genau unterhalb des Guts Kaltenbrunn, dessen Zukunft von Gemeinderat und Bevölkerung so hitzig diskutiert wurde.

Auf dem Boden lag eine Leiche. Die junge Frau war zweifellos hübsch und bis auf ein Spitzenhemdchen unbekleidet. Ihr Körper wies keine Spuren von Gewalt auf, sofern sich das, ohne die Leiche zu bewegen, beurteilen ließ.

Der Mann, der sich neben der Frau aufhielt, gab zu Protokoll, er heiße Veit Höllerer, Jahrgang 1932, und bis zur Rente habe er als Schneider gearbeitet.

Anne verständigte sofort die Kripo in der Kreisstadt und sperrte das Gelände mit einem rot-weißen Band weiträumig ab. Den Rentner, der behauptete, die Leiche lediglich gefunden, sonst aber nichts mit dem Mord zu tun zu haben – insbesondere die Frau auch nicht zu kennen –, schickte Anne nach Aufnahme der Personalien nach Hause. Warum der Mann von einem Mord sprach, leuchtete ihr zu diesem Zeitpunkt nicht ein. War es ein Fehler gewesen, ihn gehen zu lassen? Sonderbar fand sie auch, dass der Mann im Weggehen gelacht und etwas gemurmelt hatte wie: »Schon komisch, diese Teufelshörner, schon komisch ...«

Natürlich war auch Anne von den markanten Tätowierungen im Schambereich der Toten irritiert, aber wie konnte man angesichts der Situation darüber lachen? Immerhin war hier ein Mensch viel zu jung gestorben!

Anne machte erste Fotos von der Auffindesituation der Leiche und den Spuren, von denen der Zeuge Höllerer behauptet hatte, sie seien dadurch entstanden, dass er die leblose Frau aus dem Wasser gezogen habe. Da sei sie aber schon tot gewesen. Jedenfalls habe sie sich im Wasser nicht bewegt. Auch den Birkenast, mit dem Höllerer den Körper ans Ufer gezogen haben wollte, fotografierte Anne und suchte nach weiteren Spuren im Kies. Doch dieser Teil des Ufers, das wusste sie, wurde von vielen Spaziergängern frequentiert. Und wer sagte denn, dass es stimmte, was der Zeuge behauptet hatte, dass die Leiche auf dem See getrieben sei? War das Mädchen ertrunken? Oder war es schon vorher tot gewesen und womöglich dann ins Wasser geworfen worden? Handelte es sich um einen Unfall oder um Mord? Gerade im Sommer hörte man ja immer wieder davon, dass Menschen beim Schwimmen einen Herzinfarkt erlitten und dann im Wasser starben. Zu diesen Fragen würde die Rechtsmedizin ihnen aber sicherlich bald mehr mitteilen können. Wann kamen die Kollegen nur endlich?

Anne war heilfroh, als nach etwa einer Stunde das Kripoteam aus der Kreisstadt am Fundort eintraf. Wie schon bei den Ermittlungen um den mysteriösen Tod des Milliardärs Kürschner vor zwei Jahren war es Sebastian Schönwetter, der die Leitung innehatte. Er, die Spurensicherer und der Arzt verrichteten routinemäßig ihre Arbeit. Anne stand etwas abseits, beobachtete die Kollegen aber genau. Wie sie mit Klebestreifen Stoff- und andere Materialreste sicherten, wie sie mit Handschuhen herumliegende Gegenstände wie Zigarettenkippen, Kronkorken und Getränkedosen in Tüten steckten und diese beschrifteten. Wie sie fotografierten und die Temperatur der Toten festhielten. Sepp Kastner kümmerte sich währenddessen mit anderen Kollegen um die noch weiträumigere Absperrung des Geländes, denn nichts konnte man jetzt weniger brauchen als Touristen, die dumme Fragen stellten oder wichtige Spuren vernichteten.

Wenige Stunden später fand im Besprechungsraum der Polizeidienststelle ein Treffen mit der Kripo statt. Anne Loop spürte sofort, dass Sebastian Schönwetter etwas irritiert war, als Kurt Nonnenmacher mit einem Löffel gegen die vor ihm stehende Kaffeetasse klopfte und sich derart übertrieben räusperte, dass alle Gespräche verstummten.

»Also dann«, sagte der Leiter der Polizeidienststelle vom See. »Ich begrüße euch zur Lagebesprechung und bitte darum, Bericht zu erstatten. Die Kripo bitte ich aber, sich kurz zu fassen, weil mir ja gleich nachher auch noch die zweite Lagebesprechung wegen dem Scheich machen müssen und von daher nicht ganz so viel Zeit haben. Der Fall scheint mir ja eh klar zum sein.« Nonnenmacher spürte die befremdeten Blicke der anderen und fügte deshalb erklärend hinzu: »Das Madel wird halt nach dem Seefest knalldicht in den See gesprungen sein und ist dann dersoffen.«

Schockiert betrachtete Anne ihren Chef. Was bildete Nonnenmacher sich ein? Sich hier aufzuplustern, die Kripokollegen unter Druck zu setzen und zudem noch irgendwelche gewagten Theorien zu äußern, obwohl er keine Ahnung von den Sachverhalten hatte! Er war noch nicht einmal am Fundort gewesen, und die Leiche hatte er auch nicht gesehen. Gespannt wartete sie auf Schönwetters Reaktion.

Der ließ sich aber nichts anmerken, sondern dankte Nonnenmacher vielmehr dafür, dass sie »seinen« Konferenzraum nutzen durften und dass er sich für die Lagebesprechung Zeit nehme, obwohl er danach noch eine viel wichtigere abzuhalten habe. Die Identität des Mädchens stehe noch nicht fest, konnte Schönwetter noch erklären, doch weiter kam er nicht.

»Die kommt garantiert nicht von hier«, unterbrach ihn nämlich Nonnenmacher. »So was passiert normalerweise bloß Auswärtigen, dass die besoffen dersaufen.«

Anne zog peinlich berührt den Kopf ein, Schönwetter aber referierte ungerührt weiter: »Es wäre wichtig, herauszufinden, um wen es sich bei der Toten handelt. Womit wir auch schon beim zentralen Punkt unserer heutigen Besprechung wären.« Er sah Nonnenmacher ernst, aber freundlich an. »Ich habe bereits mit dem Präsidium telefoniert. Man hat uns grünes Licht für eine intensive Zusammenarbeit mit Ihrer Dienststelle gegeben, Herr Nonnenmacher.«

»Das hätt' ich Ihnen auch sagen können«, meinte der Polizeichef vom See überheblich. »Das ist ja eh klar, dass in so einem Fall mir die Schaltzentrale sein müssen, schon wegen unserer Ortskenntnis, unserem Wissen über die Einheimischen etceterapepe.«

»Außerdem hat man mich aufgefordert, einen Kollegen auszuwählen, der hier vor Ort als Verbindungsbeamter für unsere Kripoeinheit fungiert.« Ehe Nonnenmacher etwas sagen konnte, fuhr Schönwetter fort: »Ich habe mich dafür entschieden, Frau Loop zu fragen, ob nicht sie diese Funktion übernehmen will.«

Als Anne dies hörte, durchfuhr sie ein kurzes, warmes Glücksgefühl. »Das mache ich gerne«, sagte sie schnell und mit fester Stimme.

»Halt, halt, halt!«, rief da Nonnenmacher. »An diesem Tisch bin noch immer ich der Chef. Und die Frau Loop ist meine Mitarbeiterin, für die ich die Verantwortung trage. Außerdem hat die Frau Loop überhaupts keine Zeit, sie muss ja die Bewachung von dem Scheich koordinieren. Und alleinerziehend ist sie auch noch, also eher eingeschränkt«, schob er hinterher.

»Ich denke, dass die privaten Lebensumstände von Frau Loop hier keine Rolle spielen sollten. Ich habe Frau Loop bei unserer letzten Zusammenarbeit – als es um die Aufklärung der beiden Todesfälle Fichtner und Kürschner ging – als verantwortungsbewusste und kriminalistisch begabte Kollegin kennengelernt. Ich würde es begrüßen, sie hier vor Ort und ständig im Zentrum des Geschehens zu wissen.«

»Die Bewachung des Hotels, in dem der Scheich wohnt, läuft jetzt sowieso ganz gut«, schaltete Anne sich wieder in das Gespräch ein. »Unsere Dienstpläne funktionieren reibungslos – und dass dort oben Ausnahmezustand herrscht, daran kann man wahrscheinlich sowieso nichts ändern, solange Emir Raschid bin Suhail sich hier im Tal aufhält.«

Nonnenmacher schnaufte laut auf, und weil alle betreten schwiegen, konnte jeder das wüste Grummeln hören, das eindeutig vom Dienststellenleiter ausging. Wenn Nonnenmacher litt, litt in erster Linie sein Magen. Auch deshalb hätte keiner erwartet, dass er noch einmal das Wort ergreifen würde, aber genau das tat Nonnenmacher jetzt.

»Also, Herr Kollege, das geht mir jetzt, ehrlich gesagt, alles ein bisserl zu schnell. Wie gesagt, bin ja hier immer noch ich derjenige, der wo sagt, was Sache ist. Und ihr von der Kripo seid's hier quasi zu Gast. Und wenn ich jetzt sag', dass die Frau Loop ausreichend mit dem Ölscheich und dem ganzen Haremsschmarren beschäftigt ist, dann ist das die kompetente Einschätzung ihres direkten Vorgesetzten, der es ja wissen muss. So schaut's nämlich aus.«

Ohne Nonnenmachers triumphierenden Blick zu erwidern – der Inspektionschef fand, dass er sich gut und souverän ausgedrückt hatte –, richtete Schönwetter mit ruhiger Stimme das Wort an die Runde, wobei er jeden Einzelnen der Anwesenden kurz ansah. »Es ist mir höchst unangenehm, Ihnen zu widersprechen, Herr Nonnenmacher, aber es handelt sich bei der Abordnung von Frau Loop zur Verbindungsbeamtin um eine Entscheidung des Polizeipräsidenten, die wir hier nicht zu diskutieren haben. Auch kann ich Ihrem Einwurf, es gehe Ihnen alles ein wenig zu schnell, nicht verstehen – wir haben es hier mit einem alles andere als alltäglichen Todesfall zu tun. Es könnte sich auch um ein Verbrechen handeln!«

»Ach wo!«, schrie Nonnenmacher. »Besoffen dersoffen ist das Madel halt. Warum springt's auch nachts nach dem Seefest und voll wie eine Panzerhaubitze in den kalten See? Das ist genauso deppert, wie wenn man nachts in den Nil springt, wo es nur so von Krokodilen wimmelt.« Dann meinte er noch, dass ein kalter bayerischer Gebirgssee »kein Kindergeburtstag« sei, was einige Anwesende trotz der angespannten Situation zum Schmunzeln brachte. Immerhin konnte Nonnenmacher mit seiner Meinung, dass der Polizeipräsident von Oberbayern ein Bazi sei, der doch eh bloß auf die Loop setzte, weil sie ihn an die Mireille Mathieu oder die Uschi Obermaier erinnerte, hinter dem Berg halten.

»Können wir jetzt bitte zur Sache kommen?«, fragte Schönwetter, nun schon nicht mehr ganz so geduldig. »Wir halten fest: Die Identität der Toten ist schnellstmöglich herauszufinden. Frau Loop, Sie kümmern sich darum.« Anne nickte. »Gut, dann kommen wir zu den medizinischen Aspekten des Falls. Bitte berichten Sie.« Mit einer auffordernden Handbewegung erteilte er dem Rechtsmediziner das Wort. Und was der zu sagen hatte, sorgte sehr schnell für konzentrierte Ruhe im Raum. Sogar Nonnenmachers Magen schwieg. Dieses Organ war ein Wunder.

»Wir konnten Spermaspuren aus der Scheide der jungen Frau isolieren und haben auch andere, nicht von der Toten stammende DNA gesichert. Die Spermaspuren beweisen eindeutig, dass das Mädchen kurz vor seinem Tod noch Geschlechtsverkehr hatte. Dies könnte ein wichtiger Ermittlungsansatz sein: Derjenige, der mit der Toten Geschlechtsverkehr hatte, könnte uns möglicherweise etwas über die Todesursache mitteilen.«

»Ist sie vergewaltigt worden?«, platzte es aus Sepp Kastner heraus, der bislang geschwiegen hatte.

»Dafür gibt es derzeit keine Anzeichen«, erwiderte der Rechtsmediziner. »Zwar fanden wir feine Risse an den kleinen Schamlippen der Vagina ...« Kastner wurde bei diesen Worten knallrot – so genau hatte er es gar nicht wissen wollen. Doch der routinierte Arzt ließ Annes blondem Kollegen keine Zeit, sich zu schämen, und fuhr fort: »... aber wir sind uns nicht sicher, ob diese Risse tatsächlich Zeichen eines gewaltsamen Eindringens sind. Denn auch ein einvernehmlicher Geschlechtsakt kann unter Umständen zu solchen Verletzungen führen. Zum Beispiel, wenn der Geschlechtsakt sehr heftig und hastig vollzogen wird.« Der Rechtsmediziner blickte Kastner ernst an. »Auch beim einvernehmlichen Beischlaf kann es sein, dass die Vagina nicht ausreichend Scheidenflüssigkeit produziert. Und dass dann durch die sehr starke Reibung zwischen eindringendem Geschlechtsorgan und aufnehmender Scheide kleine, mit bloßem Auge nicht sichtbare Risse entstehen, die man nur unter dem Mikroskop erkennen kann.«

Während Kastner den Ausführungen des Rechtsmediziners lauschte, beschloss er insgeheim, sich bei der Diskussion solcher Sexualthemen künftig zurückzuhalten; das sollten lieber die Profis von der Kripo übernehmen. Zumal er sich noch präzise an das letzte Mal erinnern konnte, als er mit einer Frau geschlafen hatte. Das war ziemlich genau vor sechs Jahren mit der Gröbner Irene gewesen. Die Reni, die ihm schon damals viel zu dick gewesen war, hatte ihn nach dem Rosstag, einer bedeutenden Feierlichkeit im Tal, mit zu sich nach Hause genommen und seine Wehrlosigkeit, die von exzessivem Biergenuss herrührte, ausgenutzt, um sein Geschlechtsorgan aus der Lederhose zu holen und in ihres hineinzustecken. Dabei war sie genauso hastig zu Werke gegangen, wie der Rechtsmediziner eben berichtet hatte; nicht einmal ihr Dirndl hatte die Reni ausgezogen. Das folgende Liebesspiel war dann auch eher reibungsvoll gewesen, wenn man das so sagen konnte. Schön war es jedenfalls nicht gewesen. Kastner wäre aber nie so weit gegangen zu behaupten, dass er von der Reni vergewaltigt worden sei.

Da er seinen Erinnerungen nachhing, hätte Kastner beinahe verpasst, was Anne sagte. Die schien keine Scheu zu haben, ihre Ansichten auch bei derart unangenehmen Diskussionen zu äußern, dazu noch vor einer reinen Männerrunde. Sie meinte, dass ja auch die Situation, in der die Leiche aufgefunden worden war, durchaus für einen hastigen Geschlechtsverkehr spreche. »Denn, diese Erfahrung wird wohl jeder von uns hier schon einmal gemacht haben – wenn man im Freien Sex hat, geht man nicht so ruhig und entspannt vor, wie man es von zu Hause her gewöhnt ist.«

Kastner sah, dass einige der Anwesenden verschmitzt lächelten – was ihn ärgerte, weil er nicht wollte, dass Anne in den Mittelpunkt schmutziger Phantasien rückte. Aber zumindest der Rechtsmediziner blieb sachlich und sagte jetzt: »Ich sehe das genauso, Frau Loop. Beim Geschlechtsakt im Freien besteht – ganz gleich, ob es sich um einen freiwilligen oder erzwungenen handelt – situationsbedingt immer eine latente Entdeckungsgefahr. Und die führt zu Hast, welche wiederum zur mangelnden Produktion von Scheidenflüssigkeit respektive zu Rissen führen kann.«

»Und da das Ganze vermutlich nachts stattgefunden hat, war es obendrein auch noch kalt«, fügte Anne hinzu.

»Auch das befördert nicht gerade die Produktion von Scheidenflüssigkeit«, bestätigte der Arzt.

»Gut, dann haben mir jetzt die Sexfragen geklärt«, schaltete sich nun völlig unerwartet Nonnenmacher wieder in das Gespräch ein. »Gibt's sonst noch Erkenntnisse, die für unsere Ermittlungen wichtig sind?«

»Sieht man von den Rissen in der Scheide ab, konnten wir

keine Hinweise auf eine etwaige Gewalteinwirkung finden. Keine Schnitte, keine Hämatome«, fuhr der Rechtsmediziner leicht genervt fort.

»Und die Abschürfungen am Rücken?«, wollte Schönwetter wissen.

»... lassen sich durch das Herausziehen erklären. Der Zeuge hat doch ausgesagt, er habe die Tote aus dem Wasser gezogen. Ich habe die Spuren im Kies selbst gesehen. Für mich ergibt das ein stimmiges Bild«, erklärte der Arzt. Er reichte Fotos herum, auf denen der Rücken der Frauenleiche mit den Abschürfungen zu sehen war, sowie Bilder der Schleifspuren.

»Gut, also keine Gewalteinwirkung. Woran ist sie dann gestorben?«, fragte Schönwetter sehr direkt, woraufhin der Kollege von der Rechtsmedizin verlegen mit den Schultern zuckte. »So weit sind wir noch nicht. Tut mir leid. Ich kann eine erste Prognose abgeben, aber für alles andere bitte ich darum, die endgültigen Ergebnisse der Obduktion und die Laborwerte abzuwarten.«

»Und die Prognose wäre?«, erkundigte sich Schönwetter.

Der Arzt sah zum Leiter der Polizeidienststelle der Seegemeinden. »Ich fürchte, dass Sie nicht recht damit haben, wenn Sie meinen, dass die junge Frau ertrunken ist, Herr Nonnenmacher. Wir konnten nämlich den für Ertrunkene typischen Schaumpilz vor Mund und Nase nicht feststellen. Auch für eine etwaige Waschhautbildung fanden wir keine Hinweise. Die Leiche sah, wenn man das so sagen darf, sehr frisch aus. Sie war in einem guten Zustand. Das spricht meines Erachtens dafür, dass sie nicht ertrunken ist und auch noch nicht sehr lange im Wasser gelegen hat. Aber letztendliche Sicherheit wird uns erst die Obduktion bringen.«

»Und wann macht ihr die?«, fragte Schönwetter.

»Jetzt gleich«, erklärte der Arzt schnell. »Und die Blutwerte müssten auch jeden Augenblick vorliegen.« Anne hatte den Eindruck, dass er ein schlechtes Gewissen hatte. Sie konnte sich aber nicht erklären, weshalb. »Aber ich habe noch etwas«, ergänzte der Mediziner hastig. »Wir haben Schmauchspuren an der Hand der Toten gefunden.«

»Dann ist sie vielleicht an einer Zigarette gestorben, haha«, machte sich Nonnenmacher über den Arzt lustig; er fühlte sich von dem dahergelaufenen Akademikerpack aus der Stadt zu Unrecht ins Abseits gedrängt. Natürlich war das Mädchen ertrunken, und zwar dicht wie eine Wasserschnecke! Aber diese Ansicht behielt er jetzt lieber für sich.

Anne verdrehte die Augen. Manchmal war ihr Chef wirklich ein Vollidiot.

»Die Schmauchspuren stammen von einer Schusswaffe«, erläuterte der Arzt.

»Aber eine Waffe gefunden haben wir nicht«, warf Anne ein.

»Wenn es Schmauchspuren gibt, heißt das, dass die Frau geschossen hat?«, erkundigte sich Kastner jetzt.

»So ist es«, erwiderte Schönwetter. »Also sollten Sie, Frau Loop, die Leute, die sich in der vergangenen Nacht in der Nähe der Auffindestelle aufhielten, fragen, ob sie einen Schuss gehört haben.«

Jetzt lachte Nonnenmacher laut auf. »Da gibt's garantiert welche, die wo einen Schuss gehört haben. Wenn nicht sogar Schüsse. Das haben Sie wahrscheinlich nicht mitbekommen, Herr Kollege, aber gestern war bei uns nämlich Seefest. Und da gibt's ein Brillantfeuerwerk, da knallt's heftig. Ein einzelner Pistolenschuss fällt da ungefähr so auf wie der kalte Furz von einem Has'.«

Nonnenmachers Ausbruch folgte ein kurzer Augenblick der Stille, dann reichte Schönwetter eine weitere Serie Fotos in die Runde der Ermittler und sagte: »Hier ist noch etwas, über das wir sprechen sollten.« Die Bilder zeigten den Intimbereich der Toten. Deutlich konnte man die Tätowierungen erkennen, die wie Hörner aus der Scham der Frau hervorwuchsen. »Fällt jemandem etwas zu diesen Tattoos ein? Ich meine: Hat jemand hier am Tisch so etwas schon mal gesehen?«

»Ich halte das für eine eher unübliche Tätowierung«, ergriff

Anne das Wort. »Das ist ja schon was völlig anderes als ein Arschgeweih.« Anne spürte Nonnenmachers erstaunten Blick. »So nennt man die Tätowierungen oberhalb des Gesäßes, die mal groß in Mode waren«, erläuterte sie deshalb eigens für ihn.

»Aber eine Art Geweih ist es auch«, meinte Kastner. Das Thema berührte ihn.

»Der Teufel. Das ist der Teufel«, krächzte jetzt Nonnenmacher, nachdem er noch einmal einen scharfen Blick auf die Fotos geworfen hatte, und lachte dann verrückt.

»Ich kenne mich mit Wild nicht so gut aus«, meinte Schönwetter nachdenklich, »aber es könnten auch die Hörner eines Rehs sein.«

»Hat ein Reh denn überhaupt Hörner?«, warf Anne nun ein. »Ich dachte, die Weibchen seien hörnerlos?«

»Es ist der Teufel«, wiederholte Nonnenmacher und kicherte erneut.

Nachdem er seinem Chef einen strafenden Seitenblick zugeworfen hatte, sagte Kastner, für seine Verhältnisse in sehr selbstbewusstem, aber keineswegs besserwisserischem Ton: »Das Wort ›Reh‹ sagt nichts darüber aus, ob es ein Weibchen oder ein Männchen ist. Also jedenfalls nicht wildbiologisch. Ein erwachsenes männliches Reh ist ein ›Bock‹. Und ein weibliches nennt man bei uns ›Geiß‹, bei euch in Norddeutschland«, er wandte sich Anne zu, »›Ricke‹.«

Das Rheinland liegt doch nicht in Norddeutschland!, dachte Anne, verzichtete aber darauf, ihren Kollegen darauf hinzuweisen.

»Nur der Bock trägt ein Geweih«, fuhr Kastner fort.

»Und sieht dieses Tattoo für Sie aus wie das Geweih eines Rehbocks, Herr Kastner?«, fragte Schönwetter.

»Ja, das könnte schon eines sein. Vielleicht ist es ein wenig zu geschwungen, aber das ist dann halt künstlerische Freiheit«, antwortete Kastner.

Schönwetter fragte in die Runde: »Können wir ausschließen, dass es sich um ein satanistisches Ritual handelt?«

»Ich denke schon«, meinte Kastner.

»Vielleicht sollten wir ein Gutachten einholen«, schlug einer der Kripobeamten aus Schönwetters Team vor. »Auch wenn wir mit so etwas noch nie zu tun hatten, aber es gibt doch immer wieder Verbrechen mit satanistischem Hintergrund.«

»Die treffen sich auf dem Friedhof, trinken Blut und tanzen um die Grabsteine«, sagte Nonnenmacher mit Gruselstimme. Anne wusste beim besten Willen nicht, was in ihren Chef gefahren war. Zwar sah für sie das Geweih auch eher nach einem Reh aus, aber schließlich hatten Satanisten auch schon Kinder getötet und Frauen vergewaltigt. Hier und jetzt war jedenfalls nicht der richtige Zeitpunkt, um Witze darüber zu machen.

Direkt nach der Besprechung fuhr Anne gemeinsam mit Sepp Kastner nochmals an das Seeufer, an dem die Leiche gefunden worden war. Akribisch suchten sie den Kiesstrand und die Wiesen darüber ab. Aber sie entdeckten keine weiteren Spuren oder Gegenstände. Weder fanden sie die fehlenden Kleider der Toten – es war unvorstellbar, dass die Frau lediglich mit einem Spitzenhemdchen bekleidet an das Seeufer gekommen war –, vor allem aber konnten sie keine Schusswaffe entdecken. Als sie sich einig waren, dass sie nichts weiter erreichen würden, trennten sie sich. Anne fuhr zum Scheich-Hotel, um nachzusehen, ob der wegen des überraschenden Todesfalls geänderte Plan für den Wachdienst funktionierte und eingehalten wurde. Und Kastner suchte die Bewohner der Häuser auf, die in der Nähe des Fundorts der Leiche lagen, um sie zu befragen, ob sie in der Nacht des großen Seefests einen oder mehrere verdächtige Schüsse gehört oder etwas Verdächtiges gesehen hatten.

Auf dem Weg vom ersten Anwesen, wo er niemanden angetroffen hatte, zum zweiten Objekt kam Kastner an einem auf der falschen Straßenseite parkenden Ferrari vorbei. Sofort erkannte der Polizist, dass es sich um den Sportwagen des Schlagersängers Hanni Hirlwimmer handelte. Zwar gab es am See einen

Haufen Ferraris, aber der romantische Musikkünstler hatte sich für seinen Boliden eine besondere Lackierung einfallen lassen: Der ganze Wagen war schwarz grundiert, doch vorne auf der Motorhaube prangte eine tiefrote Rose samt Stiel mit Stacheln, Blüte und Blättern. Die Blume wiederum entwuchs einem Herzen, dem die vollen und natürlich rosafarbenen, zu einem Kussmund gespitzten Lippen einer Frau verpasst worden waren. Auf dem Fahrzeugheck stand außerdem der Schriftzug »I love you«. Das war zwar nicht bairisch, aber trotzdem bekam jede Frau, die hinter Hirlwimmer herfuhr, unweigerlich Herzklopfen – es war ja klar, dass der Schlagerpoet mit dieser Liebeserklärung sie ansprach, sie ganz allein.

Weil der Liebesschlitten falsch und gefährlich abgestellt worden war, blieb Kastner gar nichts anderes übrig: Er musste nach dem Rechten sehen, schlimmstenfalls war ein Strafzettel fällig. Der Polizist linste also durch das Fenster der Beifahrertür und erkannte auf einen Blick, dass Hanni Hirlwimmer persönlich im Wagen lag. Allerdings, und das war ungewöhnlich: allein; und in ziemlich verdrehter Körperhaltung. Es sah unbequem, ja beinahe yogamäßig aus, wie der Hanni da lag. Kastner klopfte an die Scheibe. Sofort hob Hirlwimmer den Kopf, rappelte sich auf und öffnete die Autotür.

»Ja, Servus Sepp!«, sagte er und strahlte dabei, obwohl er aus dem Schlaf gerissen worden war, das Charisma aus, das nur Schlagersänger haben.

»Servus«, antwortete Sepp. »Sind mir denn per Du?«

»Ja sowieso«, sagte Hirlwimmer überrascht. »Mir haben doch Brüderschaft geraucht bei den Madeln aus Sachsen.«

Kastner konnte den Schrecken, der ihn mit einem Mal durchfuhr, nicht sehr gut überspielen. Auch wenn es ihn freute, dass er nun anscheinend auf Du und Du mit einem echten Star war, wollte er nicht schon wieder an diese vermaledeite Drogensache erinnert werden. Deshalb sagte er: »So, so. Und was machst du jetzt hier? Dein Auto steht total verkehrswidrig. Das ist gefährlich und kann teuer werden.«

»Ich hatte gerade eine Eingebung«, erklärte der Hirlwimmer hierauf würdevoll.

»Eine göttliche?«, erkundigte sich Kastner, dies durchaus im Ernst, denn er war von seiner Mutter religiös erzogen worden.

»Nein, ein Lied halt. Wenn ich so eine Eingebung habe, dann muss ich sie sofort aufschreiben, sonst ist sie weg.« Der Schlagersänger konstatierte Kastners suchenden Blick – denn nirgends in der Luxuskarosse war ein Schreibwerkzeug, geschweige denn ein Blatt Papier zu sehen – und sagte deshalb schnell: »Bevor ich es aufschreibe, muss ich die Augen schließen und ein Mantra beten.«

»Ein Mantra«, wiederholte Kastner zweifelnd. »Ich hab' gedacht, du bist katholisch.«

»Ja, schon auch.«

»Darf ich mal was sagen«, meinte der Polizist jetzt. Hirlwimmer sah ihn erwartungsvoll und mit der Unschuld eines Wiener Sängerknaben an. »Hier stinkt's nach Schnaps. Ich glaub', du bist hier nicht am Lied-Dichten, sondern am Rausch-Ausschlafen, und vermutlich bist du sogar besoffen hierhergefahren.« Der Polizist schob sich die Mütze aus dem Gesicht, es war ein warmer Tag.

»Ach geh, Sepp«, entgegnete der bayerische Barde nun mit wohlwollender Herablassung. »Mir sind doch Brüder seit kürzlich. War doch ein super Abend bei den Amazonen!«

»Bei wem?«, fragte Kastner und wich erschrocken zurück, denn das Wort »Amazonen« hörte sich irgendwie gefährlich an.

»Bei den Amazonen. So nennen die sich doch, die Madeln.«

»So nennen die sich also ... Amazonen.« Kastner schwieg nachdenklich.

»Die sind doch das Beste, was uns seit Langem passiert ist im Tal, oder? So gut drauf, so erfrischend, echte Partypeople.« Der Sänger warf seinen Kopf mit den halblangen Haaren nach hinten und schaute dann zum Wallberg hinüber, der ein prachtvolles Bild bot, wie er da mächtig vor klarstem Himmel dastand und auf sie hinunteräugte wie ein freundlicher Riese.

»Partypeople«, wiederholte Kastner das komische Wort. Dann fing er sich wieder und erinnerte sich an den Grund, wieso er hier war. »Also, warum stinkt's hier so nach Enzian?«

»Jetzt geh, Sepp. Steig ein, dann fahren wir zu mir, hocken uns auf die Terrasse und trinken einen Kaffee«, versuchte es der romantische Liedermacher noch einmal auf die Kumpeltour.

Doch der Polizeibeamte schüttelte ablehnend den Kopf.

Hanni Hirlwimmer aber hatte in seinem Künstlerleben schon mit vielen und verschiedensten Menschen zu tun gehabt, auch international, und deshalb wusste er, dass eine gute Geschichte noch jeden auf andere Gedanken brachte. Besonders Geschichten, in denen intime Details ausgeplaudert wurden. Deshalb senkte er seine Stimme zu einem Raunen und sagte: »Weißt fei schon, die Amazonen sind alle tätowiert.« Kastner starrte ihn an, sodass er fast ein wenig dümmlich aussah. Gekonnt schob der Schlagerprinz vom Bergsee hinterher: »Im Intimbereich!«

Hatte der Hirlwimmer doch den richtigen Riecher gehabt. Denn jetzt fragte Sepp Kastner ganz aufgeregt: »Im Intimbereich?!«

»Ja!«, bekräftigte Hirlwimmer. »Und zwar Hörner!«

»Hörner?«

»Ja!«, sagte der Schlagersänger noch einmal. »Im Intimbereich, also weißt' schon, ›intim‹ heißt da unten.« Er zeigte auf die Lade seiner schwarzen kurzen Lederhose.

Kastner entwich hierauf ein knappes »Depp«, das der Musiker aber ignorierte. Vielmehr fuhr er fort: »Und weil die Damen alle keine rasierte Muschi haben, wie das ja sonst heute bei mir im Musikbusiness üblich ist, schaut das Schamhaar zusammen mit den Hörnern aus wie der Kopf von einem Rehbock.«

»Du sagst Sachen«, stammelte Kastner, der seine Sprache wiedergefunden hatte. »Wie ein Rehbock im Intimbereich …«

»Nein, nicht wie ein Rehbock im Intimbereich«, korrigierte

der Schlagersänger mit verkaterter Ungeduld. »Der Intimbereich plus das Tattoo schaut aus wie ein Rehbock.«

»Ja, ja«, erwiderte der polizeiliche Ermittler ungehalten, »ich hab' das schon verstanden. Und du sagst, dass die alle so tätowiert sind?«

»Alle. Durch die Bank.« Hirlwimmer nickte.

Kastner dachte kurz nach, dann meinte er: »Aber woher willst du das denn wissen? Ich meine, das sind an die dreißig Frauen. Hast du ...?«

Da lachte der Hirlwimmer Hanni laut auf. »Nein, nein, nicht alle, aber eine Handvoll schon. Und bei denen allen war das so.«

»Fünf?«, fragte der Polizist erschüttert.

»Ja, so was werden's schon gewesen sein. Fünf oder sieben oder was weiß ich, weißt ja selber, wie's zugeht im Zeltlager bei denen.«

Kastner nickte. Das wusste er. »Aber woher weißt du, dass die alle so tätowiert sind?«

»Die haben's mir halt gesagt. Weil, wie ich die zweite ausgepackt hab, du weißt schon ... da hab' ich mich natürlich schon gewundert, wieso die jetzt auch so Hörner da hat. Und die hat's mir dann erklärt.«

Sepp Kastner verzichtete an diesem Tag auf die Ausstellung eines Strafzettels zulasten des weltbekannten Schlagersängers Hanni Hirlwimmer, er hatte Wichtigeres zu tun.

Minuten später stand er auf der anderen Seite des Sees zwischen den Zelten der Reisegruppe aus Ostdeutschland und beschoss deren inoffizielle Leiterin Pauline mit Fragen. Am Ende der Vernehmung wusste Kastner, dass tatsächlich eines der Mädchen fehlte: Madleen Simon, einundzwanzig Jahre alt, geboren in Chemnitz, dunkelblondes, brustlanges Haar, leichte Naturwelle, blaue Augen. Sofort verfrachtete er Pauline in den Streifenwagen und fuhr sie zur Polizeiinspektion. Wenig später hatten die Ermittler Gewissheit: Die Identität der Toten stand zweifelsfrei fest. Pauline hatte sie als ihre Mitkommunardin Madleen identifiziert.

Zur zweiten Lagebesprechung mit den Kripoleuten an diesem Tag hatte Nonnenmacher sich seine Polizeikellen-Fliegenklatsche mitgenommen, hatte ihn doch am Morgen eine Fliege arg gepiesackt. Da Anne Loop sich Sorgen um den Kaffee machte, den sie sich für die Konferenz geholt hatte, wählte sie einen Platz in sicherer Entfernung zum Dienststellenleiter. Wie ein Tennisspieler fegte er die Insekten, die im Umkreis von etwa einheinhalb Metern um ihn herumflogen, über ein nicht vorhandenes Netz. Es war fast wie in Wimbledon. Trotzdem meinte Sebastian Schönwetter nach einer Weile, in der alle schweigend den Topspin-Vorhänden und Slice-Rückhänden, den Schmetterbällen und Aufschlägen des Polizeichefs zugesehen hatten, höflich: »Können wir dann mal?«

»Ihr könnt's ja schon mal anfangen«, meinte Nonnenmacher. »Ich kümmere mich derweil um die Sauviecher.«

»Also, würden Sie dann bitte«, wandte sich Schönwetter an den Kollegen aus der Rechtsmedizin.

Nachdem dieser noch einen befremdeten Blick in Richtung des Dienststellenleiters geworfen hatte, begann er seinen Vortrag. »Die Sache ist eindeutig. Das Opfer ist, wie ich es bereits vermutet hatte, nicht ertrunken.«

Sofort hielt Nonnenmacher mit seinem Schlagtraining inne und warf ein: »Wer sagt das? Na logisch ist die ertrunken!«

»Nein, Herr Nonnenmacher, sie ist nicht ertrunken«, erwiderte der Arzt genervt. »In der Lunge fand sich kein Tropfen Wasser. Damit können wir einen Tod durch Ertrinken eindeutig ausschließen.« Ehe der Dienststellenleiter weiteren Unsinn von sich geben konnte, fuhr der Arzt fort: »Viel interessanter aber ist für uns, was wir im Blut gefunden haben: Neben Alkohol ...«

»Hab' ich's doch gewusst!«, fiel der Polizeichef ihm ins Wort. »Hab' ich's doch gewusst: Besoffen in den See gefallen ...«

»Jetzt ist es aber gut, Herr Nonnenmacher!«, fuhr Schönwetter dazwischen. »Fangen Sie meinetwegen Ihre Fliegen, aber lassen Sie jetzt bitte den Kollegen hier berichten, verdammt! – Also, bitte«, erteilte er dem Arzt erneut das Wort.

»Abgesehen von Alkohol konnten wir im Blut der Toten neben verschiedenen anderen Drogen das Rauschmittel Gammahydroxybuttersäure feststellen, kurz auch GHB genannt. Besser bekannt ist es als ...«

»Liquid Ecstasy«, sagte Anne Loop leise.

»Genau!« Der Arzt lächelte ihr zu, was in Sepp Kastner, der direkt neben Anne saß, ein kurzes Eifersuchtsgefühl hervorrief, und fuhr dann fort: »Liquid Ecstasy ist eine Substanz mit euphorisierender Wirkung, die in den vergangenen Jahren immer mehr den Ruf einer Vergewaltigungsdroge bekommen hat. Entdeckt 1961 in Frankreich, sollte der Stoff zunächst als Antidepressivum eingesetzt werden. Doch GHB hat massive Nebenwirkungen. Auch deshalb hat man es verboten. Heute werden vor allem die artverwandten Substanzen GBL oder BDO konsumiert. Sie haben annähernd die gleiche Wirkung, erzielen aber insbesondere in Verbindung mit Alkohol völlig unkontrollierbare und gefährliche Wechselwirkungen. Mit Ecstasy hat das Ganze in chemischer Hinsicht übrigens rein gar nichts zu tun. Allerdings wirkt es ähnlich wie diese viel bekanntere Droge. Zum Beispiel nimmt man während des Rauschs Sinneseindrücke verstärkt wahr. Auch soll Liquid Ecstasy die sexuelle Leistungsfähigkeit erhöhen.«

Kastner horchte auf, allerdings nicht lange, denn just in diesem Moment schmetterte Nonnenmacher eine kapitale Schmeißfliege mit einem Überkopfschlag quer durch den Raum an die Fensterscheibe, wo ihre Überreste grün und rot schimmernd kleben blieben.

»In höheren Dosen verabreicht kann GHB zu komatösem Schlaf führen. Die Wirkung tritt nach fünfzehn bis dreißig Minuten ein. Wir alle haben schon von Fällen gehört oder gelesen, in denen das Betäubungsmittel Frauen in der Disco ins Getränk gemischt wurde. Nach dem Konsum werden diese dann bei vollem Bewusstsein willenlos und zu wehrlosen Objekten ihrer Peiniger. Sie können sexuell missbraucht werden, wissen hinterher aber nicht mehr, was war.«

»Könnte es sein, dass Madleen Simon eine Überdosis bekommen hat?«, erkundigte sich Anne nun; sie hatte trotz Nonnenmachers lächerlicher Aktion die ganze Zeit aufmerksam zugehört.

»Das ist gut möglich. Denn je nach Dosierung kann Liquid Ecstasy auch tödlich wirken«, antwortete der Mediziner.

»Haben wir eine Möglichkeit, das herauszufinden – ob sie daran gestorben ist oder nicht?«, schaltete sich jetzt Sebastian Schönwetter ein.

»Ich fürchte, nein. Der Nachweis ist überhaupt schwierig. Der Körper baut GHB innerhalb von zwölf Stunden ab. Wir konnten wirklich nur eine minimale Menge feststellen.«

»Aber dadurch, dass Sie noch Reste der Substanz feststellen konnten, muss Madleen Simon das Zeug spätestens in den frühen Morgenstunden eingenommen haben«, warf Anne in die Runde. »Oder sehe ich das falsch?«

»Nein, das sehen Sie ganz richtig«, meinte der Arzt.

»Die Frage ist also, wie das Gift in den Körper des Opfers kam«, hielt Anne fest.

»Und das finden wir am ehesten heraus über die Person, die vor ihrem Tod bei ihr war«, sagte Schönwetter.

»Und das ist vermutlich auch die gleiche Person, die wo mit ihr Sex gehabt hat«, ergänzte Kastner und fragte dann in die Runde: »Wie ist das mit so DNA-Tests? Man könnt' ja alle Männer im Tal dazu auffordern, dass sie eine Probe abgeben. Freiwillig natürlich.«

»Unmöglich!«, polterte Nonnenmacher. »Das gibt einen Mordsaufruhr. Außerdem gibt's viel zu viele Männer im Tal. Da sitzen mir ja nächstes Jahr noch da und sammeln Sperma.«

»Ich glaube auch, dass es für einen DNA-Test noch zu früh ist«, stimmte Schönwetter dem Dienststellenleiter zu, was diesen zu einem gewichtigen Nicken veranlasste. »Wir sollten zunächst versuchen, den infrage kommenden Personenkreis einzugrenzen.«

»Müssten wir nicht als Erstes die DNA dieses Mannes überprüfen, der die Leiche gefunden hat?«, schlug Anne vor.

»Der Veit?«, blaffte Nonnenmacher die Kollegin an. »Der hat mit der Sache garantiert nix zum tun. Außerdem ist es ja klar, dass von dem DNA an der Leiche sein muss, weil der hat sie ja schließlich rausgezogen aus dem Wasser.«

»Schon, aber dann dürften die Spermaspuren in ihrer Vagina zumindest nicht von ihm sein, darum geht es mir doch«, meinte Anne beschwichtigend.

»Rein routinemäßig sollten wir tatsächlich die DNA des Zeugen mit den an der Leiche vorgefundenen Spuren abgleichen«, sagte Schönwetter in Richtung des Arztes und nickte diesem zu.

»Es waren aber auch viele Fremde im Tal«, gab Nonnenmacher zu bedenken. »Ich bin ziemlich sicher, dass das keiner von uns war. Vom Tatprofil her ist das ziemlich eindeutig eine Sache, die wo von außen kommt, Norddeutschland, vielleicht sogar Polen«, schwadronierte der Inspektionsleiter.

»Also bitte!«, rief Anne empört aus.

»Mit deinen Einschätzungen in dem Fall ist das ja schon so eine Sache ...«, versuchte Kastner beruhigend auf den Chef einzuwirken.

Sofort wollte Nonnenmacher wieder aufbrausen, aber Schönwetter kam ihm zuvor. Mit fester Stimme sagte er: »Jetzt lassen Sie uns mal weitermachen. Wer kommt als Täter infrage?«

»Ein Mann«, sagte Kastner.

»Jemand, der an diese Vergewaltigungsdroge kommt«, ergänzte Anne.

»Muss es einer gewesen sein, der das Mädchen kannte?«, fragte Schönwetter.

»Nicht zwingend. Er könnte sie auch nur an diesem Abend kennengelernt haben. Es war ja immerhin Seefest ...«, antwortete Anne nachdenklich. »Dann müsste man die beiden aber zusammen gesehen haben ... und Zeugen müsste es dann eigentlich auch jede Menge geben.«

Alle schwiegen eine Weile, sogar Nonnenmacher. Dann fragte Schönwetter: »Wie sind Sie, Herr Kastner, eigentlich darauf gekommen, dass es sich um eines der ostdeutschen Mädchen aus diesem Zeltlager handeln könnte?«

Umgehend wechselte die Hautfarbe von Kastners Gesicht in ein dunkles Rot. »Ich, hmm, äh, also ...« Er war wie gelähmt. Was sollte er jetzt sagen? Wenn er den Hirlwimmer erwähnte, dann würde man ihn zwangsläufig vernehmen. Und dabei könnte er möglicherweise verraten, dass Kastner das Zeltlager schon einmal besucht hatte und bei dieser Gelegenheit mit illegalen Drogen in Kontakt gekommen war. Aber wenn er den berühmten Schlagersänger aus dem Spiel ließ, wie sollte er dann erklären, woher er wusste, dass alle Hippiemädchen im Intimbereich tätowiert waren? Wie würde er vor den Kollegen – und vor allem: vor Anne – dastehen?

»Alles okay, Seppi?«, fragte Anne, die neben ihm saß.

»Ja, ja, schon.«

»Gibt's ein Problem mit meiner Frage, Herr Kastner?«, erkundigte sich jetzt Schönwetter.

»Nein, nein, gar nicht.« Kastner fasste sich verlegen an die Nase, dann an die Stirn. »Wie bin ich da draufgekommen?« Wie von Sinnen grübelte Kastner. Dann kam ihm plötzlich ein genialer Einfall: »Es war eine Eingebung.«

»Eine Eingebung«, wiederholte der Kripochef ungläubig.

»Ja«, meinte Kastner.

»Eine göttliche, oder was?«, schaltete sich nun schallend lachend Nonnenmacher wieder in das Gespräch ein.

Kastner zuckte mit den Schultern. »Ich bin halt religiös – Mantras und so ...« Erleichtert spürte er, dass sich die Temperatur seiner Gesichtshaut wieder normalisierte. Der Hirlwimmer war gar nicht so blöd.

»Ich glaub', dass es einer von den Arabern war«, grunzte Nonnenmacher jetzt und blickte in die Runde. »Ich tät' als Allererstes von denen allen DNA-Proben abnehmen. Die Araber haben die Madeln gekannt. Außerdem sind das Lustmolche ersten Grades, denen jeder Respekt vor Frauen fehlt. Wer Frauen das Autofahren verbietet und normale Frauen zu Nutten macht, der schreckt auch nicht vor anderen schrecklichen Taten zurück.«

»Aber ganz ehrlich, Herr Nonnenmacher, so ein Emir hat es doch gar nicht nötig, ein Mädchen zu etwas zu zwingen, die laufen ihm ja von ganz allein in Scharen zu«, widersprach Anne ihrem Chef.

»Dem Ober-Ölscheich schon, aber da sind ja noch ein paar andere Araber-Hanseln mit von der Partie. Die werden schon allweil mit gierigen Augen auf die Madeln schauen, die der Chef tagtäglich vernascht. Da werden die sich denken, Sakra, ich tät' mir auch gern einmal so eine fesche Dirn zu Gemüte führen. Und daraufhin spricht dieser oder jener Mohammed eine an, fragt sie, wie es wär' mit ... Dings ... Geschnaxel ... ihr wisst schon ..., muss dann aber feststellen, dass das Madel nur auf den Ölscheich scharf ist und nicht auf den Ölscheich-Diener. Und was macht der Ölscheich-Diener oder der Leibwächter oder dieser Aladdin-Hansdampf dann? Er wendet Gewalt an.«

»In Form von Liquid Ecstasy«, fügte Kastner hinzu, der die Theorie des Chefs gar nicht so abwegig fand.

»Gut, dann halten wir das mal fest«, sagte Schönwetter. »Der Emir von Ada Bhai und seine Mitarbeiter müssen vernommen werden.«

»Vernommen werden!«, rief Nonnenmacher vorwurfsvoll aus. »Sperma sollen's hergeben. Dann haben mir gleich Klarheit!«

»Na ja, also erstens brauchen wir ja nicht das Sperma, sondern nur eine DNA-Probe, und zweitens geht es so schnell nun auch wieder nicht. Erst wenn Vernehmungen ergeben, dass hier tatsächlich ein begründeter Verdacht besteht, können wir so etwas wie einen DNA-Test ins Auge fassen.«

»Pff«, machte Nonnenmacher verächtlich. Er war es einfach nicht mehr gewohnt, sich unterzuordnen.

»Wen sollten wir noch überprüfen?«, wollte Schönwetter jetzt wissen.

»Die ostdeutschen Mädchen«, sagte Anne.

»Auf jeden Fall«, stimmte Schönwetter zu.

»Und die Partyszene im Tal. Nachtklubs, Diskotheken, alle Orte eben, wo Drogen konsumiert werden«, ergänzte die Polizistin, was ihr einen anerkennenden Blick von Schönwetter einbrachte.

»So machen wir das. Sie übernehmen das, Frau Loop«, bestimmte dieser und erklärte die Sitzung für beendet.

Am selben Abend brachte Anne ihre Tochter Lisa zu deren bester Freundin Emilie, wo sie die Nacht verbringen sollte. Anne wollte gemeinsam mit Sepp Kastner in die Kneipenszene der Gemeinde am Südzipfel des Sees eintauchen.

Als Kastner das Bar-Restaurant betrat, das für seinen extrabreiten Flachbildschirm, der die hiesige Bergwelt zeigte, bekannt war, raubte ihm Annes Anblick beinahe die Sprache. Die Polizistin saß auf einer der mit braunem Leder bezogenen Bänke und trug einen sehr kurzen Rock und ein braunes Trägertop. Unter dem Eichentisch erblickte Kastner die langen Beine seiner Kollegin, welche in eleganten hochhackigen Sandalen steckten. So hatte er Anne noch nie gesehen. Kastner war froh, dass er sich für diesen Abend ein neues rosafarbenes Polo-Shirt geleistet hatte, wie es gemeinhin vermeintlich jung gebliebene Topmanager trugen.

Die beiden bestellten sich etwas zu essen und beobachteten, wie sich der Laden allmählich füllte. Das Publikum war jung, allerdings wirkten die Leute auf Anne nicht wie typische Drogenkonsumenten, schon gar nicht wie welche, die mit Liquid Ecstasy experimentierten. Als sich zwei Mädchen an den Nebentisch setzten, wartete Anne kurz und sprach die beiden dann an. Ob sie sich hier auskennen würden? Die zwei, die Anne auf etwa achtzehn Jahre schätzte, bejahten Annes Frage. Wo man denn im Tal hingehe, wenn es später werde?

»Entweder man bleibt hier ...«, meinte die eine.

»... oder man geht in die Disco, da ist heute Chica's Night«, ergänzte die andere lässig.

»Chica heißt doch Mädchen«, meinte Kastner erstaunt. »Dürfen da Männer nicht rein?«

»O Mann! Aber klar doch«, antwortete jetzt wieder die Erste. »Das wäre ja wohl total uncool, wenn da keine Typen reindürften.«

»Klar, logo«, sagte Kastner; er wollte auch so lässig wie möglich »rüberkommen«. Aber die Girlies konzentrierten sich ohnehin schon wieder auf ihre lackierten Fingernägel und auf ihre Mixgetränke, die, wie Kastner fand, derart bunt leuchteten, dass einem schon vom Anschauen schlecht wurde.

Kastner versuchte mit Anne ins Gespräch zu kommen, aber diese konzentrierte sich lieber darauf, den Raum nach Leuten abzuscannen, die aussahen, als hätten sie Erfahrungen mit Liquid Ecstasy oder anderen illegalen Drogen. Lustlos rührte der Ermittler in dem Cappuccino, den er sich als Getränk zu seinem Gulasch bestellt hatte. Alle seine Kumpels waren längst verheiratet. Und er? Würde er jemals eine abbekommen, die attraktiver war als die dicke Reni vom Rosstag? Am Morgen noch hatte ihn seine Mutter schon wieder mit der Frage genervt, wann er ihr denn endlich ein Enkelkind schenken würde.

Nach zwei Stunden, die die beiden Polizeibeamten mehr oder weniger schweigend verbracht hatten, schlug Anne vor, noch in den Klub an der Hauptstraße zu gehen. Dort wies Kastner Anne zu ihrer Überraschung und in bester James-Bond-Manier an, sich etwas abseits zu halten. Dann ging er mit zielstrebigem Schritt auf ein paar Jugendliche zu, die vor dem Eingang herumstanden und rauchten. Ob er mal was fragen dürfe?

»Was denn?«, fragten die Halbstarken und musterten den Mann im Polo-Shirt abschätzig von oben bis unten.

Kastner glaubte zu hören, dass einer der Kerle »Was will denn der Kasper?« murmelte. Egal, er hatte einen Auftrag und wählte den direkten Weg. »Wisst's ihr zufällig, wo man hier Liquid bekommt?«

»Was für Liquid?«, fragte der Kräftigste der Teenager, er war braun gebrannt und genauso angezogen, wie sich Kastner einen

Surfprofi aus Hawaii vorstellte. Vermutlich war es aber nur ein neureicher Pinkel. »Bier oder was? Gibt's drin.« Der Junge zeigte auf die Eingangstür.

»Nix Bier, ich meine richtigen Stoff«, präzisierte Kastner, so cool er konnte, denn eigentlich war er ziemlich aufgeregt.

Die Teenager sahen ihn befremdet an. »Drogen oder was?«
Kastner nickte.

»Bist'n Bulle?«, fragte ihn jetzt ein Kleinerer mit kurz rasierten Haaren und machte einen großen Schritt auf Kastner zu.

»Nein, nein, mich interessiert's bloß. Also, ihr wisst's nix?«
»Nö.«

»Okay, also dann ...«, sagte Kastner und wandte sich ab.

Der Polizist war froh, als er wieder neben Anne stand. »Die wissen auch nicht, wo's Liquid Ecstasy gibt«, meinte er. Sein Blick wanderte zu Boden und blieb an Annes Füßen hängen. Sie waren wunderschön, die Nägel dunkelbraun lackiert. Kastner hätte sie gerne geküsst. »Ich glaub', da brauchen wir gar nicht reinzugehen.« Er dachte nach. »Komm, jetzt gehen wir noch in diesen Klub mit dem französischen Namen, und dann machen wir Schluss«, schlug er vor. Zwar hätte Anne gerne noch herausgefunden, um welche Art des Nachtvergnügens es sich bei der Chica's Night handelte, aber sie war erschöpft. Die Anstrengungen der vergangenen Tage waren nicht spurlos an ihr vorübergegangen, und es war schon ganz schön spät.

Umso überraschter war sie, dass es ihr im zweiten Klub des Abends tatsächlich gelang, an der Tanzfläche und bei wummernden Bässen mit einigen jungen Kerlen ins Gespräch zu kommen. Während ihr Kollege finster dreinblickend an der Bar stand, gaben ihr die fünf Jungs, die schon ein wenig angetrunken waren, bereitwillig Auskunft: GHB kenne ja wohl jeder. Es komme auch »ganz cool«, und obendrein sei es praktisch, weil man es relativ unproblematisch selbst herstellen könne. Letztlich müsse man nur Lackabbeizer und Kloreiniger zusammenkippen, und fertig sei die Soße. Natürlich müsse das Mischungsverhältnis stimmen.

Anne war erstaunt. War sie mit ihren vierunddreißig Jahren schon zu alt, zu weit weg vom Lebensalltag dieser Jugendlichen, um sich vorstellen zu können, dass man so jung schon mit derart gefährlichen Drogen jonglierte? Lackabbeizer? Und Kloreiniger? Liquid Ecstasy war ein Betäubungsmittel mit tödlicher Wirkung! Oder wollten die Jugendlichen, die im Laufe des Gesprächs immer zudringlicher wurden und sie das eine ums andere Mal scheinbar zufällig an ihren nackten Armen berührten, sie einfach nur beeindrucken? Als ihr gegen ein Uhr einer von ihnen, ein eigentlich ganz smart aussehender Jungspund mit blond gelocktem Haar, ins Ohr schrie – die Musik war sehr laut –, dass er gerne mit ihr schlafen würde, fühlte sie sich zwar jung und angeschickert, gleichzeitig war ihr aber klar, dass es Zeit war, den Klub zu verlassen.

Auf dem Heimweg, der sie am See entlang führte, war Anne froh, dass Sepp an ihrer Seite ging. Man konnte nie wissen, auf welche abstrusen Ideen ihre betrunkenen Gesprächspartner noch kommen konnten. Kastner hatte genau beobachtet, wie die jungen Typen Anne angebaggert hatten, und war deshalb ziemlich empört.

»Ich hab' schon überlegt, ob ich dir helfen soll. Die haben dich ja voll angegrapscht!« Anne zuckte mit den Schultern, sie war müde. »Unglaublich, wie aufdringlich manche Männer sind, oder?«

Anne machte nur »mmh«. Sie gingen schweigend weiter und lauschten den Grillen, die in der milden Sommernacht zirpten. Ab und an rauschte ein Auto auf der nahen Straße vorbei. Dann war es wieder still, und man hörte hier und da ein Plätschern im See, weil ein nassforscher Fisch kurz die Wasseroberfläche durchbrochen hatte. Auch Wassertiere haben eine romantische Ader und schauen sich gerne einmal den sternenklaren Himmel an.

Als das ungleiche Ermittlerteam beinahe Annes Haus erreicht hatte, fragte Kastner: »Soll ich noch auf einen Kaffee mitkommen?«

Anne fand diesen Einfall derart verrückt, dass sie ihn schon fast wieder gut fand. Wie unbeholfen Sepp das gesagt hatte, war doch irgendwie süß. Und sie sehnte sich auch nach körperlicher Nähe. Sie kuschelte zwar gern mit ihrer Tochter, aber das war etwas völlig anderes. Doch Sepp, so nett er auch war, kam nicht als Partner für sie infrage, nicht einmal für eine verschmuste Nacht. Warum dies so war, konnte Anne sich nicht erklären. Manche Männer waren einfach nicht dazu geeignet, mehr zu sein als gute Freunde.

»Ach Sepp, ich glaube, ich mag heute keinen Kaffee mehr machen.« Anne gähnte. Sie spürte, wie Kastner in sich zusammensackte, und musste gegen den unwillkürlichen Impuls ankämpfen, ihn zu trösten. Es würde ja doch nichts bringen.

Später im Bett dachte sie an Bernhard. Je mehr es sich herumgesprochen hatte, dass sie nicht mehr mit ihm zusammen war, desto häufiger hatten ihr Freunde und Bekannte gesagt, dass das doch gut sei. Der »lahmarschige« Bernhard – ja, derart drastisch hatte es einer formuliert – habe ohnehin nicht zu ihr gepasst. Viel zu lange habe sie ihn mitgeschleppt. Der habe doch eh nur genervt. Sie habe einen Besseren verdient. Sie sei schließlich auch keine Therapeutin.

Vermisste sie Bernhard? Sollte sie ihn mal wieder anrufen? Als Anne der Müdigkeit nichts mehr entgegenzusetzen hatte, galt ihr letzter Gedanke aber nicht Bernhard. Vielmehr freute sie sich, dass sie im Besitz der Handynummer und Adresse eines Gymnasiasten war, von dem die Jungs aus dem Klub behauptet hatten, er sei ein Ass in Chemie und wisse, wie man GHB herstelle. Dieses Bewusstsein ließ die junge Ermittlerin mit einem guten Gefühl einschlafen.

Zwar blieb Sebastian Schönwetter formell weiterhin der Leiter der Arbeitsgruppe »Madleen«, aber da er in seiner Position für eine Vielzahl von Fällen zuständig war, hatte er die Verantwortung für die nächsten Ermittlungsschritte an Anne delegiert. Die attraktive Polizistin wusste, dass er ihr telefonisch jederzeit zur Verfügung stand, doch die vielen mühsamen Vernehmungen, die jetzt nötig waren, sollte sie, so hatte er es entschieden, in Eigenregie und unterstützt von Sepp Kastner und Kurt Nonnenmacher übernehmen. Da Letzterer sich nicht sehr engagiert zeigte, wollte Anne an diesem Tag mit Kastner allein das Zeltlager, in dem Madleen zuletzt gewohnt hatte, aufsuchen. Doch als sie den Kollegen mit ihrem Vorhaben konfrontierte, legte dieser zu ihrer Überraschung ein sehr merkwürdiges Benehmen an den Tag und flüchtete sich in abstruse Ausreden, die in dem Ausruf mündeten, dass Anne das mit den Vernehmungen im Zeltlager doch auch alleine hinbekommen werde.

»Ich will aber, dass du mitkommst, Sepp!«

»Ich kann doch derweil den Gymnasiasten vernehmen.«

»Aber der ist doch jetzt in der Schule, Sepp.«

»Dann halt den Ölscheich ...«

»Sepp! Ich möchte, dass du mich zu den Hippiemädchen begleitest!«

»Ich mag aber nicht.«

Anne verstand die Welt nicht mehr. War er beleidigt, weil sie keine Lust gehabt hatte, mitten in der Nacht mit ihm Kaffee zu trinken? Das musste er doch verstehen!

»Sepp, wir machen das jetzt zusammen. Auch den Gymnasiasten und die Araber werden wir gemeinsam vernehmen. Vier Ohren hören mehr als zwei.«

Mit einem zur Schau getragenen Widerwillen, wie ihn Anne noch nie an ihrem Kollegen beobachtet hatte, kam Kastner schließlich mit.

Anne stellte das Einsatzfahrzeug am Rand von Vitus Koflers Feld ab und stieg aus. Auch Kastner verließ den Wagen, allerdings ließ er sich sehr, sehr viel Zeit damit. Anne hätte ihm am liebsten in den Hintern getreten.

Es war noch nicht einmal neun Uhr, im Zeltdorf war alles ruhig.

»Die schlafen alle noch. Komm, gehen wir wieder«, schlug Sepp vor – und er meinte das ernst!

Doch Anne ging stattdessen zu einem der Zelte, klopfte an den Stoff und sagte mit leiser, singender Stimme: »Hallo, guten Morgen, wir sind von der Poliz-aaa-iii.«

Im Zelt raschelte es hektisch, der Reißverschluss ratschte nach unten, und eine vom Schlaf zauberhaft zerknitterte Pauline blinzelte in die bayerische Morgensonne. »Polizei?«

»Ja, guten Morgen«, sagte Anne. »Wir hätten da ein paar Fragen.«

»Oh, ich bin ja noch gar nicht richtig wach.« Dann entdeckte Pauline hinter Anne deren Kollegen Kastner und sagte erstaunt: »Hey, Seppi! Du hier?«

Anne starrte zuerst Pauline Malmkrog, dann ihren Begleiter an. Staunend wiederholte sie: »Seppi?« Das »i« betonte sie dabei ganz besonders.

»Ich hab' doch den Bus hergefahren«, versuchte Kastner abzulenken. Auf der anderen Seite des Wegs ratterte der Bauer Vitus Kofler mit seinem Traktor über das Feld.

»Ja, und du warst doch auch mal zur Party da, Seppi!«

Wieder sah Anne erst Pauline, dann Kastner an. Der tat jetzt aber so, als hätte er den letzten Satz nicht gehört.

»Wollt ihr Kaffee?« Ohne eine Antwort abzuwarten, kam Pauline – sie trug nur ein schlichtes hellblaues T-Shirt und blauweiß karierte Shorts – aus dem Zelt gekrochen, rieb sich die Augen und ging barfuß in die Mitte des Zeltdorfs, wo neben dem erloschenen Lagerfeuer einige Campingkocher standen.

Bei dem dann folgenden Gespräch erfuhr Anne alles über die Amazonen: wo sie herkamen, warum sie nun hier in Bayern waren und dass sie von einem anderen Leben träumten. Anne fand die patente Pauline auf Anhieb sympathisch. Auch beeindruckte sie, dass die Amazonen sich von allen Konventionen befreit hatten, um ein selbstbestimmtes Leben zu führen. Dann kamen sie auf die tote Madleen zu sprechen, und Pauline begann zu weinen. Es sei ihr unerklärlich, wie das habe passieren können. Ob man denn schon wisse, an was Pauline gestorben sei?

Anne sagte, dass man so weit noch nicht sei. Falls die Hippiemädchen in den Fall verstrickt sein sollten, war es besser, sie verriet ihnen nicht zu viel mögliches Täterwissen.

Dann erkundigte sich Anne, ob die Mädchen im Lager Drogen konsumierten. Pauline zögerte mit der Antwort, suchte Blickkontakt mit Kastner, doch der studierte die Schwingungen der Schnürsenkel an seinen schwarzen Dienstschuhen, als wären es hochgiftige Wasserschlangen.

Anne spürte Paulines Unsicherheit und sagte deshalb schnell: »Nicht dass du mich falsch verstehst. Es geht mir bei dieser Frage nicht darum, euch wegen irgendwelcher harmloser Verstöße gegen das Betäubungsmittelgesetz dranzukriegen. Fragen wir also anders: Hat Madleen Drogen konsumiert?«

»Ja«, sagte Pauline jetzt rasch.

»Und welche?«

»Haschisch, Marihuana, auch mal Pillen«, zählte Pauline auf.

»Was für Pillen?«

»Weiß ich nicht mehr, ist schon länger her. In Bayern haben wir da eher die Finger von gelassen. Ihr seid hier ja 'n bisschen krass drauf in der Hinsicht ...« Pauline nahm einen Schluck aus ihrer Kaffeetasse; ihre Antwort klang glaubwürdig.

»Hat Madleen, seit ihr hier am See seid, andere Drogen außer Haschisch oder Marihuana konsumiert?«

»Na ja, ich war ja nun nicht die ganze Zeit mit ihr zusammen ...«, meinte Pauline. »Wir kontrollieren uns natürlich nicht dauernd gegenseitig. Soweit ich weiß, hat sie nichts genommen, seit wir hier sind. Aber ...«

»Kennst du Liquid Ecstasy?«

Pauline sah Anne verächtlich an. »So 'nen Chemiedreck würde ich nie nehmen.«

»Und Madleen?«

»Kann ich mir nicht vorstellen.«

Anne warf Kastner einen Blick zu, den Pauline nicht zu interpretieren wusste.

»Wo war Madleen in der Nacht, in der sie gestorben ist?«

»Auf dem Seefest?« Paulines Antwort klang mehr wie eine Frage.

»Wart ihr alle zusammen dort?«

»Wir sind gemeinsam rübergefahren, mit dem Bus. Da war Madleen auch dabei. Auf dem Fest sind wir dann aber nicht zusammen geblieben.«

»Wann hast du Madleen zum letzten Mal gesehen?«

Pauline dachte lange nach, nahm wieder einen Schluck von ihrem Kaffee, drehte sich eine Zigarette.

»Vielleicht so um neun?« Sie zuckte mit den Schultern. »Ich weiß es nicht genau, also ich meine, ich war ja auch nicht ... ganz ... nüchtern. Wir hatten hier schon was getrunken – und ...«, sie zögerte, »... geraucht ... und dann dort auch noch, und dann kriegt man ja manches nicht so richtig mit. Aber wir können ja die anderen fragen, ob sie mehr wissen.«

Es dauerte noch eine Weile, bis Anne und Kastner auch die anderen Mädchen vom Zonenhof befragt hatten. Aber keine konnte sich daran erinnern, Madleen nach neun oder zehn Uhr noch gesehen zu haben. Auch über etwaige Feinde Madleens wussten die Hippiemädchen nichts zu berichten. Wenngleich Pauline einräumte, dass das Männer-Konzept, nach dem ihre Gruppe auf dem Bauernhof gelebt hatte – Sex mit Männern ja, aber keine festen Beziehungen –, in der Vergangenheit durchaus zu Eifersüchteleien geführt hatte. Auch Drohbriefe enttäuschter Liebhaber hätten sie mitunter bekommen. Die Frage, ob sie sich vorstellen könne, dass ein enttäuschter Liebhaber Madleen umgebracht habe, verneinte Pauline aber eindeutig. Auch die Typen aus dem Dorf, die hier in den vergangenen Tagen, zumeist abends, aufgekreuzt seien, hätten einen eher harmlosen Eindruck gemacht. Pauline warf Kastner einen Blick zu, den Anne nicht so recht einzuordnen wusste. Zwar habe es da schon auch hin und wieder Diskussionen gegeben, aber das sei alles im grünen Bereich geblieben. Das sei halt so, wenn man bekifft herumknutsche. Anne nickte und wunderte sich. Was denn das so für Typen aus dem Dorf gewesen seien, die hier in den vergangenen Tagen aufgekreuzt seien?

»Also, das kann er dir eigentlich besser erklären«, meinte Pauline und deutete zu Annes Überraschung auf Kastner.

»Ich war auch einmal da«, gestand dieser nun hastig ein. »Ich wollt' halt nach dem Rechten sehen, gell.«

»So so, nach dem Rechten sehen.« Anne nickte vieldeutig in Richtung ihres Kollegen. »Na ja, seine Sicht der Dinge kann mir der Sepp dann ja nachher noch erzählen. Aber jetzt sag du mir mal, wer sonst noch so alles hier war.«

Pauline berichtete von den Besuchen des Schlagersängers Hanni Hirlwimmer, des Gleitschirmfliegers Heribert Kohlhammer, auch ein Gemeinderat sei mal dagewesen, soweit sie das mitbekommen habe; die Männer hätten ja teilweise schon auch ein wenig mit ihrer Wichtigkeit geprotzt. Aber nicht nur prominente, auch ganz normale Männer, verheiratete und unverheiratete, junge und alte, hätten sie besucht.

Anne kam aus dem Staunen nicht mehr heraus. »Und da gab es nie Streit, aus dem man auf ein Motiv schließen könnte – also dass ein Mann Madleen ...?«

»Nö«, behauptete Pauline. »Nie.«

Auf der Rückfahrt in die Dienststelle war Sepp Kastner ungewöhnlich still, was mit der Äußerung seiner Kollegin zusammenhängen mochte, nachdem sie wieder in den Wagen gestiegen waren: »Dass du da mit denen Party machst, Sepp, das finde ich jetzt aber schon den totalen Hammer. Jetzt verstehe ich auch, wieso du partout nicht mitkommen wolltest.« Sie zögerte einen Augenblick und meinte dann trocken: »Sepp, du bist schon eine Vollpfeife!«

Dass ein Gymnasium im selben Gebäude untergebracht ist wie eine urige Wirtschaft mit Bierschwemme, darf man ebenso als bayerische Einzigartigkeit ansehen wie die Tatsache, dass bei den bajuwarischen Einheiten der Bundeswehr auch während des Dienstes der Genuss von Bier erlaubt ist. Dennoch ist dies nicht weiter verwunderlich, denn in Bayern wird das Bier als mineralstoff- und vitaminreiches Grundnahrungsmittel angesehen, das der Ertüchtigung der Soldaten dient. Auch verfügt der bayerische Körper im Gegensatz zum bundesdeutschen über einen vollkommen anderen Stoffwechsel: Er hat – die Hintergründe dieses biochemischen Mysteriums sind noch nicht vollständig erforscht – einen ungemein starken Bierdurst. Deshalb hat sich im Freistaat auch eine äußerst facettenreiche Braukunst entwickelt. Der Nachwuchs für diese Kunst wird bis zum heutigen Tag an den bayerischen Schulen herangezogen, insbesondere auch an den bayerischen Gymnasien.

Daher konnte das hiesige Gymnasium für sich beanspruchen, an einem idealen Ort zum Lernen untergebracht zu sein. Hier war alles Wichtige unter einem Dach: nicht nur die Schule und eine Gastwirtschaft, sondern auch die katholische Kirche und obendrein eine Wohnung für die herzogliche Familie.

Mehrfach hatten bayerische Kultusminister in der bundesdeutschen Kultusministerkonferenz angeregt, ein Gesetz zu verabschieden, das alle Gymnasien in Deutschland dazu verpflichtete, ihre Infrastruktur ebenso vorbildhaft zu optimieren. Aber leider werden bayerische Vorschläge in der Bundespolitik zumeist überhört. Auch die Aussage eines bayerischen Ministerpräsidenten, dass man mit zwei Maß Bier noch gut Auto fahren könne, fand in Norddeutschland wenig Anklang. Seit vielen Jahren rätselt man in Bayern, worin diese Taubheit begründet liegen könnte, und der ein oder andere Bayer möchte einen Minderwertigkeitskomplex nicht ausschließen.

Der Schüler Anton Graf jedenfalls hatte keine Komplexe. Eben erst hatte er sich ein neues Mobiltelefon gekauft. Zwar war das bisher in Gebrauch gewesene Modell erst ein paar Monate alt gewesen, aber es hatte nicht über die Fähigkeit verfügt, herannahende Menschen an ihrem Schrittmuster zu erkennen. Das formidable neue Handy konnte das, Gott sei Dank! Viele hielten diese innovative Funktion für Schnickschnack, aber für Graf war sie extrem wichtig. Als Drogenproduzent musste er nämlich ständig auf der Hut sein. Näherten sich im Flur des elterlichen Hauses Schritte in Richtung seines zum Labor umgemodelten Kinderzimmers, meldete sich das Telefon zu Wort und sagte: »Mama«, »Opa«, »Onki« oder »Achtung«. »Achtung« bedeutete, dass ein Fremder im Anmarsch war.

An diesem Tag war es die Polizei in Gestalt von Anne Loop und Sepp Kastner. Als die beiden Beamten ins Zimmer des katholischen Elftklässlers kamen, hatte der bereits alle für seine wissenschaftlichen Experimente notwendigen Utensilien in dem selbst geschreinerten Wandschrank verschwinden lassen und übte sich scheinbar konzentriert in der Ermittlung von Stammfunktionstermen und der Ableitung gebrochen-rationaler Funktionen.

Dass die Polizisten Anton Graf am frühen Nachmittag zu Hause antrafen, war nicht selbstverständlich, denn seit der Einführung des achtstufigen Gymnasiums hielten sich die Schüler meist nur noch in den späten Abendstunden und während der Nacht zu Hause auf, denn die Schule war zum Fulltime-Job geworden. Aber Anton Graf kam dieser Stress zugute, denn je mehr Leistungsdruck seine Altersgenossen verspürten, umso interessierter waren sie an den chemischen Erzeugnissen seines Labors – dienten jene doch allesamt der rauschhaften Entspannung.

»Grüß dich«, sagte Kastner, der ohne anzuklopfen das Zimmer betreten hatte. »Mir sind von der Polizei.«

»Das seh' ich«, erwiderte der Schüler gelassen. »Sie tragen ja schließlich Uniform.«

»Hallo«, grüßte auch Anne und warf einen interessierten Blick auf das über dem Bett hängende Poster. Es zeigte eine Frau mit leuchtend grüner Perücke, die in eine transparente Ganzkörper-Seidenstrumpfhose gewandet war, sodass man unschwer fast alle primären Geschlechtsmerkmale studieren konnte. Anne erkannte die Person sofort, es handelte sich um die Popmusikerin, die sich selbst und aus freien Stücken einen Gaga-Namen verliehen hatte und – aus Anne nicht nachvollziehbaren Gründen – als Stilikone galt.

Der Schüler verzichtete auf weitere Worte und wartete ab. Mit Verhörsituationen kannte er sich bestens aus. Denn natürlich hatte er erwartet, eines Tages Besuch von der Polizei zu bekommen, und hatte deswegen auf einem allseits beliebten Online-Portal für Filmschnipsel stundenlang solche Situationen analysiert. Sein Fazit: Ganz gleich, ob es sich um Darth Vader, den guten alten Kottan oder die Tatort-Filme handelte – für die Verhörten war es immer dann gut gelaufen, wenn sie wenig geredet hatten.

»Wir haben gehört, dass du gut in Chemie bist«, begann Anne vorsichtig die Vernehmung.

Der Elftklässler nickte. »Stimmt.«

»Und dass du manchmal auch zu Hause Versuche machst, stimmt ebenso, oder?«, fragte Anne weiter.

Doch da sagte der Schüler »Stopp« und hob die flache Hand. »Das war eine Suggestivfrage.«

»Ja und?«, blaffte Kastner ihn an.

»Ich werde mir von Ihnen keine Aussagen unterjubeln lassen«, sagte der Schüler abgebrüht.

»Aber das ist doch jetzt albern«, meinte Anne ebenso ruhig. »Also, was ist mit deinen Versuchen? Machst du welche?«

»Schon«, meinte der Schüler jetzt.

»Was sind denn das für Versuche?«, fragte Anne vorsichtig weiter.

»Alles Mögliche.«

Jetzt verlor Kastner, der durch den morgendlichen Einsatz im Zeltlager schon reichlich Nerven eingebüßt hatte, die Geduld. »Ja, was bist du denn für ein Brezensalzer! Was soll das blöde Getue? ›Alles Mögliche!‹ Dann fragen mir jetzt halt einmal direkt: Hast du auch schon einmal Liquid Ecstasy gemacht?«

»Sie haben mich nicht über mein Zeugnisverweigerungsrecht belehrt«, wehrte der Schüler geistesgegenwärtig die Frage ab; Brezensalzer hatte ihn noch keiner genannt.

Nun rückte ihm Kastner auch körperlich näher. Er ging direkt vor dem Schüler, der auf seinem Schreibtischstuhl saß, in die Knie und schnaubte ihm ins Gesicht: »Jetzt pass einmal auf, Burschi. Mir ermitteln hier in einem Mordfall. Und du bist verdächtig, weil mir nämlich erfahren haben, dass du hier im Tal einer der besten Liquid-Ecstasy-Hersteller bist. Wenn du jetzt nicht kooperierst, dann kannst' eh einpacken. Dann nehmen mir dich mit, und du kommst in Untersuchungshaft. Dann kannst' dir deine Ferien, die demnächst anfangen, sonst wo hinstecken.«

»Ich fliege mit meinen Kumpels nach Ibiza.«

»Dann würde ich an deiner Stelle jetzt lieber mal ein bisschen mitmachen«, schaltete Anne sich wieder in das Gespräch ein. »Sonst ist Ibiza gestrichen. Weißt du denn, wie man Liquid Ecstasy macht?«

»Das weiß doch jeder«, meinte der Junge aufmüpfig. »Das ist total einfach. Steht sogar im Internet.«

»Wo warst du am Abend vom Seefest?«, fragte jetzt wieder Kastner.

»Ebendort«, antwortete der Schüler.

»Was ›ebendort‹?«, wollte Kastner wissen.

»Na ja, im Internet halt!«, lautete die trotzige Antwort.

»Kennst du dieses Mädchen?« Anne hielt dem Teenager ein Foto der toten Madleen Simon vors Gesicht.

Ohne zu zögern, schüttelte Anton Graf den Kopf und fragte: »Wieso?«

»Weil die tot ist!«, fuhr Kastner ihn an.

»Ich habe ein Alibi«, sagte der Schüler jetzt schnell, denn er hatte sich wieder an seine Filmschnipsel-Studien im Netz erinnert: »Ich war den ganzen Abend beim Günni.«

Gleich nachdem Anne Loop und Sepp Kastner den Schüler verlassen hatten, suchten sie dessen Kumpel Günni auf. Der bestätigte Anton Grafs Alibi: Sie hätten bei ihm die ganze Nacht »gegamet«, Ballerspiele und so. Auf die Frage, warum sie nicht auf dem Seefest gewesen seien, antwortete der Gymnasiast, das sei doch eher was für Touris. Und nein, eine Madleen Simon kenne er nicht.

Zurück in der Dienststelle, rätselten Anne und Kastner, ob es sein könnte, dass die beiden Schüler ihnen etwas vorgelogen hatten. Zwar gab es keine Hinweise darauf, dass etwas mit dem Alibi nicht stimmte, aber es konnte genauso gut auch alles erfunden sein. »Jeder lügt«, meinte Kastner gewichtig, das wisse man als Mordermittler, jedenfalls habe er das irgendwo einmal gehört.

Günnis Eltern konnten das Alibi der beiden Jungen auch nicht bestätigen, denn sie waren auf dem Seefest gewesen – und hatten sich direkt nach dem Heimkommen zu Bett begeben. Sie konnten also nicht zweifelsfrei bestätigen, ob Günni zu diesem Zeitpunkt zu Hause gewesen war, obwohl sie das natürlich nur allzu gerne getan hätten.

Andererseits, fand Anne, wirkten die beiden Jungs noch ziemlich grün hinter den Ohren. Liquid Ecstasy herzustellen war das eine. Es aber einer fremden jungen Frau zu verabreichen, um sie hinterher zu missbrauchen, das erforderte doch ein wesentlich höheres Maß an Skrupellosigkeit.

»Machen mir halt einen DNA-Test, dann wissen mir gleich Bescheid«, meinte Kastner, nachdem die beiden Ermittler eine Weile über den neuen Erkenntnissen gebrütet hatten. Doch Anne hielt es für ziemlich ausgeschlossen, dass ein Richter eine DNA-Analyse genehmigen würde nur aufgrund der Tatsache, dass der Schüler in der Lage war, den im Blut der Toten gefundenen Stoff herzustellen. »Wenn wir da nicht mehr auf der Pfanne haben«, meinte sie zu Kastner, »machen wir uns nur lächerlich, Sepp.«

Ohne anzuklopfen, betrat in diesem Moment Kurt Nonnenmacher den Raum. »Mir haben ihn!«, rief der Dienststellenleiter. »Ich habe ja gesagt, dass man dem Araber nicht trauen kann!« Die beiden Untergebenen schauten den Dienststellenleiter irritiert an. »Der Cousin vom Ölscheich war's, da wett' ich einen Kasten Bier!«

»Wie kommst' jetzt da drauf?«, erkundigte sich Kastner.

»Eben ruft mich ein Mädchen an, das bei dem Casting mitgemacht hat, und sagt, dass der Aladdin bin Dingsbums sie gefragt hat, ob sie mit ihm schlafen will.«

»Ja und?«, meinte Anne.

»Ja, macht man denn das?«, fragte der Dienststellenleiter empört. »Tät' ich die Antje von der Metzgerei einfach so fragen, ob sie mit mir schlafen will? Tätst du, Sepp, die Frau Loop einfach so fragen, ob sie mit dir schlafen will? Macht man so was?« Er wartete kurz und sagte dann scharf: »Niemals! Es sei denn, man ist ein Verbrecher.«

»Gut«, versuchte Anne beruhigend auf den triumphierenden Inspektionschef einzuwirken. »Natürlich fällt man nicht so mit der Tür ins Haus, wenn man ein erotisches Verlangen nach jemandem verspürt.«

»Ich würd' so was nie machen«, stammelte Sepp Kastner. »Also, ganz ehrlich ...«

»Aber ...«, fuhr Anne fort, »kann man denn jemanden, der so direkt fragt, gleich des Mordes verdächtigen? Mir ist das auch schon passiert, dass Männer mich so direkt angemacht haben.«

Kastner wirkte kurz wie vom Blitz getroffen.

»Wenn's ein Araber ist, schon«, knurrte Nonnenmacher. »Von Anfang an habe ich mir gedacht, dass dieser Aladdin ein ganz ein scheinheiliger Kamerad ist. Und wie diese Sami nicht wollen hat, hat er sie erpresst. Das muss man sich einmal vorstellen!«

»Wie hat er sie erpresst?«, wollte Kastner wissen. Auch er war nun fassungslos.

»Er hat gesagt, dass sie beim Casting bloß mitmachen darf, wenn sie mit ihm Sex hat. Und von wem anderen habe ich gehört, dass man den Madeln Opium und andere Rauschgifte verabreicht hat, um sie wehrlos zu machen. Wenn das die Leut' hören, dann kann sich der Ölscheich fei warm anziehen. Unsere

Leut' im Tal, die bringen den glatt um.« Der Inspektionschef klang nicht so, als würde ihn das über die Maßen stören. Dennoch fügte er hinzu: »Mir müssen handeln. Der Scheich und die ganzen anderen Araber müssen ins Gefängnis. Zu ihrem eigenen Schutz. U-Haft. Und dann machen mir ihnen den Prozess.«

»So ein Quatsch«, antwortete Anne empört. »Selbst wenn Herr bin Suhail Frauen dazu gebracht hat, mit ihm zu schlafen, weil sie dachten, dass sie dadurch beim Casting bevorzugt werden, ist das doch noch kein hinreichender Grund, um ihn einzusperren!«

»Dass Sie jetzt auch noch diese Araber-Lumpen verteidigen, Frau Loop! Aber das ist mir wurscht. Ich werde mir die jetzt vorknöpfen, eigenhändig, die ganze Bagage. Mir sind nämlich hier immer noch in Bayern. Und wir sind nicht umsonst ein Freistaat. In diesem Land hat die Frau Rechte!« Er zögerte kurz und meinte dann leiser: »Zwar weniger als der Mann, weil das geht ja gar nicht anders, weil … schon aus biologischen Gründen …, aber auf jeden Fall darf nur der eigene Ehemann Intimitäten von ihr einfordern. Und nicht irgendein dahergelaufener Hallodri aus Arabien.« Zu seinem Kollegen gewandt sagte er dann: »Sepp, kommst du mit, dann heben mir diese Räuberhöhle auf'm Berg droben aus. Und für die Rädelsführer beantragen mir Haftbefehl. Die Saudis müssen ein für allemal kapieren, wo der Bartel den Most holt.«

Kastner zögerte. Er war sich nicht sicher, ob sein Chef gerade dabei war, beträchtlich über das Ziel hinaus zu schießen. »Vielleicht sollten mir denen erst noch ein paar Fragen stellen, Kurt, bevor mir den Haftbefehl beantragen. Ziehe nie mit leeren Händen vor Gericht!, heißt es doch.«

Anne hatte Nonnenmachers Bauerntheater regungslos verfolgt. Da der Dienststellenleiter es aber ganz offensichtlich ernst meinte, sah sie sich gezwungen einzuschreiten.

»Herr Nonnenmacher, darf ich Sie daran erinnern, dass Herr Schönwetter mich und nicht Sie mit den Ermittlungen im Fall ›Madleen‹ beauftragt hat? Sie werden ohne meine Zustimmung ganz sicher keinen Haftbefehl beantragen, geschweige denn irgendwelche Vernehmungen oder Festnahmen erwirken.«

Nonnenmacher starrte Anne fassungslos an. Er konnte es nicht glauben. Was ging hier vor sich? Musste er, der seit sechzehn Jahren für die Sicherheit und Ordnung am See einstand, sich wirklich von dieser dahergelaufenen Rheinländerin, die vielleicht sogar lesbisch war – oder warum hatte sie keinen Mann? –, sagen lassen, was zu tun war bei Gefahr im Verzug? Und Gefahr war hier im Verzug. Nicht nur für die Menschen im Tal, für die er die Verantwortung trug, sondern für ganz Bayern! Der Araber versuchte, Bayern zu übernehmen. Aber da hatte er die Rechnung ohne den Wirt gemacht.

Allerdings hatte Nonnenmacher seit dem letzten Kriminalfall im Tal dazugelernt. Damals hatte er es versäumt, die Kripo aus der Kreisstadt rechtzeitig in die Ermittlungen mit einzubeziehen, was ihm viele schlaflose Nächte beschert hatte. Eine derartige Blöße würde er sich dieses Mal nicht geben. Wenn die Loop ihn jetzt blockierte, dann würde er sich seinen Freifahrtschein für die notwendigen Nachforschungen eben beim Leiter der Ermittlungen persönlich holen.

Nach all diesen gedanklichen Umwälzungen hatte Nonnenmacher sich ein wenig beruhigt und konnte mit beinahe normaler Stimme sagen: »Gut, dann werde ich mir eben vom Herrn Schönwetter direkt die Genehmigung für den Einsatz geben lassen. Fest steht: An einer Hausdurchsuchung führt kein Weg vorbei!«

Es kam dann aber doch anders, als Nonnenmacher es sich gedacht hatte: Schönwetter unterstützte Anne Loop in ihrem Vorhaben, erst einmal umfassende Vernehmungen zu veranlassen. Und diese brachten zutage, dass der Assistent und Cousin des Emirs von Ada Bhai tatsächlich sechzehn Mädchen mehr oder weniger unverblümt nahegelegt hatte, Sex mit ihm zu haben, wenn sie beim Casting in die engere Auswahl kommen wollten. Es gab auch zwei Mädchen, die dem Willen des Mannes nachgekommen waren. Anne fand dieses Vorgehen zwar verwerflich, sah allerdings keine ausreichenden Anhaltspunkte für den Tatbestand einer strafrechtlich relevanten Nötigung.

Seit der Kripochef ihn ausgebremst hatte, litt Nonnenmacher wie ein Hund. Sein Magen gab bei den unmöglichsten Gelegenheiten noch unmöglichere Geräusche von sich, und der Inspektionsleiter fand nicht mehr zur Ruhe. Umso mehr triumphierte er, als er Anne die Nachricht überbringen durfte, er habe Sami Kneip, das Mädchen aus dem Zeltlager, das ihn damals verständigt hatte, zufällig – ja, es sei wirklich zufällig gewesen – im Ort getroffen, und bei dieser Gelegenheit habe er von ihr etwas ziemlich Bedeutsames erfahren: Aladdin Bassam bin Suhail habe auch mit Madleen schlafen wollen, was diese aber abgelehnt habe. Nun spreche ja wohl alles dafür, dass er, weil er sein Ziel auf diesem Weg nicht erreicht habe, »versucht hat, das arme Madel mit diesem Ecstasy gefügig zu machen«. Aus seiner, Nonnenmachers, Sicht sei es deshalb absolut notwendig, das Hotel zu durchsuchen. Wenn man dort GHB oder andere Drogen finde, habe man ja wohl Eindeutiges gegen die Araber in der Hand. Und ein glasklares Motiv sei somit ebenfalls gegeben.

Nachdem auch Anne mit dem Mädchen gesprochen und sich Nonnenmachers Behauptungen bestätigt hatten, bat sie Sebastian Schönwetter schweren Herzens, eine Durchsuchung des Hotels, in dem der Scheich wohnte, zu veranlassen.

Als der Kripomann aus der Kreisstadt nach Rücksprache mit der Staatsanwaltschaft sein telefonisches Okay gegeben hatte, stürmten Kastner, Anne und zwei weitere Kollegen, darunter auch der Allgäuer Schmiedle, das Hotel.

Vor allem Schmiedle war unglaublich froh über die Abwechslung, denn die Vernehmung aller Verkäufer arabischer Bauchtanz-Goldketten, die an der Seepromenade täglich aufgegriffen wurden, ödete ihn schon lange an. Außerdem plagte ihn das Heimweh. Und er freute sich schon darauf, seinen Allgäuer Freunden zu Hause vom Inneren des Serails des Emirs von Ada

Bhai erzählen zu können, den er sich wie eine mit vielen Tüchern und Baldachinen verhängte Höhle voller unbekannter Düfte, exotischer Klänge und sich lasziv rekelnder Frauen vorstellte. Daher war Schmiedle ziemlich überrascht, als er die erste Suite betrat: Das Hotelzimmer war offensichtlich kaum umgestaltet worden. Stattdessen lief auf dem Fernsehbildschirm kitschiger asiatischer Karaoke-Pop, zu dem eine der Ehefrauen des Scheichs Gesangsübungen machte.

Während Schmiedle die Suite durchstöberte, knöpfte Anne sich eine der Ehefrauen des Emirs vor. Sie hieß Fahda und war wie Anne vierunddreißig Jahre alt. Allerdings hatte sie, wie sie zu Protokoll gab, bereits sechs Kinder zur Welt gebracht, darunter zwei Jungen. In der Thronfolge würden die Söhne jedoch erst einmal keine Rolle spielen, erklärte die dunkelhäutige Schönheit, die in ihrer Suite keinen Schleier trug, sondern einen bequemen rosafarbenen Hausanzug mit Puschelhausschühchen. Sie sei die dritte Frau, und die zweite habe dem Scheich auch schon vier Söhne geschenkt.

Die beiden Frauen unterhielten sich auf Englisch über Verschiedenes. So erfuhr Anne zum Beispiel, dass eine arabische Prinzessin ihren Mann nicht von sich aus ansprechen dürfe, sondern warten müsse, bis jener sich ihr zuwende. Auf die Frage, ob das nicht reichlich unpraktisch sei, erwiderte Fahda Anne im Vertrauen, dass man mit dem Emir und seinen Kameraden ohnehin wenig Interessantes bereden könne. Die Männer hätten doch nur große Autos, Wolkenkratzer, Finanzanlagen und anderen belanglosen Kram im Sinn. Es sei wesentlich entspannter, gestand sie, wenn die Männer nicht dabei seien. Da müsse man auch nicht dauernd darauf achten, dass man niemandem aus Versehen die Fußsohlen zeige, das sei nämlich in der arabischen Welt eine absolute Unhöflichkeit.

Anne staunte auch nicht schlecht darüber, was Fahda über die Beziehung der einzelnen Scheichsehefrauen untereinander berichtete. Die Haremsdame erläuterte, dass der ganze Königshof durchsetzt sei von Intrigen und dass man höllisch aufpassen müsse, wem man was erzähle, weil jede der Frauen versuche, die Lieblingsfrau des Emirs zu werden. Mit allen zu Gebote stehenden Mitteln würden die einzelnen Haremsdamen und die gelegentlichen Edelprostituierten, die der Emir sich in den Palast bestelle, versuchen, einander zu schaden. Sie selbst habe auf dieses Theater schon lange keine Lust mehr. Zwar bekomme sie, seit sie sich nicht mehr so sehr um das Wohlwollen des Scheichs bemühe, auch weniger Schmuck, Brillanten und Taschengeld, aber erstens habe sie ohnehin schon alles, was sie brauche, und zweitens müsse sie so auch nicht mehr dauernd mit ihm Sex haben. Das sei eine Wohltat, denn der Emir habe aufgrund des Wasserpfeife-Rauchens Mundgeruch.

Anne horchte auf. Was der Emir denn in seiner Wasserpfeife so rauche, erkundigte sie sich vorsichtig. Das seien hauptsächlich süßlich stinkende Fruchttabake, erläuterte die arabische Prinzessin, von denen sie selbst Kopfweh bekomme. Ob nicht auch manchmal Haschisch, Marihuana oder gar synthetische Drogen zum Einsatz kämen?, wollte Anne hierauf wissen. Doch dies verneinte die Araberin.

Ob der Scheich auch Alkohol trinke?, fragte Anne interessiert. Aber sicher doch, erwiderte die Haremsdame. Auf die alten religiösen Gebote pfeife man in Ada Bhai schon lange. Dies sei ja auch mit ein Grund dafür, dass der Emir Bayern so liebe: Seiner Ansicht nach gebe es hier das beste Bier der Welt.

Dann erkundigte sich Anne, ob denn immer nur die Männer sich dem Rausch hingäben? Nein, nein, meinte da die Prinzessin mit entwaffnender Offenheit, es gebe natürlich auch Frauen im Harem, die regelmäßig tranken und rauchten. Dies treffe aber eher auf diejenigen zu, die der Scheich und seine Freunde nur mit der Absicht in den Palast holten, um mit ihnen Spaß zu haben, nicht aber, um sie zu heiraten. Aber bei ihr und den anderen vier echten Ehefrauen des Scheichs komme so etwas im Normalfall nicht vor. Schließlich trügen sie als Erzieherinnen der zukünftigen Führer des Emirats von Ada Bhai eine große Verantwortung.

Anne war wirklich überrascht über die Offenheit, mit der ihr Fahda begegnete. Dennoch verzichtete sie darauf, konkret danach zu fragen, ob Fahda sich vorstellen könne, dass der Scheich Liquid Ecstasy verwende, um sich eine Frau gefügig zu machen. Allerdings erkundigte sie sich listig, ob jemand im Harem sich mit Chemie auskenne. Hier musste die Scheichsehefrau passen. Zwar seien die Haremsdamen alle sehr gut ausgebildet, allerdings hätten sie ihre Studienschwerpunkte eher auf Fremdsprachen, Politik und Ökonomie gelegt, weil dies letztlich auch die Fächer seien, in denen die Scheichssöhne brillieren müssten, um später einmal die Schaltstellen der Macht im Emirat von Ada Bhai besetzen zu können. Da sei man nicht nur als Mutter, sondern auch als Nachhilfelehrerin gefragt.

Am Schluss wollte Anne von Fahda noch wissen, was sie von Aladdin halte, dem Cousin des Scheichs. Der sei ein feiner Mann, erläuterte die Haremsdame. Ob Anne Interesse an ihm habe? Nein, nein, antwortete Anne hastig, ihre Frage habe einen rein dienstlichen Hintergrund. Schließlich müsse man einen mysteriösen Todesfall aufklären. Ob Fahda wisse, wie es Aladdin mit den Frauen halte? »Nun, er pflückt sich die schönsten Blumen, die seinen Weg säumen«, antwortete die dunkeläugige Schönheit geheimnisvoll. Und wenn eine Blume mal nicht gepflückt werden wolle?, fragte Anne ebenso bildhaft zurück. Dann verfüge Aladdin über ähnliche Mittel wie der Scheich, um sie sich gefügig zu machen, er mache teure Geschenke. Was Frauen angehe, müssten die Männer, die zum Palast gehörten, auf nichts verzichten, stellte die Araberin klar. Dies gelte sogar für den nichtsnutzigen Chauffeur.

Als Nächstes knöpfte Anne sich Aladdin Bassam bin Suhail vor. Wieder trug der gut aussehende Mann einen eleganten dunklen Anzug und versuchte die Polizistin mit feinsten Umgangsformen und Komplimenten zu beeindrucken. Doch Anne blockte seine Bemühungen ab.

»Stimmt es, dass Sie mit Casting-Bewerberinnen Sex hatten?«, fragte sie den Araber geradeheraus.

Dieser antwortete nicht sofort, sondern stand auf und ging zum Fenster. Nachdem er eine Weile hinausgeblickt hatte, sagte er mit kalter Stimme und ohne Anne anzusehen: »Es ist in unserem Land nicht üblich, dass Frauen Männern Fragen stellen.«

Anne war es höchst unangenehm, sich dies einzugestehen, aber die Unnahbarkeit des Mannes und seine mit einem Mal so kühle Art zeitigten auch bei ihr Wirkung. Sie fühlte sich unwohl. Beging sie gerade einen Fehler, indem sie uralte Regeln arabischer Lebenskultur verletzte? Doch nach kurzem Überlegen kam sie zu einem anderen Schluss. Sie richtete sich noch aufrechter auf ihrem gepolsterten Sessel auf und sagte mit fester Stimme: »Wir sind aber nicht in Ihrem Land, Herr bin Suhail. Wir sind hier in Deutschland. Und bei uns ist es durchaus üblich, dass Frauen Männern Fragen stellen, insbesondere wenn diese in Verdacht stehen, Sex mit einem Mädchen gehabt zu haben, das kurz darauf starb.« Als der Araber weiter schwieg, meinte Anne: »Sagen wir es mal so: Dass Sie Sex mit Casting-Bewerberinnen hatten, wissen wir bereits. Das wurde uns von mehreren Mädchen bestätigt. In dieser Frage brauche ich von Ihnen also gar kein Geständnis, und wenn ich dies auch moralisch verwerflich finde, so ist es strafrechtlich vermutlich nicht relevant und hat mich nur am Rande zu tangieren. Wo ich allerdings eine Antwort von Ihnen benötige, das ist die Frage, ob Sie mit Madleen Simon Sex wollten, aber nicht bekommen haben.«

Aladdin bin Suhail schwieg, allerdings konnte Anne an seiner Körperhaltung erkennen, dass es in ihm arbeitete. Und dann ging plötzlich alles ganz schnell: Der Cousin des Scheichs zog den Vorhang zu, drehte sich blitzartig um, ging drei Schritte auf Anne zu, beugte sich zu ihr hinunter, packte sie fest an den Schultern und brachte sein Gesicht ganz nah an ihres heran. So nah, dass sie sein männliches Rasierwasser riechen konnte. Dann sagte er: »Ja, ich wollte mit diesem Mädchen Madleen schlafen. Genauso, wie ich mit jedem schönen Mädchen schlafen möchte. Auch mit Ihnen, am liebsten sofort.« Anne fühlte sich, als blickte sie in die Augen eines Tigers. Ihr war, als würden die dunklen Augen sie lähmen. »Aber glauben Sie mir, Frau Loop, niemals würde ich einer Frau gegenüber Gewalt anwenden oder ihren Willen missachten. Ich frage mich, für wie blöd Sie uns eigentlich halten. Natürlich sind wir reich, und natürlich bringt dieser Reichtum mit sich, dass wir uns Dinge erlauben können, die für andere Menschen undenkbar sind. Aber wir respektieren die Gesetze. Und es gibt genug schöne Frauen, die uns freiwillig in unsere Gemächer folgen.«

Nachdem Aladdin Bassam bin Suhail diese Worte gesprochen hatte, wandte er sich ab und verließ den Raum. Anne brauchte noch eine ganze Weile, um sich von der Intensität der Situation zu erholen. Dieser Mann war wie ein wildes Tier. Und was geschah, wenn das Tier die Kontrolle über sich verlor?

Auch Kastner und Schmiedle waren, während Anne Fahda und Aladdin bin Suhail vernommen hatte, nicht untätig geblieben. Die beiden Ermittler hatten das komplette Schlösschen mit all seinen Suiten durchsucht. Von Liquid Ecstasy oder den zu seiner Herstellung geeigneten Gerätschaften entdeckten sie aber nicht die Spur, nicht einmal einen Fingerhut voller Opium konnten sie aufstöbern. Dafür fanden die beiden ein gutes Dutzend Wasserpfeifen und andere orientalische Rauchgeräte.

Bei der Audienz, die der völlig überraschte Emir den beiden engagierten Polizisten gewährte, erklärte dieser, wie auch schon seine dritte Frau Fahda, dass die Wasserpfeifen lediglich zum Genuss harmloser Fruchttabake verwendet würden.

»Wer's glaubt, wird selig«, brummte Nonnenmacher verächtlich, als man ihm einige Stunden später davon berichtete. Doch der entmachtete Dienststellenleiter wollte dem Frieden nicht trauen. Vielmehr vermutete er eine undichte Stelle bei der Kripo der Kreisstadt – oder womöglich sogar im Polizeipräsidium. Hatte man die Araber vor der Hausdurchsuchung gewarnt? Der alte Ermittlerhase Nonnenmacher hielt es für gut möglich, dass in diesem Fall höchste politische Instanzen mitmischten. Schließlich waren seit der Rettung des Fußballvereins 1860 München auf einmal alle scharf auf das Geld aus Arabien. Warum sollte da nicht auch ein brisanter Mordfall von höchster bayerischer oder gar bundesdeutscher Stelle vertuscht werden? Nonnenmacher dachte an die mysteriösen Todesfälle von Uwe Barschel, Michael Jackson und des Spions Alexander Litwinenko. Hatte man es auch hier, im Fall Madleen, mit einer Verschwörung zu tun?

Annes Spürsinn dagegen sagte ihr, dass derjenige, der mit Madleen Simon vor ihrem Tod Sex gehabt hatte, in anderen Kreisen als den arabischen zu suchen war.

FÜNF

»Gut, dann müssen wir den Höllerer jetzt festnehmen«, sagte Anne mit ruhiger Stimme und wandte sich Sepp Kastner zu. Die beiden saßen in ihrem Dienstzimmer, und Anne hielt ein Blatt Papier in der Hand, aus dem hervorging, dass im Intimbereich der toten Madleen Simon eindeutig DNA-Spuren des Pensionärs nachgewiesen worden waren.

»Da wird der Nonnenmacher toben«, meinte Kastner. Und auch ihm war bei der Vorstellung unwohl, einen Mitbürger aus dem Tal des Mordes zu verdächtigen. Aber Kastner erinnerte sich noch ganz genau: Der Höllerer hatte, als er und Anne ihn direkt nach dem Auffinden der Leiche befragt hatten, gesagt, er habe die Leiche nur an den Händen angefasst. Wie konnte dann sein genetischer Fingerabdruck an die Scham des Mädchens gelangen? Hatte der Höllerer gelogen? Und wenn ja: warum?

Wider Erwarten reagierte Nonnenmacher erstaunlich einsilbig auf die Nachricht, man müsse den pensionierten Schneider und Hobbyjäger Höllerer verhaften. Die Stimme des Dienststellenleiters hatte einen tieferen und raueren Klang als sonst. Auch schien er jede überflüssige Bewegung zu vermeiden. Auf die Frage, ob es ihm nicht gut gehe, ob er womöglich krank sei, antwortete der Inspektionschef aber mit einem lauten »Nein«.

Höllerer saß im Garten und kämmte seinem Hund das Fell, als die beiden Polizisten kamen, um ihn abzuholen. Mysteriöserweise reagierte der Ruheständler gelassen auf die Nachricht, dass er erst einmal festgenommen sei und zur Vernehmung mit auf die Wache müsse. Kurz informierte er seine Frau, welche ihm mit tiefer Angst im Blick hinterhersah, neben ihr der Hund, der alles wusste.

Anne hatte damit gerechnet, dass Nonnenmacher die Fragen würde stellen wollen. Doch der Dienststellenleiter saß zwar mit am Vernehmungstisch, knubbelte aber nur an seinen Fingern herum. Die junge Polizistin begann mit dem Verhör.

»Also, Herr Höllerer, sicherlich wundern Sie sich, weshalb wir Sie festgenommen haben.«

Der Schneider in Rente nickte. »Ich hab' mit der Sache nix zum tun. Der Kurt«, er wandte sich Nonnenmacher zu, der aber überhaupt nicht reagierte, sondern wie leblos wirkte, »kennt mich auch schon seit vielen Jahren. Kurt, das stimmt doch, oder?«

Nonnenmacher grunzte und beschäftigte sich weiter mit seinen Fingern.

»Folgendes«, ergriff jetzt Kastner das Wort, »Sie haben gesagt, Sie hätten die Leiche mit einem Birkenast ans Ufer gelenkt und dann an den Händen herausgezogen.«

»Genauso war es«, erwiderte der alte Mann.

»Und Sie haben gesagt, dass Sie die Leiche sonst nirgends angefasst haben«, fuhr Kastner fort.

»Genau«, sagte Höllerer.

Anne schüttelte den Kopf. »Kannten Sie das Mädchen eigentlich?«

»Nie gesehen.« Hilflos versuchte Höllerer Blickkontakt mit Nonnenmacher herzustellen, aber der wirkte weiterhin wie weggetreten.

Dann schwiegen alle eine Weile – bis der Rentner mit ehrlichem Interesse fragte: »Warum fragen Sie mich das alles?«

»Weil ein genetischer Fingerabdruck von dir an der Scheide von dem jungen Ding gefunden worden ist, du Depp!«, platzte es mit plötzlicher Wucht aus Nonnenmacher hervor, und eine sanfte Böe abgestandenen Alkoholgeruchs wehte über den Tisch. Anne wurde auf einmal einiges klar. Nonnenmacher war verkatert, und zwar mindestens Windstärke acht. »Jetzt sag mir mal bitte, Veit, wie kann das sein? Was machen Hautpartikel von dir in der Scheide von einer einundzwanzigjähren Ostdeutschen, die obendrein noch eine Leiche ist, ha? Die könnt' deine Tochter sein! Du hast dein Leben lang gearbeitet, du bist ein zuverlässiger Jäger, der noch nie Probleme hatte mit der Verlängerung des Jagdscheins, du kommst pünktlich zum Stammtisch, trinkst höchstens vier Halbe Bier, also praktisch nix«, hier hielt Nonnenmacher kurz inne und fasste sich an den Kopf, »und bist außerdem seit vielen Jahren verheiratet. Wie passt das zusammen?«

Unwillkürlich zuckte der Höllerer zusammen. Die Sache mit dem Finger, von der nur sein treuer Hund und er wussten, hatte er doch glatt vergessen. Vielleicht auch verdrängt. Es war ein Ausrutscher gewesen, wenn man das so formulieren konnte. Mit dem Finger im Schamhaar von einem toten Mädchen, dazu noch von einem aus Sachsen, umherzukreiseln, das war ein Schmarren, den man besser bleiben ließ. Man sah ja, was dabei herauskam. Ein Verbrechen aber war es nicht. Was tun? Der Höllerer dachte nach.

Dann sagte er: »Das ist eine Angelegenheit, die ist privat.«

Hätte man es nicht mit einer Leiche zu tun gehabt, wäre Anne auf diesen Satz hin in lautes Lachen ausgebrochen. So aber meinte die Polizistin sarkastisch: »Das kann man wohl sagen, Herr Höllerer.« Sie machte eine Pause, in der sie ihn streng ansah. »Wir hätten da aber doch ganz gerne eine Erklärung von Ihnen, und zwar eine plausible. Ansonsten müssen wir Sie bis auf Weiteres in U-Haft behalten.«

Wieder dachte der Höllerer nach. Er hatte den Hund nicht fertig gestriegelt, er wollte heute noch hinauf ins Jagdrevier, die Frau hatte einen Braten im Ofen, eine U-Haft passte da überhaupt nicht ins Konzept. Deshalb meinte er: »Kann ich mal kurz mit dir allein sprechen, Kurt?«

»Sowieso«, erwiderte der Dienststellenleiter, es klang fast wie ein Rülpser.

Anne hatte die Extrawürste, die Nonnenmacher stets machte, wenn er einen Delinquenten persönlich kannte, eigentlich dick. Aber sie hatte in ihrer Zeit als Polizistin hier am See gelernt, dass mit diesen Sonderbehandlungen bei Einheimischen manchmal ganz brauchbare Ergebnisse erzielt wurden. Und so war es auch in diesem Fall.

Wie genau der Höllerer dem Nonnenmacher gestand, was sein Finger am Morgen nach dem großen Seefest für Kunststücke in der Scham einer feschen, leider aber toten jungen Frau aus Sachsen vollbracht hatte, erfuhr nicht einmal Sepp Kastner. Auch ein verkaterter Dienststellenleiter kann schweigen wie ein Grab.

Ganz unverhofft aber brachte die vermeintlich erfolglose Vernehmung das Ermittlerteam in der Suche nach dem Mann, der mit Madleen Simon vor ihrem Tod Sex gehabt hatte, doch noch weiter.

Direkt nach Höllerers Geständnis lud Nonnenmacher den Freizeitjäger nämlich auf eine Halbe Bier in sein Dienstzimmer ein – dies nicht ganz uneigennützig, denn Nonnenmacher hoffte, dass er mit einem Bier am Morgen seinen Kater würde vertreiben können. Und wie es so ist: der Hopfentrank stimulierte Höllerers Erinnerungsvermögen. Und so fiel dem Höllerer nach dem dritten Schluck aus der Flasche etwas ein, was er bislang für gar nicht so bedeutsam gehalten hatte: Dass nämlich in den frühen Morgenstunden des besagten Tages der Bürgermeister der nördlichsten Seegemeinde in der Nähe des Fundorts umhergeschlichen war. Für die zuletzt ratlosen Ermittler bot diese Information einen brauchbaren neuen Ermittlungsansatz. Das musste sogar Anne zugeben, wenngleich ihr Nonnenmachers bierselig triumphierende Art bei der Bekanntgabe des verdächtigen Verhaltens des gemeindlichen Würdenträgers gewaltig auf die Nerven ging.

Die Verhaftung des Verdächtigen wollte Nonnenmacher trotz seines Alkoholpegels persönlich übernehmen. Zur Unterstützung bat er Anne aber um deren Begleitung. Allerdings trafen die beiden Ermittler den verdächtigen Bürgermeister nicht wie erwartet in dessen Dienstzimmer an. Erstaunt erkundigte sich der Inspektionschef bei der wachhabenden Sekretärin: »Hat der Alois heut' Nachmittag nicht Bürgersprechstunde?«

»Doch, eigentlich schon«, meinte die Gemeindebedienstete verlegen, »aber ... die hat er heute Morgen telefonisch abgesagt. Er ist beim Golfen.«

»Beim Golfen!«, entfuhr es Nonnenmacher überrascht. »Aber das ist doch sauteuer!« Die Sekretärin zuckte mit den Schultern, und Nonnenmacher dachte laut nach: »Das habe ich ja noch nie gehört: Seit wann golft der denn, der Alois?«

Wieder zuckte die Sekretärin mit den Schultern. »Seit Kurzem erst.« Dann fügte sie entschuldigend an – denn gute Sekretärinnen schützen ihre Chefs nicht nur vor Gefahren, sondern sogar vor dem Neid der anderen: »Da gibt's ja auch so Schnupperangebote. Vielleicht schnuppert der Herr Bürgermeister ja nur.«

»Während der Dienstzeit schnuppern«, meinte Nonnenmacher verächtlich, »so weit kommt's noch. Will der denn nicht wiedergewählt werden, der Alois?«

»Also mir gegenüber hat er kürzlich angedeutet«, gestand die Sekretärin, »dass er sich durchaus vorstellen könne, nach dieser Legislaturperiode auszusteigen und etwas völlig Neues anzufangen.«

»Etwas völlig Neues ...« Jetzt sah Nonnenmacher Anne ratlos an. »Wissen'S, Frau Loop, der Alois, der ist seit einer halben Ewigkeit Bürgermeister. Da frag' ich mich jetzt schon, was der Neues anfangen will.«

Im selben Moment, in dem Anne verständnisvoll nickte, betrat eine junge Frau in einem kurzen geblümten Kleid das bürgermeisterliche Vorzimmer.

»Hallo, ist der Loisi da?«, flötete das junge Ding.

»Nein, der ist gerade beim Golfen«, wisperte die Sekretärin.

Anne konnte deutlich sehen, wie unangenehm ihr das Aufkreuzen der Frau im Blumenkleid war.

Diese wirkte aber keineswegs erstaunt ob der Auskunft. »Ach, spielt er wieder mit dem Scheich?«

Schnell warf die Sekretärin einen ängstlichen Blick in Richtung Nonnenmacher und hauchte dann ein kaum hörbares »Vielleicht«.

»O prima, dann bin ich auch schon wieder weg. Tschüss.«

»Pfia Gott«, rief Nonnenmacher ihr hinterher. Und fragte dann, in Richtung der Sekretärin: »Wer war jetzt das?«

»Das war die Vanessa.«

»Nachname?«, wollte Nonnenmacher wissen. Doch die Mitarbeiterin des Bürgermeisters zuckte erneut mit den Schultern. »Weiß nicht.«

»Und warum nennt die den Alois ›Loisi‹? So nennt den doch kein Mensch!«

»Ich denke«, sagte die Gemeindebedienstete vorsichtig, »das ist eher privat.«

»Ein Gschpusi?«, fragte der Dienststellenleiter leise, erntete aber auch auf diese Frage hin nur ein stilles, verschämtes Schulterzucken.

Vor dem Rathaus blieb Nonnenmacher stehen und sah Anne ernst an. »Also, Frau Loop, wenn Sie mich fragen, stimmt da was nicht. Dass der Alois auf einmal Golf spielt ...«

»Ist Herr Wax denn eigentlich verheiratet?«, wollte Anne wissen.

»Ja natürlich. Seit Jahr und Tag!« Der Polizeichef fasste sich an den Kopf. »Sakra, und die Kopfschmerzen gehen auch nicht weg.«

»Wollen Sie eine Tablette?«, fragte Anne fürsorglich, obwohl sie Nonnenmachers Fahne als extrem unangenehm empfand.

»Na«, antwortete der Chef unleidig. In der Nähe miaute eine Katze. »Da sagt er die Bürgersprechstunde ab und geht Golf spielen! Und dann kommt so eine Frau, die wo fast noch ein Mädchen ist, und fragt nach ihm – nach ›Loisi‹! Und als die hört, dass er beim Golfen ist, ist das für sie ganz normal.«

»Nicht zu vergessen, dass er am Morgen nach einem mutmaßlichen Mord in der Nähe der Leiche gesehen wurde«, fügte Anne ein wenig neunmalklug an.

Dem verkaterten Nonnenmacher war das aber gleichgültig, er betrachtete die Katze, die auf ihn zugetapst kam. »Und Bürgermeister will er auch nicht mehr sein ...« Die Katze schmiegte sich an sein Bein und miaute wieder. »So was Komisches, ha, Miezi – Miezi, Miezi? So was Komisches! Wissen'S, Frau Loop, der Alois hat eigentlich Baggerfahrer gelernt. Da darf man sich schon wundern, was der arbeiten will, wenn er nicht mehr Bürgermeister ist.«

Die Polizistin und der Inspektionsleiter trafen den Verdächtigen am fünfzehnten Loch des teuersten Golfplatzes im Tal an. Vanessa stand bereits bei ihrem »Loisi« und hielt ein Cocktailglas mit einem rötlichen Getränk in der Hand. Dem Bürgermeister war die Ankunft der Polizei kein bisschen peinlich. Jovial reichte er Nonnenmacher die Hand, etwas distanzierter grüßte er Anne. Sogar als ihm der Leiter der Polizeiinspektion eröffnete, dass er verhaftet sei und man ihn im Zusammenhang mit dem Tod von Madleen Simon vernehmen müsse, blieb Alois Wax, der in der Gemeinderatssitzung vor wenigen Tagen noch wegen der Morddrohung vor Angst geschwitzt hatte, entspannt wie ein Urlauber aus Castrop-Rauxel.

Tatsächlich besaß er die Frechheit, zu fragen, ob er die drei verbleibenden Löcher noch fertig spielen dürfe, was ihm Nonnenmacher versagte. Aber auch das brachte den Politiker nicht aus der Ruhe. Federnden Schritts begleitete er die Polizisten zum Parkplatz, nachdem er sich noch mit »Küsschen-Küsschen« von Vanessa verabschiedet und ihr aufgetragen hatte, die Golftasche mit den Schlägern im Klubhaus abzugeben und sich schon einmal einen Aperol-Sprizz zu bestellen.

Am Parkplatz ging er mit den Worten »Also dann, bis gleich« am Polizeiauto vorbei in Richtung eines weinroten Sportwagens, doch davon hielt ihn Nonnenmacher ab. »Halt, Alois, wo willst' denn hin?«

»Zu meinem Auto«, meinte dieser völlig selbstverständlich.

»Dein Auto?«, fragte der Dienststellenleiter ungläubig – offensichtlich hatte er das Gerede auf dem Seefest über des Bürgermeisters neue Edelkarosse nicht mitbekommen. »Nix da, du fährst bei uns mit.«

Und Anne ergänzte: »Herr Wax, Sie sind verhaftet.«

»Ach Schmarren!«, sagte der Bürgermeister; offensichtlich dämmerte ihm noch gar nicht richtig, was vor sich ging. »Jetzt komm, Kurt, ich kann doch selber fahren. Wie komm' ich denn sonst wieder zum Klub zurück?«

»Das wird sich zeigen, ob du noch einmal zum Klub zurückkommst«, knurrte Nonnenmacher daraufhin mit seiner grimmigsten Katerstimme.

Widerstrebend stieg der Bürgermeister in den Streifenwagen ein.

Im folgenden Verhör, das in Nonnenmachers Dienstzimmer stattfand, verstrickte sich der Bürgermeister so in Widersprüche, dass der Polizeichef jegliche Kontrolle über sich verlor und ihn, mit der kellenförmigen Fliegenpatsche in der Hand, anbrüllte: »Alois, jetzt reicht's! Sag uns jetzt, was du am Morgen nach dem Tod von dieser Madleen in der Nähe der Leiche zu suchen gehabt hast und wo dein plötzlicher Reichtum herkommt: Sportwagen, Golfspielen und eine Freundin, die ausschaut wie ein Model und sogar Hochdeutsch kann …!«, schrie der Inspektionschef vorwurfsvoll. »Das passt doch nicht zum Bürgermeister eines bayerischen Dorfs!«

»Haben Sie vielleicht im Lotto gewonnen, Herr Bürgermeister – und für Ihre Anwesenheit am Leichenfundort eine ganz harmlose Erklärung?«, fragte Anne leise, um ihren Chef diplomatisch auf seine übertriebene Lautstärke hinzuweisen.

Der Bürgermeister schüttelte trotzig den Kopf. Nonnenmacher warf die Fliegenklatsche in die Ecke, beugte sich über den Tisch und klopfte mit einem Löffel gegen seine Kaffeetasse. »Hallo, Alois, aufwachen! Hallo! Das ist hier eine Vernehmung!«

»Wenn Sie jetzt nicht bald Butter bei die Fische tun«, ergänzte Anne, »wird es eng für Sie.«

»U-Haft, Hausdurchsuchung, Amtsenthebung ...«, zählte Nonnenmacher auf.

»Außerdem werden wir natürlich Ihre Frau zu Ihrem neuen Lebenswandel befragen«, meinte Anne.

»Insbesondere, ob deiner Gattin eine gewisse Vanessa bekannt ist, die halb nackt rumläuft, deine Tochter sein könnt' und dich am Golfplatz abbusselt«, ergänzte Nonnenmacher so schnell, dass Anne ganz überrascht war. War Nonnenmachers Kater bei der Katze vom Rathaus geblieben?

Als Anne dem Bürgermeister noch einmal vor Augen führte, dass er hier auch als Mordverdächtiger saß, ergriff dieser nach einem nun nicht mehr ganz so selbstsicheren Räuspern das Wort. Im Folgenden überraschte Alois Wax die beiden Beamten mit einem außergewöhnlichen Geständnis: Er gab zu Protokoll, dass er diese Erklärung nur abgebe, weil er nicht mit einem Mord in Verbindung gebracht werden wolle. Mit dieser Madleen Simon habe er nämlich so viel am Hut wie mit dem Kaiser von China. Und an besagtem Morgen sei er lediglich auf Ortsbesichtigung gewesen, schließlich stehe der Verkauf von Gut Kaltenbrunn an, was ihn als Bürgermeister der zuständigen Gemeinde ja doch auf gewisse Weise angehe.

»Gut Kaltenbrunn soll verkauft werden?«, unterbrach Anne umgehend die Ausführungen des Politikers.

»Ja, danach sieht es aus.«

»An wen?«, donnerte Nonnenmacher. »Doch nicht an diesen Scheich?«

»Doch«, meinte Alois Wax und lächelte dazu, wie Nonnenmacher fand, auch noch recht unverschämt.

»Jetzt geht mir ein Licht auf!«, sagte Nonnenmacher nun viel ruhiger. »Jetzt ist mir klar, woher dein plötzlicher Reichtum auf einmal stammt!«

»Woher denn?«, fragte der Bürgermeister aufsässig.

»Ja, von dem Ölscheich natürlich!«

Worauf Alois Wax nur ein verächtliches »Pfff« hören ließ.

Diese Respektlosigkeit in Verbindung mit der Tatsache, dass der Bürgermeister offensichtlich beim Verscherbeln des wichtigsten Baudenkmals des gesamten Landkreises an den Nahen Osten mitspielte, brachte den altgedienten Polizisten derart in Rage, dass er aufsprang, den Tisch umrundete, den Bürgermeister am Kragen seines offensichtlich neuen Golfhemds packte und zu sich nach oben zog. Der reißende Stoff machte ein hässliches Geräusch.

»Jetzt will ich alles wissen«, schnaufte Nonnenmacher dem Delinquenten ins Gesicht.

Sei es aufgrund des schlechten Atems des Dienststellenleiters oder dass Alois Wax wegen des polizeilichen Würgegriffs wenig Sauerstoff bekam: der Bürgermeister gestand jedenfalls, nicht nur von der arabischen Delegation geschmiert worden zu sein, sondern auch gemeinsam und auf Einladung des Emirs von Ada Bhai eine Nacht mit einigen Haremsdamen verbracht zu haben.

Anne war erschüttert. Alois Wax schien nicht einmal dieses Geständnis peinlich zu sein. Im Gegenteil. Er schwärmte von der frivolen Atmosphäre im Harem des Emirs von Ada Bhai.

»Das glaubst du nicht, Kurt, diese Frauen, die haben's schon drauf, uns Männern das Leben schön zu machen! Das tät' dir auch gefallen! Kurt, es ist genau, wie man es sich vorstellt: Du kommst in einen Raum, in dem riecht's nach Ambra und Vanille, und da warten schon drei Frauen, die dich bis auf die Unterhosen ausziehen. Du legst dich auf eine Liege, und dann kommen die mit Mandelöl und ...«

Nonnenmacher zeigte keinerlei Reaktion. Vor Kurzem noch hatte er mit Interesse und Neugier nach Erzählungen aus dem Innersten eines echten arabischen Harems gelechzt, doch dies war nach den schrecklichen Erfahrungen der vergangenen Wochen vorbei. Außerdem hatte er Kopfweh. Der Kater war zurück.

»Ach jetzt hör aber auf, Alois«, versuchte er den Bürgermeister zu stoppen.

Doch der Bürgermeister fuhr unbeirrt fort: »... und reiben

dich von oben bis unten ein und reichen dir ein Getränk, das wird aus den Wurzeln von Orchideen gemacht. Das musst du dir einmal vorstellen, Kurt, Orchideen zum Trinken!«

Anne verfolgte schockiert die Ausführungen von Alois Wax. Offensichtlich hatten Geld und andere Verlockungen dazu geführt, dass dieser an sich bodenständige Mann vollkommen den Bezug zur Realität verloren hatte.

»Sahlep heißt dieser großartige Trunk, und man munkelt, so hat es mir jedenfalls der Raschid gesagt ...«

»Welcher Raschid?«, fragte Nonnenmacher verständnislos.

»Na ja, der Emir halt, mir sind jetzt natürlich per Du«, erläuterte Alois Wax beiläufig. »Also dieser Trunk«, der Bürgermeister senkte die Stimme und suchte Nonnenmachers Blick, »steht im Ruf, die Manneskraft zu stärken. Und jetzt hör gut zu, Kurt: Ich hab's dann auch gleich ausprobiert – es stimmt!« Der Kommunalpolitiker lachte glucksend.

Nonnenmacher verstand die Welt nicht mehr. Alois Wax, den er schon so lange kannte, war offensichtlich wahnsinnig geworden. Leise fragte er: »Aber der Scheich hat dich doch nicht mit seinen eigenen Frauen ins Bett steigen lassen?«

Auf diese naive Frage hin musste der bayerische Würdenträger erst richtig lachen. »Das sind doch nicht seine Frauen, die wo einem das alles angedeihen lassen! Was glaubst denn du! Der Raschid ist ein Herrscher vom Rang des amerikanischen Präsidenten. Hinzu kommt, dass er unheimlich viel Geld hat, mit dem er machen kann, was er will. So einer greift doch nicht auf seine fünf Frauen zurück, wenn er Spaß haben will!«

»Was waren das dann für Frauen?«, erkundigte sich Anne nun interessiert.

»Keine Ahnung, wo der die herhat. Jedenfalls waren die alle top ausgebildet.«

»Wie meinen Sie das, ›top ausgebildet‹?«, hakte Anne nach.

»Also körperlich, aber auch von den Handgriffen her, Massage und so, alles top«, redete sich der Bürgermeister um Kopf und Kragen.

»Und diese Vanessa?«, wollte Nonnenmacher jetzt noch wissen, obwohl er mit den Nerven schon fix und fertig war.

»Ja, die habe ich bei der Gelegenheit zufällig auch noch kennengelernt.«

»War die auch eine von den ...«, der Dienststellenleiter zögerte, um die passende Bezeichnung für den Sachverhalt zu finden, »... Nutten?«

»Jetzt sag' einmal!«, brauste Alois Wax erbost auf. »Das sind doch keine Nutten. Kurt, das sind Liebesdienerinnen. Das ist ein Job mit Anspruch!«

Nonnenmacher schüttelte den Kopf. Irgendwie fühlte er sich wie im falschen Film.

»Und wer ist jetzt diese Vanessa?«, insistierte Anne.

»Meine Freundin«, erwiderte der Bürgermeister knapp.

»Und deine Frau?«, wollte der Polizeichef wissen.

»Ist meine Frau«, antwortete Alois Wax.

Dann schwiegen alle drei und lauschten der Fliege, die durch den Raum summte.

Weil ihm die Stille nach seiner begeisterten Rede seltsam erschien, fügte der Bürgermeister dann aber noch hinzu: »Weißt du, Kurt, mir bayerischen Männer müssen weg von dieser Engstirnigkeit. ›You have to think global‹, sagt der Raschid immer, also global denken, in allen Bereichen. Meine Frau ist eine gute Mutter und prima First Lady. Aber die ist durch diese Doppelbelastung halt auch oft gestresst. Die Vanessa aber, die ist jung, kommt aus Ostdeutschland und hat Zeit. Die hilft mir dabei, meinen Stress los zum werden.«

»Was hast denn du jetzt bitte für einen Stress?«, fragte Nonnenmacher verächtlich.

Der Bürgermeister nahm die Frage vollkommen ernst. »Das kann man sich als Leiter so einer kleinen Polizeidienststelle vielleicht nicht vorstellen, aber mein Amt verlangt mir viel ab.«

»Pfff«, machte Nonnenmacher.

Aber Alois Wax ging darauf nicht ein, stattdessen fuhr er

fort: »Deshalb habe ich auch beschlossen, dass es für mich an der Zeit ist, einen Cut zum machen.«

»Einen was?«, fragte der Inspektionschef verständnislos.

»Einen Cut. Ich wechsle ins Ölbusiness. Der Raschid hat meine Managerqualitäten erkannt: Erstens steht unsere Gemeinde top da, und zweitens hat die Kaltenbrunn-Geschichte dank meinem Monitoring und meiner Mediation jetzt auch einen total reibungslosen Workflow bekommen. Der Total Buyout von Gut Kaltenbrunn ist quasi eine g'mahde Wiesn.« Zu Anne gewandt erklärte er: »Sie verstehen, Frau Loop, die Geschäfte laufen, wie mit bestem Wüstenöl geschmiert.«

»Und deine Frau?«, fragte Nonnenmacher, der sich schon ganz schwach anhörte. Der hier zu beobachtende Niedergang der guten alten bayerischen Moralvorstellungen machte ihn fertig.

»Die weiß noch nix«, erwiderte der gerade noch sehr großmäulige Bürgermeister jetzt in nicht mehr ganz so selbstbewusstem Ton.

»Und diese Vanessa kommt also aus Ostdeutschland?«, fragte Nonnenmacher, der plötzlich eine weitere Verbindung in dem komplexen Fall erkannte. »Ist die am Ende eine von den Sächsinnen, die wo beim Kofler Vitus zelten?«

»Ja«, erwiderte der Bürgermeister freimütig, »war sie. Ich hab' ihr nämlich ein Hotelzimmer besorgt. Ist praktischer, auch aus Rücksicht auf meine Frau. Die Vanessa ist recht laut beim … du weißt schon.« Alois Wax ruckelte etwas seltsam mit dem Kopf und wollte aufstehen. »So, ich glaube, dann haben mir alles geklärt, dann pack' ich's jetzt. Ich muss ja noch die Löcher fertig spielen. Und nachher treff' ich mich eh mit dem Raschid zum Abendessen.«

»Da wird, glaub' ich, nix draus, Alois«, meinte Nonnenmacher ernst. »Dich lassen mir nicht mehr laufen.«

Jetzt erschrak der Bürgermeister. »Ja, aber warum denn nicht?«

»Es spricht doch alles dafür, dass Sie irgendwie in den Todesfall verwickelt sind, Herr Wax«, übernahm Anne das Wort. »Sie waren kurz nach Eintritt des Todes am Fundort, ohne dafür eine halbwegs schlüssige Begründung liefern zu können. Sie sind offensichtlich mit einem Mädchen liiert, das wie die Tote zu der Zeltlagergruppe gehört. Sie pflegen engste Kontakte zur gesamten arabischen Gesellschaft und sind obendrein, was den Verkauf von Gut Kaltenbrunn angeht, ganz offensichtlich in korruptionsähnliche Strukturen eingebunden – und das ist jetzt, sag' ich mal, noch vorsichtig formuliert. Ich schlage vor«, Anne sah zu Nonnenmacher hinüber, »wir behalten Herrn Wax bis auf Weiteres in U-Haft.«

Nonnenmacher nickte. Anne sah ihm an, dass diese ganze missliche Entwicklung ihn traurig machte. Und auch der Bürgermeister wirkte plötzlich, als sei in ihm etwas zerbrochen, das mindestens so groß war wie ein romantischer Traum von Tausendundeiner Nacht. Als Anne den gefallenen Würdenträger die Stufen hinunter in den Keller begleitete, wo eine kleine Zelle mit Liege, kratziger Decke und Klo auf ihn wartete, stammelte er immer wieder: »Ich habe mit dem Tod des Mädchens nix zu tun. Mit dem Tod von diesem Mädchen habe ich nix zu tun, wirklich nicht, Frau Loop, dass müssen Sie mir glauben ...«

Als Sepp Kastner von Anne über die Festsetzung des Bürgermeisters unterrichtet wurde, war er so überrascht, dass er sich verplapperte. Annes Kollege sagte nämlich: »Ach was, bloß weil der Herr Wax in der Nähe vom Fundort war, habt's ihr den jetzt eingesperrt? Aber der Hirlwimmer war doch da auch!«

Anne starrte Kastner an, als hätte er ihr eben ein hölzernes Ruderbootpaddel auf den Kopf gehauen. »Was sagst du da, Seppi?«

Erst jetzt bemerkte Kastner seinen Ausrutscher. Mit einem gehauchten »Ach nix« versuchte er die Situation noch zu retten, doch es war zu spät.

»Sepp, was hast du da eben gesagt?«

Kastner fuhr sich verlegen mit der rechten Hand durch das

schüttere Haar, griff sich an die Nase und druckste herum: »Ach, hab' ich dir das noch gar nicht erzählt: Wie mir uns getrennt haben, nachdem mir noch einmal den Fundort begutachtet hatten, da bin ich doch da beim Gut Kaltenbrunn herumgelaufen.« Anne nickte. »Und da habe ich den Hirlwimmer in seinem Ferrari gefunden.«

»Und was hat er da gemacht?«, wollte Anne wissen.

»Seinen Rausch ausgeschlafen. Der war noch ziemlich zu, vom Seefest halt. Ich glaub' aber nicht, dass der was mit dem Mord zu tun hat«, schob Kastner hastig hinterher.

»Wieso nicht?«

»Ach, so halt«, meinte Kastner verlegen. Er war sich nun ja auch gar nicht mehr sicher, ob der Hirlwimmer nicht genauso verdächtig war wie der Bürgermeister. Und der saß in der Zelle im Kellergeschoss der Inspektion. Der Hirlwimmer aber geisterte irgendwo da draußen herum. Und, das musste Kastner sich eingestehen, beim Hirlwimmer bestand – schon allein wegen seiner vielfältigen Kontakte zur internationalen Schlagerszene – wirklich höchste Fluchtgefahr. Deshalb sagte der zur Einsicht gekommene Polizist: »Vermutlich sollten mir den Hirlwimmer auch gleich noch festnehmen.«

Weil Anne das genauso sah und schon auf dem Weg zum Streifenwagen war, blieb es ihrem Kollegen erspart zu erklären, weshalb er die Begegnung mit dem nach Schnaps stinkenden Cowboystiefelträger verschwiegen hatte.

Allerdings trafen die beiden den Musikstar leider nicht im Haus seiner Mutter an. Die weltgewandte Seniorin erklärte ihnen, der Hanni sei direkt am Tag nach dem Seefest nach Japan geflogen. Das hätte sie auch überrascht, denn in seinem Tourneeplan, den sie eigentlich immer ganz gut im Kopf habe, sei nichts davon erwähnt gewesen. Aber der Hanni habe gesagt, er müsse dort an einem spontanen Anti-Atom-Konzert zugunsten der armen Japaner teilnehmen.

»Wer's glaubt, wird selig«, murmelte Kastner und schwitzte vor Angst. Wenn der Hirlwimmer der Täter war, dann saß jetzt ein unschuldiger Lokalpolitiker im Knast, und ein Mörder lief frei herum, wenn auch nur bei den Japanern. Und er, Kastner, war schuld. Dass der Hirlwimmer Erfahrungen mit Liquid Ecstasy hatte, dessen war sich der Polizist hundertprozentig sicher. Was man von der Musikszene so hörte, wurde da mit noch weitaus gewaltigeren Halluzinogenen experimentiert.

»Scheiße« war der einzige Kommentar, der Anne einfiel, als die beiden Ermittler wieder im Streifenwagen saßen.

Doch der Tag hielt für die junge Polizistin noch eine weitere unangenehme Überraschung bereit. Allerdings wartete das Schicksal damit bis zum Abend.

Anne war es in der vergangenen Zeit, in der sie durch ihr Berufsleben so stark beansprucht worden war, relativ gut gelungen, ihre offensichtlich gescheiterte Beziehung mit Bernhard zu verdrängen. Doch an diesem Abend hatte Lisa, als Anne ihr beim Zu-Bett-Bringen noch den Rücken streichelte, nach Bernhard gefragt. Anne hatte die Situation souverän gemeistert und Lisa versichert, dass es Bernhard gut gehe und er sicher bald vorbeikommen werde.

Als sie jedoch später auf dem Sofa im Wohnzimmer saß, das sie mit Bernhard gemeinsam eingerichtet hatte, überkam sie ein mulmiges Gefühl. Ohne sich die möglichen Folgen dieses Schritts genauer zu überlegen, wählte sie Bernhards Telefonnummer. Er nahm den Anruf sofort entgegen.

»Hallo, Anne«, begrüßte er sie; er hatte ihre Rufnummer erkannt. Und er schien sich aufrichtig über ihren Anruf zu freuen. Sofort war Annes mulmiges Gefühl verschwunden. Gut, dass sie ihn angerufen hatte.

»Hallo, Bernhard. Wollte mich mal wieder bei dir melden. Bei mir war viel los in der letzten Zeit.«

»Ja?«, fragte Bernhard interessiert. »In der Arbeit oder privat?«

Anne erzählte ihm vom Harems-Casting, über das Bernhard aber auch bereits in der Zeitung gelesen hatte, und von dem Todesfall nach dem Seefest. Als sie von den erotischen Eskapaden des Bürgermeisters berichtete, lachte Bernhard aus derart tiefer Brust, wie sie es bei ihm schon lang nicht mehr gehört hatte. Allerdings verstand er auch, dass es als mittlere Katastrophe einzuordnen war, dass der Schlagersänger Hanni Hirlwimmer dem polizeilichen Zugriff entkommen war.

Ohne dass Anne es merkte, sprach sie mit ihrem Ex den ganzen Fall durch. Gemeinsam wogen sie die Wahrscheinlichkeiten ab, welcher der einzelnen Verdächtigen am ehesten in Madleen Simons Tod verwickelt sein konnte. Dem Bürgermeister, den Bernhard persönlich kannte, traute Annes Exfreund allerdings nicht zu, mit Liquid Ecstasy zu tun zu haben, dem Schlagersänger schon eher. Auch dass der Emir von Ada Bhai in den Todesfall involviert sein sollte, hielt Bernhard für ausgeschlossen. Das Argument, dass der Emir sich mit Geld und Charisma jede Frau gefügig machen konnte, überzeugte ihn. Ob dies auch für alle männlichen Mitglieder des mitgereisten Hofstaats gelten konnte, hielt Bernhard allerdings für fraglich. Die beiden Gymnasiasten verfügten zwar über das für die Herstellung von Liquid Ecstasy nötige Wissen, aber war es diesen zwei Milchbubis wirklich zuzutrauen, dass sie ein Mädchen, das älter und erfahrener war als sie, auf diese brutale Weise misshandelten?

»Es kann ja sein, dass die Situation einfach eskaliert ist«, meinte Anne. »Vielleicht wollten die erst einmal einfach nur ausprobieren, wie die Droge wirkt. Und dann war Madleen auf einmal tot.«

»Aber dann müssten die zwei das Mädchen ja auch noch vergewaltigt haben.«

»Eine Vergewaltigung ist nicht erwiesen«, korrigierte Anne ihren einstigen Geliebten. »Es könnte auch ein einvernehmlicher Beischlaf gewesen sein.«

»Dann wäre der Tod danach eingetreten.«

»Oder anders herum«, meinte Anne. »Die haben der das Mittel gegeben, sie ist gestorben, und dann hatte einer von ihnen mit ihr Sex.«

»Mit einer Toten? Das glaube ich nicht. Nicht diese zwei harmlosen Jungs. Wenn ich daran denke, wie ich war, als ich aufs Gymnasium ging ...« Bernhard schwieg kurz. »Und sonst kommt niemand als Verdächtiger infrage?« Beide dachten nach. Dann ergriff Bernhard wieder das Wort: »Welche Motive kommen denn infrage? Bei Liquid Ecstasy liegt natürlich das Motiv, mit einer wehrlosen Person Sex zu haben, ganz weit vorn. Aber gibt es vielleicht auch noch andere Motive?«

»Wenn der Bürgermeister in die Sache verwickelt ist, dann könnte es auch etwas mit dem Verkauf von Gut Kaltenbrunn zu tun haben«, sagte Anne.

»Aber warum dann das Sperma in der Scheide? Das spricht ja nun mal total für ein sexuelles Motiv«, vermutete Bernhard.

»Und was ist, wenn eine Konkurrentin vom Harems-Casting das Mädchen umgebracht hat?«

»Und das Ganze als Sexualverbrechen getarnt hat.«

»Zum Beispiel.«

»Könnte sein. Vielleicht sollte ich dem mal nachgehen ...« Anne gähnte, auf einmal war sie müde geworden. »Na ja, jetzt weißt du, was mich zurzeit so bewegt ... Es ist jetzt schon ganz schön spät. Lass uns ein andermal wieder telefonieren, Bernhard.« Sie gähnte noch einmal. »Es war wirklich schön, mal wieder mit dir zu sprechen.«

»Warte«, stoppte Bernhard sie. »Ich muss dir auch noch was sagen.«

Plötzlich klang er sehr aufgeregt. Und Anne fiel auf, dass sie die ganze Zeit nur über sie und ihre beruflichen Angelegenheiten gesprochen hatten. Fehlte ihr am Ende doch ein Gesprächspartner, mit dem sie sich auf Augenhöhe austauschen konnte? Darüber konnte sie ja beizeiten noch einmal nachdenken. Jedenfalls war Bernhard jetzt sehr nett gewesen. Vielleicht sollten sie sich mal wieder treffen, und dann konnte man ja sehen, ob die Beziehung womöglich doch noch eine Zukunft hatte ...

»Es ist ...«, begann Bernhard, brach dann aber ab. »Ich bin, also ... ich werde ...«

Anne war irritiert. Was druckste Bernhard, der eben noch so locker gewesen war, auf einmal derart komisch herum?

»Also«, sagte er jetzt mit einem Mal entschlossen. »Ich möchte, dass du es als eine der Ersten erfährst.«

»Du heiratest?«, fragte Anne schnell.

»Nein«, antwortete Bernhard bestimmt.

Anne war furchtbar erleichtert und kam sich deswegen völlig bescheuert vor.

Doch dann sagte Bernhard etwas, das viel schlimmer war: »Ich werde Vater.«

Der Satz traf Anne wie ein Faustschlag in die Magengrube. Wäre sie nicht auf dem Sofa gesessen, sie wäre nach hinten umgekippt.

»Das ist nicht wahr.« Annes Erwiderung klang wie eine Feststellung. Aber warum sollte Bernhard sie in dieser Sache anlügen?

»Und ich ...«, begann Bernhard nun wieder zaghaft, beinahe jungenhaft, »freue mich.«

Jetzt packte Anne die kalte Wut. Wie lange hatten sie gerade telefoniert und über unwichtiges Zeug wie ihre ganzen Jobangelegenheiten gesprochen? War es eine halbe Stunde gewesen – oder vielleicht sogar eine Stunde? Und jetzt, ganz am Ende des Gesprächs, als sie schon auflegen wollte, kam Bernhard mit so einer Nachricht! Konnte das sein?

»Unverschämt!«, entfuhr es ihr unwillkürlich.

Bernhard, der ihre Gedanken ja nicht hatte mitverfolgen können, fragte sofort und mit Ratlosigkeit in der Stimme: »Dass ich mich freue?«

»Ach, nein«, sagte Anne. Sie spürte, dass eine Flut verzweifelter Tränen sich Bahn brechen wollte, und wusste, dass sie dieses Gespräch nicht mehr lange durchhalten würde. Deshalb sagte sie nur: »Danke für deine Offenheit, Bernhard. Ich wünsche dir viel Glück.« Und legte auf.

SECHS

Als Sepp Kastner am nächsten Morgen in den Besprechungsraum kam, schnupperte er kurz, verzog das Gesicht und trabte dann mit großen Schritten zum Fenster, um es aufzureißen. Während dieser für ihn ungewöhnlich resoluten Aktion entfuhr ihm der Satz: »Ja, mein lieber Schwan, wie riecht's denn hier!«

Es war in der Tat eine interessante Geruchsmischung: Die sonst eher staubige Duftnote des Raums wurde ergänzt durch Kurt Nonnenmachers kraftvolle Bierfahne und durch eine feinere, von Barrique- und Beerentönen getragene Geruchsnote des aus Spanien stammenden Rotweins, den Anne am Vorabend nach dem Telefonat mit Bernhard in größerer Menge als üblich zu sich genommen hatte. Heute war nicht nur Nonnenmacher verkatert, sondern auch seine attraktivste Mitarbeiterin.

Beide studierten mit aller zur Verfügung stehenden Konzentration die vor ihnen liegenden Papiere, was Kastner ein wenig verwunderte, weil es sich um unbeschriebene Blätter handelte.

Vorsichtig fragte der Junggeselle: »Alles in Ordnung mit euch?«

»Ja«, erwiderte Anne knapp, während Nonnenmacher lediglich grunzte. Erstaunlicherweise war der Magen des Dienststellenleiters, seit dieser noch mehr Bier als für gewöhnlich zu sich nahm (und auch tagsüber), verstummt. Dennoch hatte es Nonnenmacher bisher nicht in Erwägung gezogen, die Gesundheitsredaktion der Frauenzeitschrift, welcher seine Frau die Reisdiät zu verdanken hatte, über diese interessante medizinische Entwicklung zu informieren.

Weil seine wichtigsten Partner aus der Ermittlungsgruppe ihm heute etwas angeschlagen erschienen und man in der alkoholgeschwängerten Luft und mit so einsilbigen Antworten unmöglich weiterkommen konnte, beschloss Kastner – ganz gegen seinen sonstigen Charakter –, die Initiative zu ergreifen, und sagte: »Ich habe heute Nacht etwas geträumt.«

Sofort blickten ihn Nonnenmacher und Anne schockiert aus zwei leicht geröteten Augenpaaren an. Von seinen Träumen – jedenfalls den nächtlichen – hatte der Kollege Kastner noch nie erzählt. Anne bereute die abrupte Kopfbewegung auch umgehend, denn ihre Kopfschmerzen waren trotz zweier Tabletten noch so stark wie der 360-PS-Motor eines Großtraktors der Firma Fendt.

»Jetzt kommt was«, meinte Nonnenmacher süffisant.

»Na, jetzt kommt nix«, erwiderte Kastner, »jedenfalls nicht das, was du denkst. Mir ist im Traum quasi eine Idee gekommen.«

»A-ha«, sagte Nonnenmacher leicht abgehackt, was ironisch klang, aber Kastner nicht weiter irritierte. Annes Kollege hatte längst kapiert, warum es hier im Raum derart bestialisch stank. Und erstaunlicherweise war es ihm sogar vollkommen gleichgültig, weshalb jetzt auch die sonst so solide Kollegin Anne Loop unter die Säufer gegangen war. Sollte sich doch alle Welt zuschütten, er würde die Stellung halten und diesen vermaledeiten Fall, in dem es so viele Verdächtige und Ungereimtheiten gab, aufklären.

»Und zwar«, fuhr Kastner daher fort, »ist mir aufgefallen, also im Traum ...«

»Wie soll einem denn bitte im Traum was auffallen?«, raunzte Nonnenmacher ihn an.

Kastner ungerührt: »... dass es doch eine komische Sache gibt: Zum einen haben mir den Streit um Gut Kaltenbrunn. Da gibt's ja doch einige, die nicht wollen, dass es an den Scheich verkauft wird.«

»Was du nicht sagst«, höhnte Nonnenmacher.

»Jetzt lassen Sie ihn halt mal!«, blaffte Anne den Chef an. Mit Kopfschmerzen waren solche Kabbeleien noch viel schlechter zu ertragen als an normalen Tagen.

»Zum anderen«, Kastner ließ sich nicht aus der Ruhe bringen, »wurde die Leiche direkt unterhalb von Gut Kaltenbrunn gefunden.«

»Ja und?«, fragte Kastners Chef unwillig.

»Da muss es doch eine Verbindung geben!«, antwortete Kastner, nun seinerseits etwas gereizt. »Zweimal Kaltenbrunn! Das hat doch miteinander zu tun – der Tod und die Verkaufsgerüchte!«

»Ach, und wie soll das bitte etwas miteinander zum tun haben?« Nonnenmacher war an diesem Tag wirklich zu nichts zu gebrauchen.

»Tja, das habe ich leider nicht geträumt«, räumte Kastner ein. Er war eben doch eine ehrliche Haut und kein Showman, weshalb Anne ihn trotz ihres üblen Katers in diesem Moment irgendwie süß fand. Alle drei schwiegen vor sich hin, dann ergriff Kastner noch einmal das Wort.

»Meine Mutter hat im Kiosk jemanden über einen neu gegründeten Geheimbund reden hören. ›KGB‹ soll der heißen, was für ›Gut Kaltenbrunn‹ steht.«

»Dann müsste das aber ›GKB‹ heißen«, meinte Anne.

»Wenn KGB stimmen tät'«, ergänzte Nonnenmacher, »dann würde es Kaltengut Brunn heißen, was ein Schmarren wär'.«

»Ist ja wurscht«, meinte Kastner. »Wahrscheinlich nennen die sich so, weil sich KGB einfach besser anhört, agentenmäßiger, geheimer, gefährlicher – was weiß denn ich!«

»Und was wollen die mit ihrem KGB erreichen?«, erkundigte sich Nonnenmacher.

»Das Land vor den Osmanen retten«, sagte Kastner und trug dabei eine staatstragende Miene zur Schau, woraus Anne folgerte, dass Kastner den merkwürdigen Geheimbund samt seiner kuriosen Zielsetzung ernst und für bare Münze nahm. Hätten Annes Schläfen nicht gepocht wie die Spielmannszug-Trommler vom Seefest, hätte sie sich über Kastner lustig gemacht. So aber hielt sie sich zurück.

Kastner seinerseits spürte, dass man ihn nicht wirklich für

voll nahm, und führte daher im Weiteren aus, weshalb man das Ganze nicht unterschätzen sollte: Schließlich habe man ja auch hier in Polizeikreisen schon öfter darüber gesprochen, dass es genügend Gegner der Pläne um Gut Kaltenbrunn gebe. Auch habe seine Mutter ihm erzählt, dass die Freundin einer Bekannten von ihrer Cousine gehört habe, dass ein Gemeinderat ...

»Die Cousine einer Freundin der Bekannten von deiner Mutter«, zählte Nonnenmacher auf und reckte für jede der Zwischenstationen einen Finger in die Höhe: »Das macht vier Zwischenstationen. Mit dir sind's fünf, und die Frau Loop und ich sind quasi Nummero sechs und sieben. Das ist einmal eine richtig gute, weil total direkte Ermittlung, Sepp.«

»... dass ein Gemeinderat«, fuhr Kastner unbeirrt fort, »am Stammtisch gesagt hat, dass er denjenigen persönlich umbringt, der aus Kaltenbrunn einen Haremstempel machen will.«

»Und?«, blaffte Nonnenmacher ihn an. »Lebt der Scheich noch, oder lebt er nicht mehr?«

»Aber es ist eine tot, die das Gut vielleicht gewonnen und in einen Haremstempel verwandelt hätt'!« Kastner war jetzt zutiefst verärgert. »Kapiert's ihr das denn nicht? Da gibt's doch einen Zusammenhang – und zwar einen mysteriösen«, schob er langsam und leiser hinterher.

»Na ja, Seppi«, sagte Anne besänftigend, »einen Zusammenhang gibt's da sicher. Aber warum sollte denn jemand eines der Mädchen umbringen, wenn er doch dem Scheich schaden will?«

»Weil er damit natürlich auch dem Scheich schadet. Den will doch jetzt erst recht keiner mehr hier. Die ganze Sache wäre doch niemals passiert, wenn der Scheich nicht dieses Casting veranstaltet hätte. Dann wären doch auch die ganzen Frauen gar nicht erst ins Tal gekommen!«

»Wenn einer dem Scheich schaden will, dann geht der dem doch persönlich an den Kragen«, meinte nun Nonnenmacher. »So würd's jedenfalls ich machen. Aber als Polizist sind einem ja leider die Hände gebunden.«

»Aber Anne, Kurt, jetzt denkt's doch einmal nach: Der

Scheich wird rund um die Uhr bewacht, dazu noch von unseren eigenen Leuten«, gab Kastner verzweifelt angesichts der Uneinsichtigkeit seiner Kollegen zu bedenken. »Da ist es doch viel schlauer, jemanden anzugreifen, der ihm nahesteht, aber nicht so gut bewacht wird.«

»Aber diese Madleen stand dem Araber-Kini doch überhaupts nicht nahe!«, bellte Nonnenmacher zurück.

»Wer sagt das? Woher willst du das wissen, Kurt?« Kastner suchte Annes Blick. »Ich jedenfalls weiß es nicht.« Dann stand er auf. »Aber ich werde es herausfinden. Und ihr zwei schlaft's vielleicht erst einmal euren Rausch aus. Ihr riecht's ja schlimmer wie der Bierleichenfriedhof auf 'm Oktoberfest.«

So stark wie nach dieser Lagebesprechung hatte sich Sepp Kastner schon lange nicht mehr gefühlt. Auf ihn war eben doch Verlass. Alle anderen konnten ausfallen, doch er hielt die Stellung. Schwungvoll lenkte er den Streifenwagen auf die Wiese des Bauern Vitus Kofler, dann schritt er auf das Lagerfeuer zu, das trotz des noch jungen Tages bereits loderte und um das einige der Mädchen saßen. Immer noch empfand er ein gewisses Unbehagen, weil er sich beim besten Willen nicht mehr daran erinnern konnte, mit welcher der Sächsinnen er an besagtem Abend, an dem er seine erste Erfahrung mit qualmenden Kräutern gemacht hatte, nach hinten in die Wiese gekippt war. Immerhin kannte er diese Pauline, die offensichtlich so etwas wie die Chefin oder Sprecherin der Amazonen war. Und genau sie war es auch, die ihn nun freundlich begrüßte. Dass sie jetzt wieder »Seppi« zu ihm sagte, ging in Ordnung – Anne war ja nicht dabei.

»Was führt dich zu uns?«

»Ich habe einen Verdacht«, erklärte Kastner wichtig. »Ich glaube nämlich, dass der- oder diejenige, wo die Madleen umgebracht hat, eigentlich den Scheich umbringen wollte.«

»Aha«, meinte Pauline. »Magst du einen Kaffee und ein Croissant?«

Kastner dachte kurz nach, sah sich um, aber da war niemand außer den Amazonen, nicht einmal der Kofler oder seine Frau, und entschied schließlich: »Ja, gerne.« Dann fragte er: »Kannst du dir vorstellen, dass es jemanden gibt, der das ganze Harems-Casting nicht gut findet, sich aber an den Scheich nicht herantraut, weil der so gut bewacht wird, und deshalb die Madleen umbringt, als Denkzettel quasi?«

»Du meinst, dass Madleen dann völlig zufällig zum Opfer geworden wäre?«, fragte Pauline zurück und reichte Kastner eine Kaffeetasse, auf der »Rondo Melange« stand, was dieser seltsam fand.

»Zum Beispiel«, antwortete der Ermittler und rührte sich Zucker in das Getränk.

In den nächsten Minuten befragte der Polizist Pauline noch einmal präzise nach den Kontakten, die Madleen mit Angehörigen der Scheichsentourage, aber auch mit möglichen Feinden des Castings gehabt hatte. Viel konnte ihm Pauline zu diesem Thema allerdings nicht berichten. Immerhin erfuhr Kastner, dass die Mädchen nach Madleens Tod beschlossen hatten, sich nicht mehr für eine Stelle als Scheichsehefrau zu bewerben.

»Irgendwie ist das scheiße gelaufen«, stellte Pauline fest. Sie hörte sich dabei ein wenig traurig an.

»Und was habt ihr jetzt vor?«, erkundigte sich Kastner. »Ihr wolltet's doch eigentlich, dass eine von euch gewinnt, und dann hätt's ihr Gut Kaltenbrunn gehabt, plus einen Haufen Geld im Sack.« Pauline nickte. »Dann wärt's ihr alle versorgt gewesen, auf einen Schlag.« Kastner biss in sein Croissant. »Und jetzt?«

Pauline hob ratlos die Schultern. »Unsere Utopie von einem neuen Leben ist jedenfalls gestorben.«

»Aber vielleicht tut sich ja eine neue ...«, Kastner zögerte, weil ihm das Wort komisch vorkam, »... Utopie auf.«

»Weißt du, woran alle Utopien scheitern, Seppi?« Kastner schüttelte den Kopf. »Am Geld.« Jetzt nickte der Polizist übertrieben. Und Pauline schob hinterher: »Geld und Freiheit, das passt irgendwie nicht so richtig zusammen.«

»Aber vielleicht tut sich ja doch noch was auf«, wiederholte Kastner, der bislang nicht häufig über den Zusammenhang zwischen Geld und Freiheit nachgedacht hatte.

Ihm taten die Amazonen leid. Sie hatten so etwas Natürliches und Unverstelltes an sich, das er mochte. Lag es an ihrer ostdeutschen Herkunft? Oder daran, dass sich eine Truppe von Freiheitsliebenden zusammengefunden hatte, um den Traum von einem neuen Leben zu verwirklichen?

»Du, ich kann jetzt nicht mehr so lange bleiben«, sagte er sanft. »Ich muss zurück in die Dienststelle. Aber eines tät' ich noch gern.« Pauline sah ihn fragend an. »Mir die persönlichen Sachen von der Madleen noch einmal durchschauen.«

Gemeinsam gingen sie zu Madleens Zelt. Pauline kroch als Erste hinein, dann Kastner.

Das Zeltinnere war erfüllt von Blumenduft, ein Aroma, wie es der Ermittler noch nie gerochen hatte. Vorsichtig blickte er unter Madleens Kopfkissen und schlug die Bettdecke zurück. Unter der Luftmatratze fand er einen weiß-blau-gestreiften Slip. Am rechten Zeltrand lag ein Stapel Kleider. Kastner faltete sie vorsichtig auseinander und hielt sie der Reihe nach hoch. Der alles überdeckende Blumenduft machte ihn ganz wirr im Kopf, doch kam ihm eine Frage in den Sinn, die er schon eine ganze Weile mit sich herumtrug: »Sag mal, Pauline ...« Das Hippiemädchen sah ihn erwartungsvoll an. »Ich habe da so was gehört ...«, er räusperte sich verlegen, »also von so Tätowierungen ...« Pauline lächelte, sagte aber nichts. Deshalb setzte Kastner von Neuem an. »Also, die Madleen war ja tätowiert – und ich hab' gehört, dass ihr alle ... also mit so ... Teufelshörnern ...« Der Polizist schaute Pauline hilflos an.

Ehe Kastner es sich versah, schob das Mädchen sein dünnes Sommerkleid nach oben und den darunter auftauchenden roten Slip nach unten, und vor Kastner enthüllte sich ein lebendes Kunstwerk: Aus der knapp rasierten Scham der jungen Frau wuchsen zwei dunkle tätowierte Hörner, genau so, wie er es bei Madleen Simons Leiche gesehen hatte.

»Sieht das etwa nach dem Teufel aus?«, fragte Pauline den konsternierten Ermittler. Der schüttelte, weiterhin wie hypnotisiert auf den Unterleib der jungen Frau starrend, den Kopf. »Die Hörner«, erklärte Pauline jetzt in beinahe lehrerinnenhaftem Tonfall, »sind ein Symbol.« Kastner nickte benommen. Der Blumenduft, die Nacktheit, war das nicht alles verrückt und unbegreiflich? »Ein Symbol unserer Wehrhaftigkeit«, ergänzte Pauline. »Die haben wir uns stechen lassen, als wir den Zonenhof gegründet haben. Wir wollten ein Zeichen setzen. Dass fortan für jede von uns ein neues Leben beginnt.«

»Ach so, ja dann ...«, meinte Kastner und wandte sich mit starrem Blick wieder den Kleidern der Toten zu.

Als eines der letzten Kleidungsstücke hielt er eine ausgewaschene Jeans hoch. Er wollte sie schon beiseitelegen, da überlegte er es sich anders und legte sie sich auf die Oberschenkel. Aus der rechten Gesäßtasche der Hose zog er einen Fünf-Euro-Schein. Nachdem er diesen wieder hineingesteckt hatte, stießen seine Finger in der linken hinteren Tasche auf ein Blatt Papier. Kastner zog es heraus und entfaltete es. Es war ein Zeitungsartikel.

Kastner las laut vor, was handschriftlich über dem Gedruckten hingekritzelt stand: »›Für den Fall, dass du doch von mir schwanger bist / oder auch sonst. Gruß F.‹ – von wem ist das?«, fragte er in Richtung Pauline.

Diese ließ sich den Zettel geben, sah ihn genau an und sagte dann: »Das ist schon mal nicht Madleens Schrift.«

»Wer ist F.?«, erkundigte sich Kastner. »Und wieso ›schwanger‹?« Auf einmal war er ganz aufgeregt. Hatte ihn sein kriminalistischer Spürsinn doch nicht getäuscht! »Wo ist Madleens Handy?«

»Das müsstet ihr doch haben.«

»Nein, die hatte doch nur ein Spitzenhemdchen an, als man sie gefunden hat. Wo sollte sie da ein Handy hinstecken?«

»Dann wird es der Täter haben. Oder es liegt auf dem Grund

des Sees«, mutmaßte Pauline. »Für was brauchst du das Handy denn?«

»Damit ich sehen kann, ob Madleen diese Nummer schon mal gewählt hat. Oder ob sie in ihrem Handy gespeichert ist.«

Hektisch begann Kastner jetzt das ganze Zelt zu durchwühlen. Vielleicht hatte Madleen das Handy ja gar nicht aufs Seefest mitgenommen. Aber die Suche war vergeblich. Madleens Handy blieb verschwunden.

Obwohl sich Kastner heute »ermittlungsmäßig Weltklasse« fühlte, wie er insgeheim befand, bat er doch Anne, den Anruf bei ominöser Person F. zu übernehmen. »Das mit der Schwangerschaft«, hatte der Polizist befunden, war doch eher Frauensache.

Die Anspannung im Büro der beiden Ermittler war groß, als Anne die Handynummer wählte. Dank Freisprechfunktion konnte auch Kastner hören, wie es achtmal läutete. Dann meldete sich eine männliche Stimme einfach nur mit »Ja«.

»Hallo«, antwortete Anne.

»Wer ist da?«

»Anne. Ich bin 'ne Freundin von Madleen«, log sie. Wenn der Typ etwas mit Madleens Tod zu tun hatte, dann würde er jetzt eine auffällige Reaktion zeigen. Oder er war ein guter Schauspieler.

Der Typ am anderen Ende der Leitung fragte jedoch nur: »Madleen vom Zonenhof?«

»Ja genau.« Fieberhaft überlegte Anne, wie sie das Gespräch weiterführen sollte. Dann entschied sie sich. »Wo bist du 'n gerade?«

Sofort merkte Anne, dass ihrem Gesprächspartner diese Frage komisch vorkam, denn er erkundigte sich jetzt misstrauisch: »Warum ruft eigentlich nicht Madleen mich an?«

»Sie kann nicht.« Wenn der Typ namens F. von Madleens Tod wusste, dann musste er spätestens jetzt irgendein verdächtiges Verhalten zeigen.

Die Reaktion des Mannes, der sich sehr jung anhörte, kam tatsächlich schnell, aber irgendwie war es nicht der Tonfall eines Verbrechers, in dem er fragte: »Ist was passiert? Ist sie schwanger?«

Fuck, dachte sich Anne, was soll ich denn jetzt noch fragen? Ihr Kopf pochte immer noch von ihrem Frustsuff nach dem Telefonat mit Bernhard, sie fühlte sich unfit, und neben ihr saß Kastner, der beide Hände zu Fäusten geballt hatte und sie lautlos anfeuerte, was auch nicht gerade hilfreich war. Sollte sie ihr Inkognito lüften und sagen, dass sie von der Polizei und Madleen vermutlich einem Verbrechen zum Opfer gefallen war? Aber wenn der Typ etwas mit der Sache zu tun hatte, dann verbauten sie sich dadurch alle Wege zu einer vernünftigen Vernehmung.

Dem Gesprächspartner dauerte die Pause anscheinend zu lange, denn er fragte: »Was ist jetzt eigentlich los? Woher hast du meine Nummer?«

»Von Madleen«, sagte Anne. Sie spürte, wie sich der am Vorabend konsumierte Rotwein durch alle Poren ihres Körpers drückte, die erfrischende Wirkung ihrer Morgendusche war viel zu lange schon verpufft. Anne war plötzlich alles zu viel. Zum Teufel mit der Taktik, dachte sie, und sagte: »Sie ist tot.« Jetzt war es draußen. Und Kastner war bestürzt. Hatte Anne gerade alles vermasselt?

»Was?«, schrie der Angerufene entsetzt. Und, darüber waren sich Anne und Kastner hinterher einig, die Überraschung in seiner Stimme hörte sich überhaupt nicht gespielt an.

Auch was dann folgte, klang glaubwürdig. Freimütig gab sich F., nachdem Anne ihn über die wesentlichen Fakten aufgeklärt hatte, als Felix zu erkennen und berichtete über sein kurzes Erlebnis mit Madleen. Offen sprach er darüber, wie sehr Madleen ihn verletzt hatte und wie sehr ihn der Gedanke beschäftigt hatte, das Mädchen könnte – wie es in den alten Mythen von den Amazonen überliefert wurde – tatsächlich nur darauf aus gewesen sein, von ihm geschwängert zu werden. Er gab zu, »einen

Hass auf Madleen geschoben« und durchaus auch finstere Gedanken gewälzt zu haben. Als Anne ihn erneut fragte, wo er sich denn gerade aufhalte, stellte sich aber heraus, dass er von einer anderen Bauernhofkommune aufgenommen worden war, und zwar in Südthüringen.

Felix reagierte nicht gerade begeistert, als Anne ihn aufforderte, innerhalb der nächsten zwei Tage zu einer Zeugenvernehmung nach Bayern zu reisen, aber Anne erklärte ihm, dass an seinem Kommen kein Weg vorbeiführe.

»Und?«, fragte Anne in Richtung ihres Kollegen, nachdem sie aufgelegt hatte.

Der zuckte mit den Schultern. »Klingt alles schlüssig.« Kastner überlegte. »Allerdings ist Thüringen jetzt nicht so weit weg, dass er nicht doch als Täter infrage käme, rein technisch, theoretisch.«

»Weißt du was, Sepp«, meinte Anne jetzt forsch. »Ich glaube, es ist jetzt Zeit für ein paar gezielte DNA-Tests. Dieser Felix, der Bürgermeister, der Scheich und dieser schmierige Aladdin ...«

»Ich tät' gleich alle von der Scheichsbagage abchecken, auch die Leibwächter, Fahrer und so weiter«, unterbrach Kastner sie unwirsch. »Auf einen mehr oder weniger kommt es jetzt auch nicht an.«

»Und den Schlagersänger«, ergänzte Anne.

»Aber der Hirlwimmer ist doch gar nicht da!«, meinte Kastner, augenblicklich hatte sich seine Selbstsicherheit verflüchtigt. Es wurmte ihn immer noch, dass er wegen seines ungeschickten Verhaltens blöderweise auch persönlich in den Fall verstrickt war und dass er dies zu einem guten Teil dem nichtsnutzigen Hirlwimmer zu verdanken hatte.

»Dann besuchen wir eben seine Mutter und holen uns dort ein Haar aus seinem Kamm oder etwas Vergleichbares, das die Jungs von der Gerichtsmedizin verwenden können.«

Da die Liste der Verdächtigen nun wirklich überschaubar und man offensichtlich mit den Ermittlungen ins Stocken geraten war, gelang es Sebastian Schönwetter nach langer Diskussion, das richterliche Einverständnis zu einem personell begrenzten Gentest zu bekommen.

»Da seht's ihr's«, war Kastners einziger Kommentar, als er mit Nonnenmacher und Anne sprach. »Hätt' man gleich am Anfang so einen Gentest gemacht, dann hätt' man sich den ganzen Firlefanz sparen können.«

»Ja, so einem Gentest hätt' ich auch zugestimmt«, rechtfertigte sich der Dienststellenleiter daraufhin, obwohl er sich bisher als heftiger Gegner eines Massentests hervorgetan hatte. »Der betrifft ja jetzt vor allem Fremde, also Individuen, die wo von Haus aus verdächtig sind. Es geht aber nicht, dass man alle Männer in unserem Tal in Sippenhaft nimmt. Es ist ja sowieso ziemlich klar, dass das keiner von uns gewesen sein kann.«

»Und der Herr Wax?«, fragte Anne kritisch nach.

»Ach der«, meinte Nonnenmacher verächtlich. »Klar könnt's sein, dass der was mit dem Scheich gedreht hat, weil ein Sauhund ist er schon. Aber bittschön: Wo soll ein bayerischer Bürgermeister denn so eine gefährliche Vergewaltigungsdroge herbekommen? Der geht ja nicht einmal in die Drogerie, weil das die Frau für ihn übernimmt!«

Die Reaktionen der Männer, die von den Ermittlern dazu aufgefordert wurden, eine Speichelprobe abzugeben, fielen sehr unterschiedlich aus. Am wenigsten Probleme machte der junge Felix. Schwierig erwies es sich, die arabischen Feriengäste dazu zu überreden, an der Prozedur teilzunehmen. Raschid bin Suhail, der Emir von Ada Bhai, der von der Begutachtung der vielen Frauen und dem damit verbundenen Stress fix und fertig war (insgeheim dachte er bereits darüber nach, ob es nicht doch sinnvoller war, den Harem bei seiner bisherigen Größe zu belassen, weil Frauen ja doch auf gewisse Weise anstrengend sind und er schon fünf solcher anspruchsvollen Exemplare bei Laune zu halten hatte), empfand die Aufforderung zu einer Speichelabgabe als Attacke auf seine majestätische Integrität, um nicht zu sagen als Unverschämtheit. Die arabischen Worte, die er von sich gab, als Kurt Nonnenmacher ihm höchstpersönlich die Nachricht überbrachte, hörten sich für die Ohren des Ermittlers in etwa so an: »Jolifanto bambla ô falli bambla! Grossiga m'pfa habla horem. Blago bung, blago bung!«

Dieser beeindruckende Wortschwall verließ sehr lautstark den Mund des arabischen Machthabers, und der Assistent des Scheichs, der mit vollem Namen und trotz aller Vorkommnisse immer noch Aladdin Bassam bin Suhail hieß, weigerte sich auch strikt, eine genaue Übersetzung zu liefern. Die Erklärung, dass es sich um Worte königlichen Unbehagens handle, quittierte Nonnenmacher trocken mit dem Satz: »Da wär' ich jetzt nicht drauf gekommen.«

Aber Nonnenmacher ließ keine Gnade walten. Jetzt war Schluss mit lustig. Als der Emir voller Verachtung in ein Reagenzglas spuckte, kam Nonnenmacher ein Film über Wüstenkamele in den Sinn. Allerdings behielt er diese Assoziation im Sinne reibungsloser Ermittlungsarbeit und natürlich auch um des bayerisch-arabischen Friedens willen für sich. Womöglich hatte der Scheich mit der ganzen Sache wirklich nichts zu tun.

Den im Rahmen der Speicheltests unerlässlichen Besuch beim Bürgermeister der nördlichsten Seegemeinde schob Nonnenmacher allerdings auf die Kollegin Loop ab. Der kommunale Würdenträger Alois Wax hatte sich in den vergangenen Tagen nämlich aufgeführt wie eine trächtige Wildsau. Zum Glück gab es in der Zelle im Keller der Polizeiinspektion nur wenig Möglichkeit zum Randalieren. Da außer der Wolldecke kaum lose Gegenstände vorhanden waren, mit denen der wütende Wax hätte um sich werfen können, hatte sich der durchaus bauernschlaue Politiker darauf verlegt, Radau zu machen.

»Hilfe!«, schrie der verzweifelte Mann, der alle Träume von einer goldenen Zukunft mit schönen Frauen und den Lederhosentaschen voller Geld wie arabisches Wüstenöl zwischen seinen Fingern zerrinnen sah, immer wieder, »Hilfe, hier wird ein ehrbarer Mann seiner Freiheit beraubt!« Mitunter skandierte er auch »Freiheit statt Korruption!« oder »Es lebe der Freistaat! Lasst's mich raus, ich bin immer noch euer Bürgermeister«. Alois Wax verstand sich einfach auf die Vermittlung simpler Parolen, weshalb er auch so häufig als Gemeindevorsteher wiedergewählt worden war.

Immerhin hatte sein Gebrüll zur Folge, dass regelmäßig besorgte Urlauber die Polizeistation betraten und sich erkundigten, ob alles in Ordnung sei.

Nonnenmacher hatte seine Mitarbeiter angewiesen, ihnen zu erklären, dass man im Keller einen seit Jahren gesuchten Psychopathen festhalte. Auf diese Aussage hin waren noch alle Urlauber beruhigt wieder von dannen gezogen. Einmal mehr bewies die bayerische Polizei, dass sie dank ihrer speziellen bayerischen Methoden auch mit schwierigsten Charakteren gut zurande kam und schnell für allumfassende Sicherheit sorgte.

Als Anne, begleitet von Kastner, die Zelle betrat, machte der Bürgermeister gerade eine Pause mit Brüllen. Die letzte lautstarke Tirade, in der er »Gerechtigkeit für einen Unschuldigen« gefordert hatte, hatte ihn viel Energie gekostet.

»Guten Tag«, grüßte Anne den über eine Mischung aus übergroßer Libido und geschäftlicher Selbstüberschätzung gestolperten Mann. »Wir würden jetzt gerne eine Speichelprobe von Ihnen nehmen«, sagte die Polizistin freundlich. Der Würdenträger lag reglos auf seiner Pritsche.

»Der hat die Augen zu«, meinte Kastner, und sofort durchzuckte ihn ein Schreck. »Ist er tot?«

Vorsichtig näherten sich die beiden Polizisten dem Kommunalpolitiker, der eben noch so getobt hatte, dass man es in der gesamten Dienststelle hatte hören können.

»Herr Wax«, sprach die Polizistin den Liegenden an. Kastner rüttelte am Oberkörper des Bürgermeisters. Doch der Angesprochene regte sich nicht.

»Miss mal den Puls«, schlug Anne vor.

Kastner legte eine Hand auf das Herz des Bürgermeisters und sagte nach wenigen Sekunden: »Schlägt.«

»Puh!«, meinte Anne. »Das wäre jetzt noch was gewesen … Wenn der einen Herzinfarkt bekommen hätte …«

»Lassen mir ihn schlafen?«, schlug Kastner vor. »Der wird halt müd' sein von seiner Schreierei.«

»Das geht nicht«, meinte Anne. »Bis wir die Auswertung des Speicheltests haben, dauert es ein paar Tage. Wenn wir den Speichel jetzt nicht bekommen, verlieren wir kostbare Zeit.« Und an den Inhaftierten gerichtet: »Herr Waaax! Aufwachen! Wir brauchen Sie! Speichelprobe! Halllooo!« Keine Regung.

»Ich hab' eine Idee«, sagte Kastner daraufhin. »Mir brauchen ja gar nicht unbedingt seinen Speichel. Ein Haar tut's auch.« Und schon hatte er dem Politiker ein ganzes Büschel ausgerissen, was diesen erstaunlich schnell mit einem lauten »Au!« aus dem Tiefschlaf erwachen ließ. Dass der Bürgermeister sie in der Folge als »korrupte Saubande« beschimpfte, verziehen die beiden Ermittler dem Mann. »Wenn einer so tief gefallen ist«, konstatierte Kastner weise, als er die Zellentür wieder zusperrte, »muss man nicht noch auf seiner Seele herumtrampeln.« Durch die Tür wimmerte derweil der Bürgermeister wie ein kleines Kind. Wer mit viel zu jungen Gespielinnen turtelt und obendrein ins arabische Ölbusiness will, braucht eine Psyche, die cool ist wie der Zugspitzgletscher und noch unverrückbarer als ihr Gipfel.

Mit Anspannung sah die gesamte Ermittlergruppe der Bekanntgabe der Ergebnisse des DNA-Tests entgegen. War es sonst üblich, eher knapp vor der Besprechung das Sitzungszimmer aufzusuchen, saßen an diesem Tag alle Polizisten bereits eine Viertelstunde zu früh im Raum.

Nonnenmacher hatte sogar schon eine halbe Stunde vorher – unter Mithilfe des schwäbischen Kollegen Schmiedle und des Polizeilehrlings Hobelberger – den Raum fliegenfrei gemacht. Schmiedle, der als Allgäuer technischen Neuerungen besonders offen gegenüberstand, hatte eine Spraydose mitgebracht, die aus seinem letzten Campingurlaub in Kroatien stammte und die neben ihrer tödlichen Wirkung auf alle in dem staubigen Raum wohnhaften Insekten im wahrsten Sinne atemberaubend war: Es stank derart nach Chemie, dass sogar der eher unempfindliche Nonnenmacher befahl, die Fenster zum Lüften zu öffnen. Binnen Sekunden waren neue Fliegen im Raum, und der knickrige Allgäuer Schmiedle maulte wegen der Sprayverschwendung herum: »Der hot fei einsneinaneinzig koschtet.« Doch dann verstummte auch er, weil Sebastian Schönwetter mit seiner Kripomannschaft den Raum betrat und dem Rechtsmediziner das Wort erteilte.

Allerdings war das, was dieser zu berichten hatte, nichts weniger als eine Hiobsbotschaft, und zwar vor allem für Anne Loop, Sepp Kastner und Kurt Nonnenmacher: Die DNA keines einzigen Verdächtigen, der zum Test gebeten worden war, stimmte mit derjenigen überein, welche der Arzt in der Vagina von Madleen Simon sichergestellt hatte.

»Das gibt's ja nicht!«, platzte es aus Nonnenmacher heraus. »Nicht einmal die vom Scheich ist gleich?«

»Nein«, stellte der Arzt kategorisch fest.

»It amol a bissle?«, wollte Schmiedle wissen.

Ohne auf die Ausrufe des Erstaunens einzugehen, wandte sich Schönwetter mit ernster Stimme an Anne. »Da muss ich Sie jetzt natürlich schon einmal fragen, Frau Loop, wie Sie das rechtfertigen können. Ein Gentest ist ein massiver Eingriff in die Privatsphäre der Verdächtigen!« Anne wurde rot. Zum ersten Mal in ihrer Laufbahn hatte sie mit einer Entscheidung vollkommen falsch gelegen. »Hinzu kommt, dass wir seit bald zwei Wochen einen Mann in U-Haft halten, der offensichtlich mit dem Todesfall rein gar nichts zu tun hat.«

»Aber mir haben den Wax doch nicht bloß wegen der Mordsache eingesperrt«, sprang Kastner seiner Kollegin bei. »Sondern weil bei dem zusätzlich höchster Korruptionsverdacht besteht. Der ist doch geschmiert worden vom Araber, und das nicht wenig!«

»Herr Wax ist umgehend freizulassen«, befahl Schönwetter,

der nun gar nichts mehr von seiner surflehrerhaften Lockerheit an sich hatte, sondern nun ganz der strenge Vorgesetzte aus der Stadt war, der vermutlich selbst von oben gewaltig Druck bekam.

So kurz wie diese war selten eine Besprechung ausgefallen, seit das Verbrechen das Tal heimgesucht hatte. Alle Teilnehmenden waren froh, den noch immer nach kroatischem Mückengift stinkenden Raum verlassen und sich in ihr Dienstzimmer zurückziehen zu dürfen. Keiner fühlte sich wohl.

Am schlimmsten aber ging es Anne. Letztlich trug sie die Verantwortung für diesen völlig überflüssigen Gentest. Und die junge Polizistin ahnte, dass es nicht lange dauern würde, bis höchste Stellen – vom Polizeipräsidenten aufwärts – sie direkt rügen würden. Schließlich hatte man mit dieser Aktion nicht irgendwelche unbedeutenden Personen eines Sexualverbrechens verdächtigt, sondern einen arabischen Monarchen vom Rang eines Königs, zudem einen weltbekannten Schlagerstar und einen zumindest bislang als unbescholten geltenden, angesehenen Bürgermeister. Derartige Vorkommnisse waren üblicherweise nicht nur ein gefundenes Fressen für die Boulevard-Medien, sondern konnten auch zu diplomatischen Verwerfungen, mithin zu Kriegen führen.

Ratlos starrte Anne auf die Blätter mit den DNA-Sequenzen, die sie sich von Schönwetter hatte aushändigen lassen und die nun ausgebreitet vor ihr auf dem Bürotisch lagen. Gab es nicht vielleicht doch eine Ähnlichkeit zwischen den Genstrukturen der Verdächtigen und den Spermaspuren in der Vagina des Opfers? Eine Ähnlichkeit, die die Wissenschaftler einfach nur übersehen hatten?

»Jetzt hör doch mal auf mit diesem Scheiß!«, fuhr Anne ihren Kollegen Sepp Kastner an, der noch immer mit seiner Dienstwaffe herumfuhrwerkte, als gälte es, sich auf einen Einsatz in Afghanistan vorzubereiten. Aber Kastner war wie paralysiert und klickte und klackte ungerührt weiter. Denn auch ihm war klar, dass ihnen mit diesem niederschmetternden DNA-Ergebnis alle Felle davongeschwommen waren, und zwar nicht im gemütlichen Tempo der Mangfall, sondern mindestens in Lichtgeschwindigkeit. Und auch wenn es Anne war, die die Hauptverantwortung für die ganze Aktion trug, so hing er als ihr wichtigster Helfer und Unterstützer irgendwie mit drin. Was konnten sie tun? Sollte er ihr vorschlagen, gemeinsam mit ihm durchzubrennen? Einfach alle Ersparnisse zusammenzukratzen und irgendwo anders ein neues Leben zu starten? Was wäre mit Jamaika, Bali, Feuerland?

»Jetzt hör endlich mit diesem nervtötenden Geklacker auf!«, schimpfte Anne erneut.

Sofort stoppte Kastner sein Geschraube an der Heckler & Koch, träumte aber dennoch weiter von unendlichen Sandstränden und dem mit sanftem Wellenschlag darauf brandenden türkisfarbenen Meer. Die Sonne schien, und er baute eine Sandburg, während Anne ihm dabei zusah und aus einer Kokosnuss trank. In seiner Vorstellung war ihre wunderschöne Oberlippe schon ganz weiß davon. Und Kastner wusste: Wenn die Sandburg erst einmal fertig wäre, würde er ihr die Kokosmilch von der Lippe küssen, was schmecken würde wie ...

»Ich glaub', ich spinn'!« Mit diesem beinahe gekreischten Ausruf riss Anne den Kollegen nun endgültig aus seinen märchenhaften Gedanken. Während Kastner die ganze Kraft seiner Phantasie dazu aufgewandt hatte, um sich in eine Südseelagune zu träumen, hatte Anne ihren Blick weiter in tiefster Konzentration über die Tabellen und Diagramme gleiten lassen. Und dann war eine Art Wunder geschehen. Denn just in dem Moment, in dem ihr alles vor den Augen verschwommen war, weil es nichts zu erkennen gab auf diesen nichtsnutzigen, völlig überflüssig angefertigten DNA-Sequenzen, just in diesem Moment war ihr Blick auf ein anderes Blatt gefallen, das zufällig auch noch auf ihrem Schreibtisch lag: Es war der Zeitungsartikel, auf dem Felix für Madleen seine Handynummer notiert hatte.

Bislang hatte Anne immer nur die Handschrift des nun nicht

mehr Verdächtigen studiert und versucht, aus der Form der Schrift Schlüsse auf seinen Charakter zu ziehen. Doch nun, da ihr Blick an Konzentration verloren hatte, nahm sie plötzlich den Inhalt des Zeitungsartikels wahr: Er berichtete von einem Kriminalfall aus München.

Dem zufolge hatte die dortige Kripo schon vor Monaten bei einem Mann, den sie wegen eines Drogendelikts verhaftet hatte, ein Handyvideo gefunden, auf dem zu sehen war, wie dieser und ein weiterer Täter sich an einer offensichtlich bewusstlosen Frau sexuell vergingen. Laut Fahndungsbericht vermutete die Polizei, dass die beiden Männer – der deutsche Student Tom Garner und der italienische Pizzabäcker Silvio Massone – ihr Opfer auf dem Oktoberfest kennengelernt, ihm heimlich K.-o.-Tropfen eingeflößt und es dann missbraucht hätten. Die Polizei suche bereits seit Monaten erfolglos nach dem Opfer, ohne dessen Aussage eine Verurteilung äußerst schwierig erscheine, las Anne wie elektrisiert. Am Ende des Berichts stand, dass die Kripo München nun erstmals die Öffentlichkeit um Hilfe bitte. Dies auch, weil man die Männer – mangels Opfer und erhärteter Hinweise – kürzlich aus der Untersuchungshaft habe entlassen müssen.

»Das ist es!«, rief Anne mit einer Bestimmtheit, wie Kastner sie an ihr noch nie beobachtet hatte. »Die waren es, da bin ich mir sicher, hundertprozentig!«

Kastner legte seine Waffe beiseite und rannte um den Tisch herum zum Platz seiner Kollegin. Nachdem auch er den Bericht gelesen hatte, meinte er nachdenklich: »Könnte schon sein. Von der Entfernung her wäre es denkbar. Von München hierher sind's bloß fünfzig Kilometer. Und ob Seefest oder Oktoberfest, das ist g'hupft wie g'schprungen.«

»Ein Täter, der Erfolg mit einem Tatkonzept in München hat, der kann durchaus auf die Idee kommen, das Ganze auch hier bei uns am See auszuprobieren«, fügte Anne hinzu. Sie war wie elektrisiert. Mit einem Ruck schob sie ihren Stuhl vom Tisch weg und sprang auf. »Los, wir müssen handeln!«

»Aber wie?«, fragte Kastner, auch er war plötzlich ganz nervös. »Was müssen mir als Erstes tun? Was als Zweites?«

»Die Kollegen in München«, erwiderte Anne aufgeregt. »Wir brauchen die Kollegen in München. Wir müssen herausfinden, ob diese zwei Typen noch im Land sind. Sonst hauen die uns noch ab!«

Dann ging alles sehr schnell. Denn wie sich herausstellte, war es der Münchner Kripo bislang tatsächlich nicht gelungen, den Studenten Tom Garner und den Pizzabäcker Silvio Massone zu überführen. Es klang verrückt, aber das Mädchen, das die beiden missbraucht hatten, hatte sich noch immer nicht gemeldet. Zuerst hatten die Kripobeamten über alle Medienkanäle mögliche Tatzeugen des Wiesn-Verbrechens dazu aufgerufen, sich zu melden. Als hierauf keine verwertbaren Hinweise eingetroffen waren, war man schweren Herzens sogar so weit gegangen, Bilder der bewusstlosen missbrauchten Frau zu veröffentlichen. Aber auch dieser extreme Schritt hatte nicht dazu geführt, dass sich das Opfer oder jemand, der es kannte, an die Ermittler gewandt hätte.

Jetzt gab es möglicherweise ein weiteres Opfer. Das veränderte die Situation grundlegend. Entsprechend nervös war auch die Münchner Kripo, als Anne und Kastner zur Vernehmung der beiden Verdächtigen ins Polizeipräsidium an der Münchner Ettstraße kamen. Doch der Ausgang war enttäuschend: Tom Garner und Silvio Massone leugneten hartnäckig, etwas mit der Tat am See zu tun zu haben, geschweige denn überhaupt auf dem Seefest gewesen zu sein. Die Verdächtigen, die für Annes Begriffe eine Coolness an den Tag legten, die »zum Kotzen war«, verweigerten nicht nur einen freiwilligen Speicheltest, sie behaupteten obendrein, am Tatabend bei einem befreundeten Wirt in München zu Abend gegessen zu haben und danach sofort nach Hause gegangen zu sein.

Natürlich glaubte Anne den beiden kein Wort. Allerdings ergab eine Überprüfung durch die Münchner Kripo, dass besagtes

Essen tatsächlich am Abend des großen Seefests stattgefunden hatte. Und auch die Mutter des noch zu Hause wohnenden Studenten bestätigte, dass jener in der betreffenden Nacht zu Hause genächtigt habe; jedenfalls, so erklärte sie, müsse er, als sie um sieben Uhr aufgestanden sei, bereits zu Hause gewesen sein. Denn die Tür zu seinem Zimmer sei verschlossen gewesen, und sie meine auch, dass seine Schuhe im Hausflur gestanden hätten.

Doch ganz gleich, was die zwei Männer behaupteten: Annes Bauchgefühl sagte ihr, dass sie es hier mit den Tätern zu tun hatte. Wütend, aber immerhin ausgestattet mit den Fotos der Tatverdächtigen, kehrte sie gemeinsam mit Kastner an den See zurück und konfrontierte Nonnenmacher mit ihrer Theorie. Der aber ließ sie zunächst gar nicht zu Wort kommen, so sehr regte er sich darüber auf, dass Anne und Kastner, ohne ihn zu informieren, in die Landeshauptstadt gefahren waren.

»Ja, wo kommen mir denn da hin?«, brüllte der Dienststellenleiter empört. »Wenn jede Henn' frisst, wann's mag?«

»Ich bin keine Henne«, antwortete Anne trotzig. »Und wir hatten Sorge, dass wir zu viel Zeit verlieren. Dass die Täter über alle Berge sind, ehe wir in München eintreffen.«

»Ja, und jetzt?«, fragte Nonnenmacher höhnisch. »Jetzt seid's genauso schlau wie vorher!«

»Nein!«, wehrte sich Anne. »Immerhin haben wir jetzt Fotos von den beiden. Ich werde diese Typen überführen, das verspreche ich Ihnen!«

»Und warum beantragt's keinen Gentest?«, wollte der Inspektionschef wissen, und es klang nach wie vor abfällig und respektlos.

»Einen freiwilligen haben sie abgelehnt, und ich ... ich will ...« Anne stammelte plötzlich. »Ich möchte nicht ...«

»Das muss man doch auch verstehen«, sprang ihr Kastner bei. »Dass man jetzt nicht noch einmal einen Gentest veranlassen will, wo doch die letzten nicht das erwünschte Ergebnis gebracht haben. Das musst du doch verstehen, oder, Kurt?«

Als Anne den Raum verlassen hatte, meinte Nonnenmacher achselzuckend zu Kastner: »Die ist doch verrückt, oder? Verrückt ist die! Es ist doch erstens total unwahrscheinlich, dass solche Typen so was serienmäßig machen. Die wären ja schön blöd. Zweitens würden bei uns im Tal solche Verbrecher ja wohl sofort auffallen. Und drittens ist für mich sowieso jemand ganz anderer hauptverdächtig.«

»Wer?«, fragte Kastner interessiert.

»Die Araber«, sagte Nonnenmacher, und seine Stimme klang dabei so scharf wie ein herabsausendes Fallbeil.

»Ach Kurt, die haben mir doch alle abgecheckt mit dem Gentest«, setzte Kastner ihm hilflos entgegen. Was der Dienststellenleiter nur immer mit den Arabern hatte! Natürlich hatte so ein Afrikaner insgesamt andere Lebensgewohnheiten als ein Bayer, aber deswegen musste er ja noch lange kein Vergewaltiger sein.

»Einen Schmarren haben mir. Erstens haben mir bloß von dem Scheich und dem halbscharigen Aladdin den genetischen Fingerabdruck. Es kann also durchaus der Koch oder der Diener oder ein Leibwächter gewesen sein. Und zweitens trau' ich dem Araber auch zu, dass der seine Gene irgendwie manipuliert hat, sodass das nicht übereingestimmt hat, obwohl's das in Wahrheit müsste. Wer so einen Haufen Geld hat, der kann sicher auch da rumtricksen – wenn's sogar bei der Tour de France geht.«

»Jetzt red' doch nicht so einen Schafsscheiß! Erstens arbeiten die bei der Tour de France nicht mit Genmanipulation, sondern mit Blutaustausch, Hormonen und Dings. Und zweitens geht das gar nicht«, meinte Kastner. Der Chef nervte ihn. »Außerdem, wie oft soll ich es noch sagen, haben die Araber das doch überhaupt nicht nötig, sich auf so unmenschliche Art Sex zum holen.«

»Denkst du!«, schnauzte Nonnenmacher zurück. »Für den Araber ist der normale Mensch nix wert, und eine Frau schon gar nicht. Das sieht man ja schon daran, wie der seine Frauen aussucht; als wären's Rindviecher auf der Kälberauktion.«

Kastner gab auf. Aber auch er war sich nicht hundertprozentig sicher, ob nicht doch einer der Araber der Täter war. War es ein Fehler, sich auf Annes Bauchgefühl zu verlassen? In seinem tiefsten Inneren musste er sich eingestehen, dass seine unumwundene Begeisterung für die schöne Kollegin durch den negativ ausgefallenen Abgleich zwischen dem Sperma aus dem Intimbereich des Opfers mit dem Speichel der Verdächtigen einen Dämpfer erhalten hatte. Allerdings waren für ihn die Araber eigentlich aus dem Rennen. Eher kam für ihn der Hirlwimmer Hanni infrage, der gar so überstürzt ins Ausland abgehauen war. Der Schlagersänger mit den Cowboystiefeln war ein hinterlistiger Fuchs. Aber wie war es zu erklären, dass der Gentest auch ihn eindeutig entlastet hatte?

SIEBEN

Einzig Anne ließ sich von der Verfolgung ihrer neuen Spur nicht abbringen. Wie eine Staubsaugervertreterin lief sie mit den Fotos der Tatverdächtigen von Tür zu Tür und fragte jeden, ob ihm die beiden Männer nicht bekannt vorkämen. Auch am Supermarkt stellte sie sich auf und ließ niemanden hinaus, der sich nicht wenigstens kurz die Bilder der beiden mutmaßlichen Verbrecher angesehen hatte. Anne war derart besessen von ihrer Idee, dass sie sogar die Besucher des sonntäglichen Gottesdienstes mit ihren Fragen belästigte.

Längst murmelte man in der Polizeidienststelle hinter ihrem Rücken wenig Respektvolles. Kastner versetzte es jedes Mal einen Stich, wenn er hörte, wie Kollegen Anne als überkandidelte Ziege oder als durchgeknallte Alleinerziehende bezeichneten. Als ein Beamter sich bei der Brotzeit sogar zu der Aussage verstieg, Anne brauche nur mal einen, der sie so richtig flachlege, sprang Kastner auf, eilte zur Toilette und übergab sich. Zwar hatte auch er seine Zweifel an Annes Theorie und vor allem daran, dass ihre derzeitige Ermittlungsmethode von Erfolg gekrönt sein würde, aber solche Unverschämtheiten gingen ihm dann doch viel zu weit.

Als schließlich ein Schreiben aus dem Präsidium eintraf, in dem Anne dazu aufgefordert wurde, sich für die ehrverletzenden Eingriffe in die Privatsphäre erfolgreicher bayerischer Politiker und hochrangiger ausländischer Regenten zu rechtfertigen, traf Kastner letztlich für sich den Entschluss, Anne doch bei ihrer Recherche zu unterstützen, und zwar nach allen ihm zu Gebote stehenden Kräften. Fortan putzte auch er die Klingeln im Tal und musste sich nicht selten dumme Sprüche anhören. Der Ruf der Polizei hatte spürbar gelitten.

An einem Freitagnachmittag hatten die beiden dann aber die Nasen endgültig voll. Ohne Anne zu fragen, steuerte Kastner den Dienstwagen in eine Tankstelle, ließ die verdutzte Kollegin ohne Erklärung sitzen und kam zwei Minuten später mit zwei kalten Flaschen Bier zurück.

»Feierabend«, verkündete der Polizist und drückte Anne, die auf dem Beifahrersitz saß, die Flaschen in die Hände. »Die können uns jetzt alle mal.«

Anne bemerkte plötzlich, dass sie den ganzen Tag über viel zu viel gesprochen und gar nichts getrunken hatte.

Kastner lenkte das Auto in nördlicher Richtung durch den Ort, bog dann rechts ab, fuhr bis ans Ende der Straße, forderte Anne auf, auszusteigen, und nach einem kurzen Fußweg saßen die beiden uniformierten Beamten auf einer grünen Wiese und blickten auf den See, dessen Wasseroberfläche sich sachte kräuselte, weil ein sanfter Wind wehte. Ploppend öffneten sie die Flaschen, stießen schweigend an, schauten hinüber auf die Berge und genossen den Augenblick. So saßen und tranken sie, bis die Flaschen leer waren. Dann erhoben sie sich und begaben sich auf den kurzen Weg zum Auto zurück.

Kastner sah Anne vorsichtig von der Seite an. So nah wie jetzt hatte er sich ihr noch nie gefühlt. So harmonisch waren sie noch nie beisammen gewesen. Vielleicht mussten sie häufiger gemeinsam schweigen? Immer stärker spürte er in sich den Drang, Annes feingliedrige gebräunte Hand in die seine zu nehmen, ganz so, als wären sie ein Paar. Sollte er es versuchen? Konnte er es wagen? Schon konnte er den Streifenwagen sehen, gleich war die Chance vorbei.

Just in dem Moment, in dem er seinen Vorsatz in die Tat umsetzen wollte, kam ihnen eine Joggerin entgegen, einen kläffenden Terrier im Schlepptau.

Annes folgendes Verhalten zerstörte die intime Situation. Abrupt durchbrach sie das harmonische Schweigen und rief der Sportlerin ein lautes und angesichts der gerade noch so entspannten Situation viel zu herrisches »Halt!« entgegen.

Die Joggerin blieb stehen, schließlich hatte sie es mit zwei Polizisten in Uniform zu tun. Während Anne die Fotos der verdächtigen Münchner hervorzog und der Läuferin hinhielt, bellte der Hund Kastner an. Verwirrt betrachtete die Joggerin, die nach Weichspüler roch und auf deren geröteten Wangen sich wegen der Anstrengung kleine Schweißperlen gebildet hatten, die Bilder, und Anne fragte sie, ob sie die beiden Männer schon einmal gesehen habe.

Welcher Teufel Anne in diesen Augenblicken geritten hatte, konnte Kastner sich auch in den Folgetagen, in denen er sich diese Situation immer wieder ins Gedächtnis rief, nicht erklären. Er war sich nicht sicher, ob es die Joggerin war, die ihm die einmalige Möglichkeit verdorben hatte, Anne näherzukommen, oder ob sein Plan auch ohne ihr Erscheinen nicht aufgegangen wäre. Hatte Anne seine Absicht, ihre Hand zu ergreifen, gespürt und die Sportlerin nur angesprochen, um seinem Annäherungsversuch zu entgehen? Oder hätte sie ihn sogar gewähren lassen, hätte seine Hand genommen, ihn vielleicht sogar geküsst, aber stattdessen war ihr der eigene Ermittlerinneninstinkt in die Quere gekommen?

Tatsache war – ja, es klingt unglaublich –, dass die Joggerin die Männer auf dem Foto erkannte. Sie war sich zu hundert Prozent sicher, dass sie sie auf dem diesjährigen Seefest gesehen hatte. Einer von beiden – nicht derjenige, der so südländisch aussah, sondern der andere – hatte sie sogar angesprochen und versucht, sie auf seinen Schoß zu ziehen.

Das Wochenende, das es dauerte, bis Anne endlich die richterliche Genehmigung für einen zwangsweisen Speicheltest vorlag, empfand die ambitionierte Ermittlerin als reine Qual.

Aber dann war endlich der Montag da, an dem sie sich vormittags mit Kastner ins Auto setzte, um gemeinsam mit den Kollegen von der Kripo die beiden Verdächtigen aufzusuchen. Den Pizzabäcker Silvio Massone passsten die Polizisten an seinem Arbeitsplatz ab. Widerstandslos ließ er sich abführen.

Doch am Wohnsitz des zweiten Verdächtigen, Tom Garner, trafen sie nur dessen Mutter an, die behauptete, nicht zu wissen, wo ihr Sohn sei.

Während die Kripokollegen mit dem Pizzabäcker ins Polizeipräsidium zurückfuhren, um ihn in die Mangel zu nehmen, blieb Anne gemeinsam mit Kastner bei der Mutter und stellte sie zur Rede.

»Frau Garner, Ihr Sohn steht im Verdacht, zwei furchtbare Verbrechen begangen zu haben. Es geht um die Vergewaltigung zweier junger Frauen. Frau Garner, Sie waren doch selbst einmal ein junges Mädchen ...«

»Mein Sohn war das nicht«, blockte die Frau ab, die verbraucht und alt aussah. »Mein Tom hat zwar früher schon manchmal Mist gebaut, aber so was würde er nie tun.«

»Wo könnte er denn jetzt sein?«

Frau Garner zuckte mit den Schultern. »Seit er studiert, ist er nicht mehr viel daheim.«

Ihre nächste Frage stellte Anne nicht sofort, stattdessen ließ sie sich einige Sekunden Zeit, um die Mutter des Verdächtigen genau zu beobachten. Irgendetwas stimmte nicht an ihrem Verhalten. Frau Garner wich Annes Blick aus und stand auf.

»Wollen Sie etwas trinken?«, fragte sie und wandte ihren Blick dem Fenster zu.

»Wann haben Sie ihn das letzte Mal gesehen?«

»Gestern, nein vorgestern ...« Die Frau stockte. »Ach, ich weiß es nicht mehr genau, Sie bringen unser ganzes Leben ...« Frau Garner konnte ihren Satz nicht vollenden, ein lautes Rumpeln von oben hielt sie davon ab.

Noch einmal suchte Anne den Blick von Frau Garner, dann fragte sie hastig: »Was war das?«

»Ich weiß nicht.« Die graue Gesichtsfarbe der Frau wechselte in ein violettes Rot. Sie stand jetzt am Fenster und zupfte nervös an dem gehäkelten staubigen Vorhang.

»Wohnt da noch jemand über Ihrer Wohnung?«, erkundigte sich Kastner, der sich bislang zurückgehalten hatte. Bei dem

Haus handelte es sich um ein zweistöckiges Gebäude im Münchner Osten, ein typisches Vorstadthaus, nach dem Krieg erbaut, kleines Grundstück, einfache Nachbarn.

»Ja … also nein …«, stammelte die Frau und fuhr sich nervös durch das schulterlange graue Haar. »Also schon …«

»Also was?«, fragte Anne vorwurfsvoll.

»Der Marder …«, erwiderte Frau Garner, »und Mäuse.«

»Und die machen so einen Krach!«, fuhr Kastner Tom Garners Mutter an. Er stand auf, machte einige Schritte auf sie zu, und als er direkt vor ihr stand, sagte er: »Frau Garner, ich empfehle Ihnen, uns nicht anzulügen. Wo geht's zum Dachboden?«

Der Frau entfuhr ein Seufzer, dann sagte sie: »Zur Wohnungstür raus und die Treppe hoch …« Eine Träne kullerte ihr aus dem rechten Auge. Sie wandte sich ab.

Als Kastner sich auf den Weg machen wollte, stoppte Anne ihn. »Ich mach' das. Ich schau da nach. Bleib du hier.«

»Anne, der Typ ist gefährlich!«, gab Kastner zu bedenken. »Vielleicht sollten wir erst Verstärkung anfordern.«

»Stell du dich ins Treppenhaus«, wies Anne ihn an. »Dann hast du sie im Auge«, die Polizistin deutete mit ihrem Kopf in Richtung der still vor sich hin weinenden Mutter, »und kannst mich absichern.«

»Soll nicht lieber ich …?«, versuchte es Kastner noch einmal.

Doch Anne hatte noch eine Rechnung offen. Es war eine Rechnung mit sich selbst: Die Scham über die Niederlage mit dem überflüssigen Gentest saß noch immer tief. Aber sie war ehrgeizig. Sie brauchte Pluspunkte. Nicht wegen des Präsidiums, wegen Nonnenmacher oder irgendwem sonst. Es ging nur um sie selbst. Sie hatte in diesem Fall ins Klo gegriffen. Und jetzt bot sich eine Möglichkeit, ihre Ehre wiederherzustellen.

»Es hat etwas mit Selbstachtung zu tun«, sagte Anne jetzt. Kastner verstand nicht. Er schaute verstört in ihre Richtung. Doch Anne war bereits im Flur der Wohnung und öffnete die Tür zum Treppenhaus. Dort zog sie die Waffe aus dem Holster, entsicherte sie und eilte mit leisen Schritten, immer mehrere Stufen auf einmal nehmend, die zwei Treppen in das Dachgeschoss hinauf. Oben, vor der schweren hellgrauen Metalltür, blieb sie einen Augenblick stehen und lauschte. Hinter der Tür war nichts zu hören. Unten stand jetzt Kastner bereit. Die Pistole in der rechten Hand, legte Anne die linke auf die schwarze Klinke. Dann zog sie die Dachbodentür vorsichtig auf – und zuckte sofort erschrocken zusammen, als dabei ein vernehmbares Quietschen ertönte.

»Fuck«, flüsterte Anne und ging hastig links vom Türrahmen in Deckung.

»Soll ich nicht doch hochkommen?«, raunte Kastner von unten herauf. Das, was sie hier taten, entsprach überhaupt nicht den Vorschriften, es war Wahnsinn.

Anne antwortete nicht, sondern horchte. Ihr Herz pochte. Im Dachgeschoss war es still. Keine Lampe brannte. Das spärliche Licht, das die Tiefe des Raums schemenhaft erahnen ließ, kam vermutlich von einem Dachfenster.

»Herr Garner«, rief Anne ins Halbdunkel hinein. Keine Antwort. »Herr Garner, ich bin Anne Loop – von der Polizei. Falls Sie hier oben sein sollten ...«, Anne hielt kurz inne. Hatte ihre Stimme gerade gezittert?, »... dann sollten Sie jetzt schleunigst herauskommen. Wir haben nämlich ein paar Fragen an Sie.« Keine Reaktion. War es doch der Marder gewesen?

»Anne, jetzt komm runter, ich fordere Kollegen an, die sollen den Dachboden durchsuchen.« Kastner klang nervös. Anne antwortete nicht auf seinen Vorschlag. Vielmehr machte sie drei schnelle Schritte: einen hin zur Mitte, einen nach vorn in den schlecht beleuchteten Dachboden hinein und sofort wieder einen nach links. Es rumpelte, und Anne entfuhr ein lautes »Au!«, als sie mit voller Wucht in ein halb hohes Metallschränkchen hineinkrachte. Ihr Oberschenkel brannte vor Schmerz. »Scheiße!«, entfuhr es ihr.

»Anne, alles okay?«, fragte Kastner nach oben. Seine Stimme klang hilflos. Anne nickte reflexartig. Dann versuchte sie, sich zu orientieren. Der Dachboden schien aus einem einzigen großen Raum zu bestehen, der vollgestellt war mit dem üblichen Gerümpel: Schränke, ein Fahrrad, Umzugskartons, Koffer. In der Mitte hatte Frau Garner – oder wer auch immer – einen schmalen Gang freigelassen, der direkt auf ein Fenster zulief. Anne lauschte. Nichts. Wie gefährlich war, was sie hier tat? War Tom Garner hier? War er bewaffnet? Würde er auf sie schießen? Konnte sie das verantworten? Anne dachte an ihre Tochter. Lisa hatte schon keinen Vater ...

»Sepp«, rief Anne unwillkürlich zu Kastner hinaus.

»Ja?«, kam es von unten zurück.

»Ach nix«, sagte die Polizistin jetzt, aber zu leise, als dass Kastner es hätte hören können. Dann schloss Anne kurz die Augen und schlich katzengleich, halb in der Hocke und mit der Pistole im Anschlag, den Gang in Richtung des Fensters. Bei jedem Schritt, den sie machte, sah sie erst nach links, dann nach rechts. Erst nach links, dann nach rechts. Es roch nach Staub und – Tod. Anne hustete. Von Tom Garner keine Spur. Als Anne ganz vorn am Fenster war, entspannte sich ihr Körper. Sie warf einen kurzen Blick durch das schmutzige Glas und erblickte einen handtuchgroßen Garten. Dann drehte sie sich um, rief: »Alles in Ordnung Sepp, der ist hier nicht« und schritt zur Dachbodentür zurück.

Sie hatte sich geirrt.

Auf halbem Weg rumpelte es plötzlich rechts hinter ihr, und ehe Anne sich umdrehen konnte, spürte sie, wie sich etwas um ihren Hals legte und ihr die Luft raubte. Anne ächzte. Ihr wurde schwindelig. Sie spürte starken Druck auf den Augen.

Aber sie spürte auch Hass. Es war derselbe Hass, den sie bis heute gegenüber dem Mann empfand, der ihren Vater – er war ein angesehener Richter gewesen – im Gerichtssaal erschossen hatte. Damals war Anne zwölf gewesen. Es war derselbe Hass, den sie gegenüber dem Lehrer verspürt hatte, der sie, als sie sechzehn war, dazu überredet hatte, mit ihm Sex zu haben. Ein klarer Fall von Nötigung, eine Schande.

Die Schlinge – es musste ein Strick sein – schnitt sich tief in die Haut an Annes Hals. Sie wusste, dass es nur noch Sekunden dauern würde, bis sie das Bewusstsein verlor. Sie erahnte bereits den Frieden, der dort auf sie wartete, und war kurz davor, sich dem lockenden Sog hinzugeben.

Stopp! Plötzlich hatte sie wieder das Bild vor Augen, wie ihr Vater, getroffen von der Kugel seines Mörders, ächzend vom Stuhl sackte. Durch den Hass auf alles Böse in der Welt, der sogleich wieder in ihr aufstieg, konnte sie neue Kräfte mobilisieren. Blitzartig und mit letzter Kraft ging Anne in die Knie, beugte ruckartig den Kopf nach vorn und schleuderte den Angreifer über ihren Kopf hinweg.

Augenblicke später spürte sie, dass wieder Luft durch ihre Kehle drang. Sie war zurück im Leben. Und ehe der Angreifer in der Lage war aufzustehen, sprang sie ihm mit den Knien auf den Brustkorb, dass es krachte. Sollen deine Rippen ruhig brechen, du Sau!, dachte Anne. Oder hatte sie es sogar gezischt? Mit ihren Händen umfasste sie seinen Hals, drückte wie von Sinnen mit beiden Daumen auf den Kehlkopf – und dann war Ruhe. Stille. Nichts.

Schnaufend und mit Entsetzen in den Augen starrte Anne auf den am Boden liegenden Kerl. Als wäre er kilometerweit weg, hörte sie Kastner rufen: »Anne! Anne, alles okay bei dir?«

Anne war unfähig zu antworten. Mit beiden Händen klatschte sie dem leblosen Tom Garner auf die Wangen.

»Hey«, fauchte sie ihn an. »Hey, hey, hey, aufwachen! Wach auf, du Sack! Was ist mit dir?«

Doch der Student rührte sich nicht.

»Anne!«, rief jetzt Kastner erneut von unten. Dann hörte die Polizistin, wie er die Treppe heraufgeeilt kam, und plötzlich stand er, die Dienstwaffe im Anschlag, im Türrahmen. Weil es im Flur heller war als auf dem Dachboden, sah Anne nur die schwarze Silhouette seines Körpers.

»Alles okay?«, erkundigte sich ihr Kollege. Anne zuckte mit den Schultern. Kastner fragte: »Was ist mit ihm?«

»Ich weiß nicht«, Anne stockte, »ich weiß nicht, vielleicht ist er tot. Ich habe ... ich bin ... vielleicht bin ich ...« Kastner kniete sich neben sie und den leblos daliegenden Studenten und starrte sie an. »... ausgerastet«, vollendete Anne ihren Satz.

»Ausgerastet?«, fragte Kastner ungläubig. »Ist er wirklich tot? Hast du ... ihn ...?«

»Die Sau hat mich von hinten angesprungen, der hat mich fast erwürgt.« Anne klang hilflos.

»Warte mal ... Geh weg.« Kastner schob Anne beiseite und versuchte, Tom Garner wiederzubeleben. Während er Garners Brustkorb mit einer Herzdruckmassage bearbeitete, ächzte er: »Ruf die anderen, einen Arzt. Schnell, Anne!«

Keiner machte ihr einen Vorwurf dafür, wie sie mit dem Studenten Tom Garner verfahren war. Doch allein die Tatsache, dass Sebastian Schönwetter sie sofort nach dem Vorfall für unbegrenzte Zeit in Sonderurlaub geschickt hatte, sagte ihr, dass auch den anderen nicht entgangen war, dass ihr die Sache entglitten war.

Das Schlimmste aber war ihre innere Stimme, die sie in den vielen freien Stunden, die sie ja nun aufgrund der Dienstbefreiung hatte, mit der Frage traktierte, wie es ihr hatte passieren können, dass sie derart die Kontrolle über sich verlor. War sie ein »Psycho«? Dann war da noch diese andere Stimme in ihr, die sie darauf hinwies, dass der Hass, der sie just in dem Moment überkommen hatte, als Garner ihr die Schlinge um den Hals gelegt hatte, dass es dieser Hass war, dem sie es zu verdanken hatte, dass sie noch am Leben war.

Garner hätte sie umgebracht, das war klar. Und jetzt musste er vielleicht selbst sterben. Die Ärzte beurteilten seinen Zustand als kritisch. Der Tatverdächtige lag im Koma. Anne dachte an Garners Mutter. Sie hatte sie und Kastner belogen, natürlich hatte sie das! Womöglich wäre alles anders gekommen, wenn die Mutter zugegeben hätte, dass ihr Sohn sich auf dem Dachboden versteckt hatte. Dann wäre Anne niemals allein dort hinaufgegangen. Aber, das war auch klar: Anne hatte gegen die Vorschriften verstoßen. Niemals hätte sie sich allein in diese gefährliche Situation begeben dürfen.

Anne hatte einen Fehler gemacht. Einen Fehler, den womöglich ein anderer mit dem Leben bezahlen würde.

An Tag eins von Annes Zwangsurlaub knöpften sich Schönwetter und Kastner den zweiten Verdächtigen vor. Doch Silvio Massone leugnete hartnäckig, irgendetwas mit der Tat zu tun zu haben. Dies änderte sich auch nicht, als den Ermittlern das Ergebnis des DNA-Vergleichs vorlag. Zwar gab es keine genetische Übereinstimmung zwischen dem Speichel des Pizzabäckers und den an Madleen Simon festgestellten Spermaspuren. Aber die Haarprobe des im Koma liegenden zweiten Tatverdächtigen brachte ein eindeutiges Ergebnis: Tom Garner hatte in Madleen Simons Todesnacht mit ihr Sex gehabt. »Jetzt haben wir ihn«, hatte Kastner hervorgestoßen, als er von dem Ergebnis des Tests erfuhr, er war begeistert und erleichtert zugleich. Immerhin gab Silvio Massone jetzt zu, dass »sein Kumpel« mit Madleen Simon geschlafen habe. Aber das sei freiwillig gewesen. Und er selbst habe damit rein gar nichts zu tun.

Die Ermittler glaubten ihm kein Wort.

Am zweiten Tag nach Annes Ausraster staunte Sebastian Schönwetter nicht schlecht, als die Polizistin plötzlich im Vernehmungsraum stand.

»Was wollen denn Sie hier, Frau Loop?«, fragte er.

Anne registrierte genau den Tonfall, in dem der Kripochef sie ansprach: als hätte er ein unmündiges Kind vor sich, als wäre sie nicht ganz zurechnungsfähig.

»Ich bin wieder okay«, antwortete Anne knapp. »Ich will bei den Vernehmungen dabei sein.«

Schönwetter runzelte die Stirn. »Lassen Sie uns kurz rausgehen.« Und zu Silvio Massone gewandt sagte er: »Sie können in der Zwischenzeit eine rauchen, ich bin gleich wieder da.«

Kastner blieb bei Massone, erhob sich aber und öffnete das Fenster.

Nachdem er die Tür geschlossen hatte, redete Schönwetter eindringlich auf seine Kollegin ein. »Frau Loop, Sie sollten jetzt erst einmal zur Ruhe kommen. Das war sehr viel auf einmal für Sie. Sie müssen sich schonen. Sie wären bei dem Einsatz fast ums Leben gekommen.«

»Mir geht es wieder gut«, erwiderte Anne trotzig. »Ich will dabei sein.«

»Sie sind traumatisiert. Schauen Sie sich doch bitte Ihren Hals an! Der Mann hätte sie fast umgebracht. Und Sie ...« Er vollendete den Satz nicht.

»Und ich?«, fragte Anne vorwurfsvoll. Ihr Hals wies tatsächlich schlimme Schürfungen auf und Würgemale in den Farben Violett, Blau und Gelb. »Sie glauben wohl, dass ich ausgerastet bin, wie? Dass ich nicht ganz dicht bin? Bin ich aber. Ich kann klar denken. Ich will hier mitmachen.«

»Ich kann dafür aber nicht die Verantwortung übernehmen«, antwortete Schönwetter hilflos. »Wenn Sie traumatisiert sind ...«

»Ich übernehme die Verantwortung dafür. Ich allein. Ich kann das«, sagte Anne und ging, ohne auf Schönwetter Rücksicht zu nehmen, in den Vernehmungsraum, wo sie sich auf den Stuhl neben Sepp Kastner setzte, der sie mit einer Mischung aus Zärtlichkeit und Befremden anblickte. Zögerlich folgte Schönwetter der jungen Frau und nahm ebenfalls Platz.

»Er sagt, dass das Opfer freiwillig mit dem Garner Sex gehabt hat«, brachte Kastner Anne auf den Stand der Ermittlungen.

»Und was ist mit dem Liquid Ecstasy, das Frau Simon im Blut hatte?«, ging Anne den Italiener scharf an, woraufhin der nur cool mit den Schultern zuckte und ihr Rauch ins Gesicht blies.

»Weiß ich nix von.«

Der Rest der Vernehmung brachte die Ermittler auch keinen Schritt weiter. Silvio Massones Auftreten blieb arrogant, zur Sache äußerte er sich nicht, und wegen seines machohaften Getues hätte Anne ihm am liebsten die Fresse poliert. Da sie aber schon einmal ausgerastet war, hielt sie sich zurück.

Direkt im Anschluss zog sich die Polizistin um und ging in den Fitnessraum im Keller der Dienststelle. Nach einer Dreiviertelstunde fühlte sie sich völlig ausgepowert. Mit einer Apfelschorle in der Hand nahm sie an ihrem Tisch im Dienstzimmer Platz und studierte noch einmal aufmerksam die gesammelten Akten zu dem Fall. Unversehens stieß sie dabei auch auf die Seite mit der rechtsmedizinischen Beschreibung des Zustands von Madleen Simons Leiche. Im Gutachten las sie, dass an der Hand der Toten Schmauchspuren gefunden worden waren. Schmauchspuren, die vom Gebrauch einer Schusswaffe stammen mussten. Das hatte sie völlig vergessen. War dies nicht eine Information, die sie zumindest einen kleinen Schritt weiterbringen konnte?

Vor der nächsten Vernehmung veranlasste Anne eine ärztliche Untersuchung des Verdächtigen Silvio Massone. Und tatsächlich stellte der Kollege von der Rechtsmedizin eine frische Vernarbung am Oberschenkel des Pizzabäckers fest, eine Narbe, die »mit an Sicherheit grenzender Wahrscheinlichkeit« – so umständlich drückten sich nur Ärzte und Anwälte aus – von einem Streifschuss stammte.

Endlich hatten die Ermittler etwas in der Hand, um den Italiener unter Druck zu setzen. Natürlich konnte Massone keine glaubwürdige Begründung für die frische Narbe liefern.

»Sie sagen, dass Madleen Simon freiwillig Sex mit Ihrem Kumpel hatte.« Der Pizzabäcker zuckte gleichgültig mit den Schultern. »Aber ich habe da eine ganz andere Theorie«, fuhr Anne fort. Mit festem Blick fixierte sie den mutmaßlichen Täter. »Ich glaube, dass Sie Frau Simon mit einer Waffe zum Sex gezwungen haben. Und dass sich dabei ein Schuss gelöst hat, der Sie verletzt hat.«

Noch immer lächelte der Italiener die Polizistin höhnisch an und erwiderte in seinem gebrochenen Deutsch: »Iche habe mit alles nixe zume tun.«

Ohne auf seine Erwiderung einzugehen, ließ Anne nun eine

Theorie vom Stapel, die den zwischendurch wieder halbwegs beruhigten Sebastian Schönwetter – vor allem auch wegen Annes gutem Einfall mit den Schmauchspuren – erneut an der geistigen Gesundheit der Polizistin zweifeln ließ und Kastner obendrein die Schamesröte ins Gesicht trieb.

Anne sagte nämlich: »Doch, Herr Massone, dass Sie verletzt wurden, ist ja gar nicht alles. Wie Ihr Freund Tom Garner wollten nämlich auch Sie Sex mit Madleen Simon. Aber die Sache lief nicht so, wie Sie sich das vorgestellt hatten. Madleen Simon war nämlich eine starke Frau. Stärker als Sie. Sie hat sich gewehrt. Sie hat auf Sie geschossen. Und weil Sie ein Problem mit starken Frauen haben, haben Sie – im Gegensatz zu Ihrem Freund – am Ende keinen hoch bekommen!«

Silvio Massone starrte die Polizistin an, als hätte sie ihm mitgeteilt, dass seine Frau und sie Lesben seien und demnächst heiraten würden.

Doch Anne fuhr fort: »Und ich sage Ihnen noch etwas: Der einzige Grund dafür, dass von Ihnen keine Spermaspuren am Tatopfer zu finden sind, ist der, dass Ihr kleiner Pipipeter«, Anne hielt Zeigefinger und Daumen ihrer rechten Hand etwa ein Daumenbreit auseinander, »schlaff war wie eine rohe Thüringer. Mein lieber Herr Massone, Sie konnten einfach nicht, Ihre Manneskraft hat versagt!«

Triumphierend stellte Anne fest, dass Massone sich zutiefst provoziert fühlte. Seine Lässigkeit von gerade eben war verschwunden. Aus seinem Blick sprach die Mordlust eines Raubtiers. Doch noch schwieg er. Ein bisschen mehr Öl noch, dachte sich Anne, dann haben wir ein loderndes Feuer der Wahrheit. Beinahe reglos beobachteten Schönwetter und Kastner die verbalen Schachzüge ihrer Kollegin.

»Haben Sie sonst auch Potenzprobleme?«, stichelte Anne weiter. Dann wandte sie sich Schönwetter und Kastner zu. »Vielleicht sollten wir seine Frau vorladen?«, schlug sie vor. »Die kann uns sicherlich etwas zu den Steherqualitäten von Signore Silvio Massone sagen, was meint ihr?«

»Meine Frau bleibte ausse Spiel!«, fuhr jetzt endlich der Verdächtige dazwischen.

»Ihre Frau bleibt eben nicht aus dem Spiel. Sepp, geh raus und schick zwei Kollegen zu Frau Massone, ich möchte von ihr persönlich hören, wie das für sie ist, dass ihr Mann keinen hochkriegt.«

»Iche kriege alles hoch!«, rief der Italiener. Er war jetzt vollkommen außer sich wegen all der Beleidigungen, die die junge Polizistin ihm zugefügt hatte.

Minuten später hatten die Ermittler ein Geständnis, das den Fall zwar nicht löste, aber sie doch ein großes Stück weiterbrachte. Es dürfte sich hierbei um eines der ersten Geständnisse der bayerischen Polizeigeschichte handeln, das beinahe durchgehend gebrüllt wurde.

»Natürlich hätte iche es diese Maddalena auch besorgt. Das du kannste glaube mir. Aber diese durchgeknallte Ossi-Tussi hatte ja auf eine Male geschosse wie wild. Iche bin doch nixe lebemüde! Denke nur, Frau Polizist, Tausende Frauen wolle mit mir schlafe, auch deutsche, da musse iche doch nix schlafe mit Frau, wo schießt! Bine iche bescheuert?«

Dank dieser Aussage bestätigte sich die Vermutung der Ermittler: Madleen Simons Tod stand in unmittelbarer Verbindung mit Sex. Und zwar Sex, bei dem Gewalt mit im Spiel war.

Doch dies war nicht der einzige Glücksfall, der die Polizisten beflügelte. Denn am nächsten Tag erhielten sie eine Nachricht aus dem Krankenhaus, die vor allem Anne unbeschreiblich erleichterte: Tom Garner war aus dem Koma erwacht. Und wie es den Anschein hatte, würde er von dem fast tödlichen Zweikampf mit Anne keine langfristigen gesundheitlichen Schäden davontragen. Seine Vernehmung wurde gleich für den Folgetag ins Auge gefasst.

Als Anne das Krankenzimmer in Begleitung von Sebastian Schönwetter und Sepp Kastner betrat, war sie überrascht, nicht nur die Mutter des Verdächtigen neben dessen Bett sitzen zu sehen, sondern auch noch einen Fremden. Der Mann im dunklen Anzug mochte um die vierzig sein, obwohl seine Haare bereits fast weiß waren. Doch das Gesicht des Anwalts, denn das war er, wie sich herausstellte, war wesentlich jünger. Und offensichtlich hatte der Strafverteidiger bereits ganze Arbeit geleistet, denn er ließ es gar nicht erst zu einer Befragung kommen: Sein Mandant sei noch schwach, man müsse ihn bitte schonen. Aber er, der Anwalt, habe schon eine schriftliche Erklärung seines Mandanten aufgesetzt, die, so viel könne er verraten, in weiten Teilen als Geständnis einzuordnen sei. Er bitte die Ermittler aber trotzdem noch um ein wenig Zeit, er wolle mit seinem Mandanten das Ganze noch einmal detailliert durchsprechen.

Tatsächlich hielt der Anwalt Wort. Am nächsten Tag verlas Sebastian Schönwetter vor dem versammelten Ermittlerteam eine umfassende und von Tom Garner mit krakeliger Schrift unterzeichnete Erklärung:

»Ich, Tom Garner, gebe diese Erklärung ab, weil ich Angst habe, dass man mich des Mordes an Madleen Simon beschuldigen könnte. Ich bin aber kein Mörder. Nicht einmal ein Totschläger. Die ganze Sache ist ein Unglück, das nie hätte passieren dürfen. Um dies verstehen zu können, will ich zunächst die Ereignisse des ganzen Abends, der dem Unglück vorausging, schildern:

Mein Freund Silvio Massone und ich haben an besagtem Abend in München bis etwa einundzwanzig Uhr zu Abend gegessen. Dann sind wir an den See gefahren, wo wir uns auf dem Fest unter die Leute gemischt haben. Dort habe ich auch Madleen Simon kennengelernt. Wir haben uns gut verstanden. Madleen war schon ziemlich betrunken. Trotzdem hat sie vorgeschlagen, gemeinsam schwimmen zu gehen. Sie kenne eine schöne Stelle. Also sind wir an das Ufer unterhalb von Gut Kaltenbrunn gefahren. Silvio war auch mit dabei, er kann alles bezeugen.

Als wir dort waren, wollte Madleen nicht mehr schwimmen, da sie es zu kalt fand. Wir saßen nebeneinander und haben auf den See und seine Ufer geschaut, die wegen des Festes vor lauter Lichtern nur so funkelten. Es war romantisch. Da hat Madleen angefangen, mich zu küssen. Ich sage dies ausdrücklich: Sie war es, die mit den Zärtlichkeiten begonnen hat. Wir haben zuerst nur im Sitzen geknutscht. Dann haben wir uns aber in den Kies gelegt, und irgendwann habe ich mir die Hose und Madleen ihr Kleid ausgezogen und wir haben miteinander geschlafen. Ich betone, dass das zu hundert Prozent freiwillig war!

Silvio ist währenddessen im Auto gesessen und hat, glaube ich, gekifft oder sich sonst was reingepfiffen. Wir waren schon fast am Einschlafen, da ist der Silvio plötzlich mit einer Pistole dagestanden und hat von Madleen verlangt, dass sie jetzt auch mit ihm schläft. Ich glaube nicht, dass er das ernst gemeint hat. Er ist eigentlich nicht brutal oder gewalttätig. Silvio hat auch noch gesagt, dass wir Brüder seien und alles teilen würden, auch die Frauen.

Obwohl das natürlich Quatsch ist, hat Madleen sich nicht direkt geweigert, mit ihm zu schlafen, sie hat aber gesagt, dass wir erst etwas trinken und einen Joint rauchen sollten. Damit war Silvio einverstanden, und er hat Dope und eine Dose mit einem Wodka-Mixgetränk geholt. Anschließend hat er sich neben Madleen und mich gesetzt und einen Joint gedreht.

Madleen hat von dem Mixgetränk getrunken und auch mitgeraucht. Dann hat sie völlig überraschend die Pistole, die Silvio neben sich in den Uferkies gelegt hatte, gezogen und ihn bedroht und beleidigt.

Weil ich mir nicht sicher war, ob Madleen das jetzt ernst meint oder nicht, weil sie doch schon ziemlich besoffen und bekifft war, habe ich versucht, ihr die Waffe aus der Hand zu reißen. Dabei hat sich ein Schuss gelöst, der den Silvio gestreift hat. Wegen des Bluts an seinem Bein ist der Silvio total durchgedreht – wahrscheinlich auch wegen der Drogen, die er genommen hat.

Und ziemlich gleichzeitig hat bei Madleen die Wirkung von dem GHB eingesetzt. Ich habe das nicht gewusst, aber der Silvio hat, als er im Auto war, heimlich GHB in die Dose mit dem Wodka gemischt. Für Madleen war das wahrscheinlich zu viel. Sie ist plötzlich bewusstlos geworden.

Ich kann mir vorstellen, dass der Silvio mit der Madleen dann eigentlich schon noch schlafen wollte. Aber die hat schon wie tot gewirkt. Das wundert mich, weil sonst, wenn wir Frauen Liquid Ecstasy gegeben haben, sind die immer noch relativ fit geblieben. Normalerweise bewegen sich die Frauen noch und machen auch mit beim Sex. Ich glaube deshalb, dass Madleen noch sehr viel anderes Zeug genommen hat. An dem GHB von uns kann es nicht liegen, dass sie gestorben ist. Die Dosis Liquid Ecstasy, die sie genommen hat, war garantiert nicht zu hoch.

Nachdem die Madleen sich also nicht mehr gerührt hat, haben wir sie gerüttelt, aber die gab keinen Mucks mehr von sich. Ich habe Mund-zu-Mund-Beatmung probiert, stabile Seitenlage und das alles. Ich bin mir total sicher, dass Madleen zu diesem Zeitpunkt schon tot gewesen ist. Eine Rettung habe ich nicht mehr für möglich gehalten. Also haben wir überlegt, was wir tun sollen. Wir sind zu dem Schluss gekommen, dass wir Madleen am besten in den See werfen. Wir konnten sie sowieso nicht mehr retten. Sie war tot. Und so würde es dann wenigstens so aussehen, als sei sie ertrunken, dachten wir uns. So war es.

Es tut mir leid. Es hört sich komisch an, aber ich habe mich an diesem Abend in Madleen verliebt. Der unglücklichste Mensch der Welt, das bin ich. Und Silvio hat das mit dem GHB sicher nicht mit Absicht gemacht. Das Ganze ist einfach dumm gelaufen.«

»Dumm gelaufen«, wiederholte Anne Loop. Und Kurt Nonnenmacher, der genauso wie Sepp Kastner, der Polizeilehrling Hobelberger und die anderen Polizisten der Dienststelle schweigend zugehört hatte, meinte nur: »Scheiß Designerdrogen.«

EPILOG

Das Geständnis von Tom Garner und die bisher festgestellten Fakten führten dazu, dass weder er noch Silvio Massone wegen Mordes verurteilt wurden. Ins Gefängnis kamen die beiden dennoch, daran konnte auch ihr versierter Rechtsanwalt angesichts der ihnen später nachgewiesenen Oktoberfest-Vergewaltigungen nichts ändern.

Nicht unerwähnt bleiben soll, dass sich Anne Loop nach Abschluss des Falls mit besagtem Strafverteidiger zu einem, wie der Jurist es auf die seinem Berufsstand eigene einfühlsame Art formulierte, »unverbindlichen Kaffee« verabredete. Anne sah diesem Termin nicht ohne Herzklopfen entgegen.

Bereits Wochen vorher beendete der Scheich von Ada Bhai sein Casting. Was am See keinen überraschte, war die Tatsache, dass sich bei dem Wettbewerb die Einheimische Theresa Sonntag durchgesetzt hatte – und keines »dieser ostdeutschen Flittchen«, wie man hier und da an Stammtischen hören konnte.

Dass die vermeintlichen Flittchen insgesamt bei der bayerischen Bevölkerung gut ankamen, soll an dieser Stelle aber auch nicht verschwiegen werden. Die Bürgermeister im Tal, darunter auch der mysteriöserweise noch immer amtierende Alois Wax, verzeichneten in den folgenden Monaten dreißig Prozent mehr Hochzeiten als zu normalen, also araberfreien Zeiten. Etwa zehn Monate nach der Ankunft der Amazonen erblickten zudem im nahe gelegenen Kreiskrankenhaus auffällig viele bayerisch-sächsische Kinder das Licht der Welt.

Die Amazonen hatten den bayerischen Männern einfach nicht widerstehen können. Aus körperlicher Anziehung war nicht selten Liebe geworden. Und da die meisten Sächsinnen den See und die Berge nicht mehr verlassen wollten, beschlossen Pauline und ihre Gefährtinnen, das Kommunenleben zu beenden; einige von ihnen heirateten sogar.

Für viele im Tal war es eine unglaubliche Entwicklung, aber auch Hanni Hirlwimmer entschied sich für die Ehe. Während der romantischen Lagerfeuerabende hatte er sein Herz an die schöne Sami verloren. Überrascht von der Heftigkeit seiner Gefühle, hatte er nach dem Seefest spontan beschlossen, ganz weit weg zu fliegen, und war in Japan gelandet. Doch die Sehnsucht nach der Sächsin war zu groß. Der liebestrunkene Schlagerbarde kehrte in die Heimat zurück und bat Sami um ihre Hand, woraufhin diese nur allzu gern mit »Ja« antwortete.

Der Castinggewinnerin versprach der Scheich tatsächlich, sie zur neuen Herrscherin von Gut Kaltenbrunn zu machen. Und Theresa Sonntag beabsichtigte, das Gut in seinem Bestand zu erhalten, es behutsam zu restaurieren und auch wieder einen volksnahen Biergarten mit moderaten Preisen zu eröffnen. Genauso, wie es früher einmal gewesen war.

Vorher, dies verlangte der Scheich von seiner neuen Haremsdame, sollte die patente junge Frau jedoch für ein Studium in Betriebswirtschaft und auch zur offiziellen Einführung in den Hofstaat nach Ada Bhai kommen. In dem idyllischen Tal zweifelte keiner daran, dass die fesche Blondine das Prinzessinnenhandwerk ebenso schnell erlernen würde wie das Waschen und Melken von Kuheutern.

Es ist kein Geheimnis, dass man an dem See inmitten von Bergen seither ungeduldig auf die Heimkehr der Hoffnungsträgerin wartet.

Jörg Steinleitner
Tegernseer Seilschaften
Ermittlungen am Tegernsee.
256 Seiten. Piper Taschenbuch

Ein Bauer wird erhängt im Wald aufgefunden. Polizeihauptmeisterin Anne Loop, neu am Tegernsee, glaubt nicht an Selbstmord. Sie vermutet, dass Ferdinand Fichtner ein Doppelleben führte, in dem Geheimgeschäfte und erotische Verwicklungen eine Rolle spielten. Was verheimlichen Fichtners Stammtischbrüder? Und gibt es eine Verbindung zum Tod des Milliardärs, der eines Tages leblos in seinem Swimmingpool treibt? Anne Loop begibt sich auf Spurensuche, und was sie entdeckt, erschüttert die Idylle...

»Mit seinem Tegernsee-Krimi schließt Steinleitner eine Lücke auf der literarischen Landkarte und präsentiert zugleich die heißeste Polizeihauptmeisterin aller Zeiten.«
Prinz München

»Abwechslungsreich und unterhaltsam.«
Abendzeitung

Volker Klüpfel / Michael Kobr
Rauhnacht
Kluftingers fünfter Fall. 368 Seiten.
Piper Taschenbuch

Eigentlich sollte es für die Kluftingers ein erholsamer Kurzurlaub werden, auch wenn das Ehepaar Langhammer mit von der Partie ist: ein Winterwochenende in einem schönen Allgäuer Berghotel samt einem Live-Kriminalspiel. Doch aus dem Spiel wird blutiger Ernst, als ein Hotelgast unfreiwillig das Zeitliche segnet. Kluftinger steht vor einem Rätsel: Die Leiche befindet sich in einem von innen verschlossenen Raum. Und über Nacht löst ein Schneesturm höchste Lawinenwarnstufe aus und schneidet das Hotel von der Außenwelt ab...

»Volker Klüpfel und Michael Kobr sind das erfolgreichste Autorenduo Deutschlands.«
Der Spiegel

Stefan Holtkötter

Schneetreiben
Ein Münsterland-Krimi.
288 Seiten. Piper Taschenbuch

Innerhalb kurzer Zeit versinkt ein ganzer Landstrich im Schnee. Bäume knicken wie Streichhölzer um, die Stromversorgung bricht zusammen, Straßen und Schienennetze sind unpassierbar. Das Nest Birkenkotten ist wie viele andere Dörfer von der Außenwelt abgeschnitten. Mit dem Unterschied, dass hier kürzlich ein bestialischer Mord passiert ist und die Spur eines entflohenen Vergewaltigers in die ländliche Idylle führt. Hauptkommissar Hambrock, durch einen Zufall mit eingeschneit, bleibt nicht viel Zeit, um den Mordfall aufzuklären. Denn jeden Moment kann der Täter wieder zuschlagen ... In seinem packenden Münsterland-Krimi zeichnet Stefan Holtkötter eine nur scheinbar idyllische Welt, hinter der sich Abgründe auftun.

Susanne Hanika

Und bitte für uns Sünder
Kriminalroman. 304 Seiten. Piper Taschenbuch

Ausgerechnet beim Kirchputz stößt die Journalistin Lisa Wild auf eine Kiste mit menschlichen Knochen. Gleich wird gemunkelt, es müssten die Gebeine des heiligen Ignaz sein, und schon bald planen der Gastwirt und der Metzger die Vermarktung der Reliquien. Bevor die Dorfbevölkerung auf dumme Gedanken kommt, nimmt Lisa den Fall lieber selbst in die Hand – zumal der Hauptkommissar, der dummerweise zugleich ihr Freund ist, die Sache nicht sonderlich ernst nimmt. Doch dann verschwindet auf einmal der alte Ernsdorfer, der ehemalige Bürgermeister, der eigentlich viel zu gebrechlich ist, um zu verschwinden, und wenig später erhält Lisa einen Drohbrief...